宋孝宗朝翰林学士文学研究

崔 晶◎著

SONG XIAOZONG CHAO HANLIN XUESHI
WENXUE YANJIU

知识产权出版社
全国百佳图书出版单位
—北京—

图书在版编目（CIP）数据

宋孝宗朝翰林学士文学研究 / 崔晶著. —北京：知识产权出版社，2025.6.
ISBN 978-7-5245-0006-3

Ⅰ. I206.244.2

中国国家版本馆CIP数据核字第2025A70G59号

内容提要

翰林学士政治地位清要，文学才能突出，其独特价值在崇儒右文的宋代尤为凸显。宋孝宗朝更是南宋具有典型意义的时代。范成大、尤袤、张孝祥等皆为诗词名家，学士身份与翰苑经历影响深远；洪适、洪遵、洪迈和周必大是乾淳学士的代表。本书以探究任职翰苑对文学创作的影响为鹄的，文史互证、多维透视：一是总览翰林制度及特定职能定位下的学士文学创作；二是分论其诗、词、文成就及文学贡献；三是专论有代表性的作家群体和个体。

本书适合古代文学研究者、爱好者阅读。

责任编辑：安耀东　　　　　　　　　责任印制：孙婷婷

宋孝宗朝翰林学士文学研究
SONG XIAOZONG CHAO HANLIN XUESHI WENXUE YANJIU

崔晶 著

出版发行：知识产权出版社有限责任公司	网　址：http://www.ipph.cn
电　话：010-82004826	http://www.laichushu.com
社　址：北京市海淀区气象路50号院	邮　编：100081
责编电话：010-82000860转8763	责编邮箱：laichushu@cnipr.com
发行电话：010-82000860转8101	发行传真：010-82000893
印　刷：北京中献拓方科技发展有限公司	经　销：新华书店、各大网上书店及相关专业书店
开　本：720mm×1000mm　1/16	印　张：14
版　次：2025年6月第1版	印　次：2025年6月第1次印刷
字　数：228千字	定　价：88.00元
ISBN 978-7-5245-0006-3	

出版权专有　侵权必究
如有印装质量问题，本社负责调换。

序

　　翰林学士制度与文学研究倡导于傅璇琮先生。傅先生认为："科举制与翰林院，进士与翰林学士，是研究唐至清一千二三百年历史文化所不可回避的。"（《唐翰林学士传论》前言）。傅先生又指出："翰林学士与翰林院，可以从史学与文学不同角度进行研究。从史学角度研究，则侧重于制度的建置、人员的构成，以及职能作用、参政方式等；从文学角度研究，则可以把重点放在当时文人参预政治的方式及其心态，从而以较广的社会角度来探讨这一特殊文学群体的生活方式及文学创作。"（《唐代翰林与文学——以文史结合作历史–文化的探索》）傅先生的《唐翰林学士传论》成为翰林学士与文学研究的典范，与《唐代科学与文学》共同奠立了制度与文学研究的范式，即出入文史，以特定的制度文化为中介，综合考察士人的生活道路、从政方式、文化心态、创作语境，探讨制度与文学结合的内在机制。近几十年来，唐宋两制词臣与文学研究是产出成果较多的领域，其渊源都可追溯于傅先生开拓的学术道路。就宋代而言，近二十年来翰林学士制度与文学的研究，以论著为例，集中体现在三个方面：

　　一是制度与文体研究。以四六骈体为主要载体的制诰诏令在宋代全面成熟，翰苑词臣中颇多四六作手，因此在宋代翰苑制度与文学的研究领域，也以四六的成果最为丰富，相关论著如管琴《词科与南宋文学》（北京大学出版社2018年）、周剑之《黼黻之美：宋代骈文的应用场域与书写方式》（北京大学出版社2021年）。

　　二是词臣制度与文学整体研究。本人承担完成了两宋翰林学士与文学研究的国家社科基金课题：《北宋翰林学士与文学研究》（复旦大学出版社2019年）《南宋翰林学士与文学研究》（2020年结项，尚未出版）。此外最值得关注的是许浩然的新著《紫庭文思：词垣、词臣与宋代士大夫文化史》（复旦大学出版社2023年）。

三是词臣个案研究。南宋词臣的研究日渐引起关注，不过多为作家综合研究中的部分章节。如张骁飞《王应麟文集研究》（中华书局2011年）探讨了王应麟所编《玉堂类稿》《掖垣类稿》等文献，以及王应麟在晚宋的词臣经历。许浩然《周必大的历史世界：南宋高、孝、光、宁四朝士人关系之研究》（凤凰出版社2016年）专章讨论周必大在馆阁翰苑与理学家的辞章之学与义理之学。孔妮妮《真德秀研究》（上海古籍出版社2022年）首章考察了真德秀与嘉定初年的词臣群体。

以上三个方面，仍然有值得进一步开拓探讨的余地。此外，还应该加强对翰林学士制度与文学做断代的和历朝式的整体性、阶段性考察。从翰林制度史的演进过程看，两宋各成独立完整的历史阶段。南宋既沿承北宋一系列"故事"，同时适时调整权变，自成格局和气象。翰苑词臣在动荡艰危的时局与激烈变换的政争中，表现了高度的"职业"操守和自觉的制度观念，构成南宋学士群体具有时代特征的文化品格和精神面貌。同时，和战之争、道学崇黜、权相柄政贯穿南宋朝堂政争，翰苑词臣因政治分野、学术派别以及地域、家族、师承等关系而分合进退，在高、孝、光、宁、理五朝之际表现得尤为突出。因而，"南宋翰林学士与文学"既是一个整体性的研究课题，同时也包含了若干阶段性的子课题。以历朝帝王更替为序，以某一时段为断限，对其历史面貌做全面深入的"厚描"，仍不失为有价值的研究方向。事实上，目前所见不论硕、博学位论文还是学者研究论文，都不乏"某某朝与某某文体"的类似选题。崔晶的著作《宋孝宗朝翰林学士文学研究》的写作即基于这一想法。

首先，从学术价值审视。乾、淳承炎、绍之后，进入政治、文化、文学的全面"中兴"时期，宋孝宗在位二十七年，任用翰苑词臣三十人，他们议于庙堂，论道于经筵，唱和于台阁，制度的重建与文学的再盛，在南宋均堪为典型。其次，从技术和体量上考虑，孝宗一朝的翰林学士文学，也是适合在规定时间内完成的适中选题。

该选题的确立与我的《南宋翰林学士与文学研究》也有关联。该国家社科基金项目立项于 2015 年，崔晶此年考入山东师范大学随我读博。我希望她参与南宋翰林资料的搜集工作，一方面在整理史料过程中思考论文方向，同时借此机会熟悉资料编年等方法。崔晶于 2016 年 6 月提交了 4 万余字的"孝宗朝翰林学士活动系年"，材料翔实，用功扎实，体例规范。这为她后来选题奠定了扎实的基础，其后她以"孝宗朝翰林学士文学研究"通过了论文开题论证，并如期完成写作，顺利通过博士论文答辩。毕业后，崔晶参照专家的评审意见，对论文做了全面的修改，充实了史料，形成了现在的书稿。

全书分为七章。其大致思路与结构安排如下：

南宋翰林学士的任用因应着政治形势的变化，权宜更革，体现了新的时代特点。如权直院的比例远远超过正员即学士及直院，兼官与正官共同构成翰苑的基本人员结构；学士承旨无复常员，或经年不除，长期空缺。故首章即专论"孝宗朝翰林制度与学士构成"。

南宋翰苑词臣关注翰苑制度的源流沿革，有计划地开始翰林文献的纂述。孝宗朝洪遵《翰苑群书》、周必大《玉堂杂记》、洪迈《容斋随笔》等，保存了宋代馆阁翰苑重要的档案资料。故列第二章"孝宗朝翰林学士职能与述作"以考述之。

两宋时期，"箕裘克绍""世掌丝纶"的学士家族极为世人所称道，乾淳时期，"一翁三季"的鄱阳洪氏以词章、记览、名位、科目而著称，"一舅二甥三学士"的汪大猷、陈居仁、楼钥以外家风采与四明学风相传承，故第三章以之为范例，专门讨论"孝宗朝翰林学士家族与文学"。

南宋翰苑未有如北宋欧阳修、苏轼、王安石等在文坛具有崇高地位和成就的翰林学士，但也不乏声望卓著、而又能承继前代典型的翰苑中心人物，最突出的是周必大，他与孝宗相终始，北门之官有四而遍为之。遂列第四章"周必大供职翰苑的文学意义"，集中论述其周必大在文坛的成就与贡献。

诗歌是公共性与个人化兼有的文体，在翰苑环境内，用于学士应制奉和，君唱臣和，以诗纪盛，书写类型化、仪式化的朝省诗；锁院寓直时，用以抒写心迹遭际，日常诗酒雅会，则与僚友、馆职唱和。第五章"翰林学士之翰苑叙事与赋咏唱和"重点讨论学士宿直诗与应制诗两种朝省诗类型以及学士日常雅会交游的酬唱诗。

绍兴、乾、淳以来,三馆两制词臣学士始终是台阁文学活动的主体,翰苑集中了一批政治与文化精英,呈现了丰富和精彩的文学场景。玉堂内外,词臣与举子以及江湖诗人的交游唱和,翰林学士往往是引领诗风的核心人物。故第六章概要考察"翰林学士与中兴诗坛"。

四六"王言"属官方文体,第七章"翰林学士之王言四六与应用文章"则从源流、体制、风格等层面探讨乾淳学士四六王言的总体成就。

综合而言,该书作为南宋翰林学士文学阶段性研究的初步成果,在翰林制度视野下,对孝宗一朝翰林学士群体的面貌及多方面的文学创作做了整体性的呈现和宏观描述。通览书稿,全书对脉络的梳理,议题的设置,大体得当稳妥,所论亦颇有可取。当然,书稿本身还有可议之处。这里提出一点供崔晶考虑。全书讨论的重点聚焦于翰苑诗人群体在玉堂环境的诗歌创作,兼顾出入翰苑前后之轨迹,但应注意"翰林学士文学研究"或"翰林制度与文学研究"命题的规定性,避免泛制度化。翰林学士任职翰苑期间的诗文写作,不论是应用型还是非应用型,大多产生于特定的场域空间、环境氛围以及个人的境遇感受,至于其改任迁转乃至致仕乡居后的作品,与其曾经的词臣身份还有多少关联?宜慎重判定和具体分析,避免泛制度化。

崔晶在博士毕业后的五年时间里,利用工作与生活的业余时间,修改充实了学位论文,即将付梓,值得祝贺。希望崔晶在新的工作岗位上,仍然能够保持对学术的兴趣和热情,坚持研读和写作。

山东师范大学文学院教授、博士生导师　陈元锋
2025 年 5 月

目 录

绪　论 / 001

第一章 　宋孝宗朝翰林制度与学士构成 / 009
　　第一节　孝宗朝翰林制度沿革 / 011
　　第二节　孝宗朝翰林学士构成 / 019
　　第三节　乾淳政局与翰林学士 / 040
　　第四节　崇儒礼贤与翰苑生态 / 051

第二章 　宋孝宗朝翰林学士职能与述作 / 057
　　第一节　职掌王言与制诏拟写 / 059
　　第二节　奉命使金与文学创作 / 065
　　第三节　书籍修撰与文化贡献 / 071
　　第四节　承旨自觉与翰林笔记 / 079
　　第五节　知贡举的文学意义 / 086

第三章 　宋孝宗朝翰林学士家族与文学 / 091
　　第一节　父子相承：洪氏家学与翰苑之路 / 093
　　第二节　兄弟同气：出入翰苑与三洪的文学 / 099
　　第三节　舅甥学士：汪大猷、陈居仁与楼钥 / 105

第四章 〉〉 **周必大供职翰苑的文学意义 / 111**
  第一节 两入翰苑：周必大的词臣之路 / 113
  第二节 翰苑内外：周必大的诗歌创作 / 116
  第三节 词章典范：周必大的四六成就 / 121
  第四节 主盟倡文：周必大的文学贡献 / 127

第五章 〉〉 **翰林学士之翰苑叙事与赋咏唱和 / 135**
  第一节 宿直诗：权力空间与私人领域的书写 / 137
  第二节 应制诗：崇文气氛与升平气象的彰显 / 147
  第三节 翰苑酬唱：学士雅趣与情谊的载体 / 154

第六章 〉〉 **翰林学士与中兴诗坛 / 163**
  第一节 学士诗歌创作及其意义 / 165
  第二节 学士诗坛宗主地位的削弱及原因 / 172
  第三节 以学士为中心的文人聚合与宋词雅化 / 181

第七章 〉〉 **翰林学士之王言四六与应用文章 / 189**
  第一节 学士四六文之遵与变 / 191
  第二节 学士四六文之渊源与成就 / 198
  第三节 学士散文之多样化呈现 / 203

结　语 / 213

后　记 / 215

绪　论

特定的制度可以限定创作环境，影响文人心灵，催生新的文体，从多个维度影响文学创作。考察制度与文学之间的关系，探究制度对文学发展的影响，是文学研究领域一个重要角度。制度与文学研究兴起于20世纪90年代，涉及礼乐、科举、幕府、馆阁、祠禄、兵制等诸多方面，职官制度与文学的关系是其中一项。本书立足于翰林制度之于文学的影响，考察宋孝宗朝翰林学士的文学创作。

一、研究背景

翰林学士又称"内相"，与中书舍人并称内外"两制"，堪称"天子私人"，地位尤显清要。翰林学士是一个特殊的政治与文学群体，他们职掌翰墨，是当朝文学极选，不仅在朝堂承担着重要的政治、文化角色，且在当朝文坛举足轻重，更以政治品格与道德文章为士林表率，引领一时风气。翰林学士的政治职能在某种程度上影响文学创作的体式与风格，同时作为文坛的领军人物，也影响当朝文风。

南宋孝宗一朝文学中兴，翰苑昌盛，具有典型意义。宋孝宗是南宋最有作为的一位君主，乾淳时期堪称南宋政治最为清明的时代，其间人物辈出，文化学术、文学艺术繁盛，有"小元祐"之称。孝宗在位二十八年，复古兴儒、大兴文治，采取了一系列的重文措施，文学成就斐然，达到了诗坛与文坛的中兴。

翰林学士更是以文学见称，堪称当朝文坛中坚。他们的文章事业、流风遗韵是后世词臣所崇仰的楷模。孝宗朝翰林学士在一定程度上创造了一个翰苑文化的典范。他们的政治作为、文化事业及文学创作颇具典型意义。南宋孝宗朝翰林学士鲜明地体现了特定时代、职官制度对于文学的影响,是职官制度与文学研究相结合的典型。

二、研究现状

对宋代翰林制度与文学的研究目前已有一定数量的成果,研究或从宏观角度概览全局,或就某些具体问题进行微观考察。20世纪80年代以来,学界已从政治史、制度史、文化史的角度研究了翰林学士。翰林制度及翰林学士的文学创作、文学意义是学者所关注的重点。学界对翰林学士与文学的研究以北宋为重心,全面考察了翰林学士的整体风貌,深入分析了部分在文坛地位显赫的学士个体。此外,关于宋孝宗朝的政治环境、文学风貌及学士个体也有一定研究成果。

其一,宋代翰林制度及文学研究。

在制度方面,一些古籍对翰林学士相关内容有所记载,如《宋史·职官志》《宋会要辑稿》《文献通考》等,均是重要的文献。今人整理的典籍《翰学三书》等也是重要的基础资料。学界对翰林制度的考订及研究不乏成果,对翰林学士院的设置、翰林学士人员、职掌、源流及沿革等进行一系列研究。

关于翰林制度的研究,既有以历史为脉络对制度史的全面考订,亦有断代及分类研究。杨果的《中国翰林制度研究》以历史为脉络,对唐五代翰林院、翰林学士的兴衰及宋代学士院的相关制度做了全面考察。❶ 朱淼芳的《北宋前期翰林学士研究》对北宋前三朝翰林学士的机构建置、组织结构、职权、选任和升迁进行了论述。❷ 对于学士院诸项制度的考述,陈元锋的《北宋馆阁翰苑与诗坛研究》对学士选拔、入院待遇、宿直等进行了全面考察。❸ 徐茂明的《宋代翰林学士院诸制度述论》对翰林学士的组织编

---

❶ 杨果《中国翰林制度研究》,武汉大学出版社1996年版。
❷ 朱淼芳《北宋前期翰林学士研究》,安徽大学2011年硕士学位论文。
❸ 陈元锋《北宋馆阁翰苑与诗坛研究》,中华书局2005年版。

制、铨选标准和方式、奖惩类别、草制程序、入值制度、保密措施、俸禄标准做了探讨。❶ 唐春生的《宋代翰林学士的宿直制度》研究了宿直制度。❷ 孙慧东的《宋代锁院制度研究》对锁院制度进行了梳理。❸

对宋翰林学士基本情况的研究，主要包括对翰林学士的选拔、员额、人员结构、差遣的考订。在员额考订方面，洪遵的《翰苑群书》卷十《学士年表》录宋初到治平四年（1067年）的学士名单；何异的《中兴学士院题名》录建炎元年（1127年）到嘉定七年（1214年）的学士人名；今人李之亮的《宋代京朝官通考》录两宋翰林学士人名；杨果的《中国翰林制度研究》考订两宋翰林学士人数为397人；唐春生的《翰林学士与宋代士人文化》考订两宋翰林学士为371人。在翰林学士的人员结构及地域分布方面，杨果的《宋翰林学士人员结构考述》对宋代翰林学士的出身与出路、家庭背景和地域分布进行了考述。❹ 朱锡光的《宋代学士院翰林学士初探》重点关注了翰林侍读、侍讲学士及诸殿阁学士的区别。❺ 赵小军的《两宋翰林学士承旨研究》一文考察了两宋学士承旨的任职、职掌、待遇等。❻ 此外，当前对翰林学士职能和临时差遣方面的研究涉及出使、知贡举、修书等，如《两宋翰林学士出任外交使节研究》❼《宋代翰林学士知贡举》❽《翰林学士与宋实录之修撰》❾。

对宋代翰林制度与文学的交叉研究，是本书的重要参考。在将制度与文学相结合，全面深入地展现北宋翰林学士的文学成就方面，陈元锋的《北宋馆阁翰苑与诗坛研究》与一系列的论文、课题成果等系统地研究了北

---

❶ 徐茂明《宋代翰林学士院诸制度述论》，《苏州大学学报》1996年第3期，第93-98页。
❷ 唐春生《宋代翰林学士的宿直制度》，《重庆师范大学学报》2006年第2期，第58-64页。
❸ 孙慧东《宋代锁院制度研究》，河南大学2010年硕士学位论文。
❹ 杨果《宋翰林学士人员结构考述》，《武汉大学学报》1988年第6期，第92-95页。
❺ 朱锡光《宋代学士院翰林学士初探》，《杭州大学学报》1988年第2期，第118-126页。
❻ 赵小军《两宋翰林学士承旨研究》，陕西师范大学2000年硕士学位论文。
❼ 邰玉乐《两宋翰林学士出任外交使节研究》，东北师范大学2010年硕士学位论文。
❽ 唐春生《宋代翰林学士知贡举》，《重庆师范大学学报》2009年第6期，第99-105页。
❾ 唐春生《翰林学士与宋实录之修撰》，《重庆师范大学学报》2007年第2期，第53-61页。

宋时期三馆秘阁与翰林学士院制度的设立、发展及政治、文化职能，考察了在馆阁翰苑的文化背景下，知识精英阶层所特有的从政方式、生活状态及其群体性的创作趋向。❶ 北宋翰林学士的道德文章引领了一时风尚，构成了北宋诗史演进中的人物谱系。陈元锋的《北宋翰林学士与诗史演进》对此进行了重要论述，肯定了翰林学士在诗史中的重要地位。❷ 陈元锋主持的国家社科基金项目"北宋翰林学士与文学"，全面研究了北宋各朝翰林学士任职情况及文学成就，揭示了翰林学士在政坛、诗坛、文坛中的重要地位。陈元锋的《北宋翰林学士与文学研究》一书综论了北宋九朝翰林学士群体的政治角色与文化底蕴，勾勒北宋文学延承演进的脉络梗概。该书以职官制度为入口，研究了文章、政事、学术相兼的翰林学士之理想范型何以养成，由文学进身、以词命为职的翰苑词臣如何成为士林、主持风雅的文坛宗主，玉堂内外为政治与文学的互动提供何种空间。❸ 这些研究结合翰林学士制度背景呈现了学士群体颇具特色的文学创作，确立了翰林学士作为创作主体在文学史中的重要地位，是当前对翰林学士与文学最全面和深入的研究，为本研究提供了重要的范式。

其二，宋孝宗朝文学成就考察。

孝宗朝文学背景是翰林学士创作的重要环境。孝宗朝是诗词的中兴时期，学界对于中兴诗坛、词坛的研究居多。在文章方面，南宋文章成就及价值逐渐得到肯定，学界对南宋散文、骈文也有一定的研究。

关于中兴诗词的研究包括诗人、创作、师承、诗学理论等方面。韩立平的《南宋中兴诗风演进研究》一书全面探究了南宋中兴诗坛风貌。❹ 黄伟豪的《文学师承与诗歌推演——南宋中兴诗坛的师门与师法》主要研究了"中兴大家"的师承与诗歌创作。❺ 王建生的《通往中兴之路：思想文化领

---

❶ 陈元锋《北宋馆阁翰苑与诗坛研究》，中华书局2005年版。
❷ 陈元锋《北宋翰林学士与诗史演进》，《文学遗产》2009年第4期，第49-61页。
❸ 陈元锋《北宋翰林学士与文学研究》，复旦大学出版社2019年版。
❹ 韩立平《南宋中兴诗风演进研究》，华东师范大学出版社2013年版。
❺ 黄伟豪《文学师承与诗歌推演——南宋中兴诗坛的师门与师法》，上海古籍出版社2015年版。

域中的宋南渡诗坛》对高宗和孝宗两朝的诗人心态及创作进行了研究。❶ 另有曾维刚的《宋孝宗与南宋中兴诗坛》一文从四个层面全面揭示了孝宗与中兴诗坛关系的具体剖面。❷ 对于宋孝宗朝词坛的研究有金朝正的《南宋孝宗词坛研究》一书,对孝宗朝词坛的历史背景和孝宗时期的文艺思想进行了研究。❸

在北宋散文成就的掩盖下,部分研究者认为南宋散文价值不高,甚至有一些批判的声音。王琦珍的《南宋散文评论中的几个问题》对南宋散文进行了相对公允的评价。该文章指出南宋散文在中国散文史上既不是成就的最低点,更不是断层。❹ 朱迎平的《论南宋散文的发展及其评价》指出,孝宗时期名家荟萃、文备众体、文派孳生、文论勃兴。该文提到周必大、范成大、张孝祥等都是文有典型、各具特色。❺ 此外,陈君慧的《南宋孝宗时期散文作家群考论》对南宋孝宗时期散文作家作品进行了统计分析,对作家身份阶层和地域分布进行了考证。❻

骈文兴盛于六朝,部分研究者认为后世的骈文成就皆不及六朝,对唐和北宋已经有所忽视,更遑论南宋。通过对四六文研究现状的梳理可以发现,当前学界逐渐认可了南宋四六文成就。20 世纪 80 年代,姜书阁的《骈文史论》是一部重要的骈文发展史,但是对于南宋四六文的评价不高。❼ 程千帆、吴新雷的《两宋文学史》一书肯定了四六文作为官方文体在宋代的重要地位。该书提出了南宋四六文四大家之说,即汪藻、孙觌、三洪(洪

---

❶ 王建生《通往中兴之路:思想文化领域中的宋南渡诗坛》,上海古籍出版社 2011 年版。
❷ 曾维刚《宋孝宗与南宋中兴诗坛》,《文学遗产》2013 年第 6 期,第 86-96 页。
❸ 金朝正《南宋孝宗词坛研究》,上海人民出版社 2011 年版。
❹ 王琦珍《南宋散文评论中的几个问题》,《文学遗产》1998 年第 4 期,第 77-83 页。
❺ 朱迎平《论南宋散文的发展及其评价》,《上海财经大学学报》2001 年第 1 期,第 49-53 页。
❻ 陈君慧《南宋孝宗时期散文作家群考论》,《甘肃社会科学》2012 年第 4 期,第 241-243 页。
❼ 姜书阁《骈文史论》,人民文学出版社 1986 年版,第 499 页。

适、洪遵、洪迈)、周必大。❶ 施懿超的《宋四六论稿》提出了北宋四六文的两派，即以王安石与苏轼为代表的两种风格。❷ 20世纪90年代以来，对四六文的研究论文有所增长。曾枣庄的《论宋代的四六文》探讨了宋四六文谨守法度与出于准绳之外的风格，并指出"近时汪浮溪、周益公诸人类荆公"❸。沈松勤的《论宋体四六的功能与价值》将四六文划分为公用的"朝廷命令诏册"与私用的"缙绅之间笺书祝疏"两类。❹ 另有周剑之的《论宋代骈体王言的政治功能与文学选择》提出了骈体王言的"制式化"的撰写模式，"得体"的要求，"典重"的文体风格。❺ 陈元锋的《南宋翰林制诏"平易"文风探析——以炎、绍、乾、淳为中心》一文重点研究了南宋制诏写作"平易"、自然的文风。❻

其三，宋孝宗朝翰林学士个案相关研究。

孝宗朝翰林学士中不乏重要作家，学界对此也有一定研究。其中对周必大、尤袤、范成大、洪遵、洪迈、洪适、张孝祥的研究成果居多：既有对个体作家著作的整理、生平考述，亦有对思想及文学成就的研究，但对他们的翰林学士身份及相关创作的研究不多。

关于周必大的研究成果最为丰富，目前已有几部专著和博士论文。李光生的《周必大研究》重点对政治功绩、学术思想、文学思想及文学成就进行了探讨。❼ 杨瑞的《周必大研究》着重分析了在政治环境影响下的文学创作情况。❽ 徐珊珊的《周必大翰苑诗歌与南宋词臣文化心态》对周必大创

---

❶ 程千帆、吴新雷《两宋文学史》，《程千帆全集》第13卷，上海古籍出版社1991年版。

❷ 施懿超《宋四六论稿》，上海古籍出版社2005年版。

❸ 曾枣庄《论宋代的四六文》，《文学遗产》1995年第3期，第60-69页。

❹ 沈松勤《论宋体四六的功能与价值》，《文学遗产》2009年第5期，25-33页。

❺ 周剑之《论宋代骈体王言的政治功能与文学选择》，《文学评论》2013年第3期，第175-185页。

❻ 陈元锋《南宋翰林制诏"平易"文风探析——以炎、绍、乾、淳为中心》，《斯文》2021年第1期，第31-45页。

❼ 李光生《周必大研究》，中国社会科学出版社2015年版。

❽ 杨瑞《周必大研究》，浙江大学2007年博士学位论文。

作于翰苑期间的诗歌进行了分类研究。❶ 傅绍磊、郑兴华的《周必大翰苑诗歌新探》以周必大创作于翰苑期间的几首诗为切入点,分析了其心态变化。❷ 对于周必大的四六文也有一些研究,如李光生的《周必大四六文析论》❸、李精一的《略论南宋周必大的四六文》❹。

洪氏家族在南宋颇负盛名,关于三洪的研究论著有沈如泉的《传统与个人才能——南宋鄱阳洪氏家学与文学》,全面考察了洪氏父子的家族、政治经历及文学创作。❺ 另有凌郁之的《洪迈年谱》、❻ 朱洁的《乱世文宗洪迈》❼、李菁的《南宋四洪研究》❽。此外,侯体健的《南宋洪适四六文论略》一文认为洪适是南宋前期十分出色的四六文家。❾

张孝祥诗词成就显著,关于张孝祥也有一些研究成果,如专著《张孝祥诗文集》《张孝祥词校笺》《张孝祥资料汇编》《张孝祥年谱》,硕士论文《张孝祥思想及创作研究》《张孝祥与南宋初年文学环境》《张孝祥及其词风》《张孝祥词研究》《张孝祥诗歌研究》等。

对于尤袤的研究,有赵维平的《尤袤年谱》、张仲谋的《诗坛风会与诗人际遇——尤袤诗论略》、吴洪泽的《尤袤诗名及其生卒年解析》等。范成大的相关成果,有孔凡礼、于北山二人分别所著的两种年谱,材料丰富,考订翔实,另有张剑霞的著作《范成大研究》等。

总之,从当前学界对翰林学士与文学的研究成果来看,北宋成果较为丰富。孝宗朝文学风貌与翰林学士群体有一定典型性,当前对孝宗朝翰林

---

❶ 徐珊珊《周必大翰苑诗歌与南宋词臣文化心态》,《中国文化研究》2013 年第 1 期,第 128-132 页。

❷ 傅绍磊、郑兴华《周必大翰苑诗歌新探》,《文教资料》2016 年第 4 期,第 1-2 页。

❸ 李光生《周必大四六文析论》,《江西科技师范学院学报》2011 年第 2 期,第 113-117 页。

❹ 李精一《略论南宋周必大的四六文》,《学术交流》2012 年第 5 期,第 165-169 页。

❺ 沈如泉《传统与个人才能——南宋鄱阳洪氏家学与文学》,四川出版集团、巴蜀书社 2009 年版。

❻ 凌郁之《洪迈年谱》,上海古籍出版社 2006 年版。

❼ 朱洁《乱世文宗洪迈》,江西高校出版社 2007 年版。

❽ 李菁《南宋四洪研究》,武汉大学 2005 年博士学位论文。

❾ 侯体健《南宋洪适四六文论略》,《文学遗产》2008 年第 5 期,142-145 页。

学士与文学成就的研究仍存在空间。陈元锋在其主持的国家社科基金一般项目"南宋翰林学士与文学研究"中指出:"南宋沿承和发展北宋翰苑制度,又表现出新的时代特点。故而在制度视野下,将'南宋翰林学士与文学'作为独立的时段加以综合考察,既有充分的理据,也呼应了近十余年来宋代文学研究整体格局向南宋转移的趋向。"这也是本研究的重要选题依据与参考。

三、研究思路

宋孝宗一朝创造了"乾淳盛世",缔造了文学的中兴。翰林学士是士林领袖,考察他们在乾淳文坛的地位和文学发展进程中的影响,为宋孝宗朝文学研究提供了新的视野。考察这一政治文化群体在中兴诗坛的地位,以及对中兴诗风的影响,是中兴诗坛研究的一个新角度。对翰林学士文章成就及对文风导向的研究,更是对南宋文学研究的进一步拓展。

本书旨在熟悉南宋孝宗朝政治文化背景的前提下,全面考察翰林学士群体的政治活动和文学创作,探究翰林制度对特定文学样式乃至文坛风貌的影响。在阐释翰林学士的政治与文化职能的基础上,着力分析他们在制度影响下的文学创作情况。尤其对"翰苑诗"这一最具制度色彩的诗歌类型进行全面探讨,对翰林学士四六文、散文的创作成就及风格特征进行分析,从而探究翰林学士在中兴诗坛、文坛中的重要地位及在中兴诗文发展中的重要影响。文章结合职官制度研究文学,以制度为切入点,考察制度与文学之间的关联,以文学为落脚点,力求全面展现制度维度下的翰林学士文学成就。

第一章

宋孝宗朝翰林制度与学士构成

北宋翰林制度建设已较为成熟,南宋基本沿袭北宋制。孝宗朝翰林制度在遵照北宋成规的基础上,又根据需要进行了调整和完善,其中部分内容在南宋成为定规。翰林制度关乎学士的任职生态,研究翰林学士的文学创作须首先厘清这一时期的相关制度。孝宗朝共任命35位翰林学士(包括专职和兼职),从其进身途径来看,博学宏词科是翰林学士重要的选拔渠道,秘书省是必经的历练阶段,但最终由孝宗亲自任命。翰林学士一般以文章才能立身,但在孝宗朝特殊的政治军事环境下,部分学士兼有军事才能,是文武兼长之才。"两府阙人,则必取于两制",馆阁是"辅相养才之地"❶。翰林之职向来是进身宰辅的重要阶梯。孝宗朝翰林学士中有14人官至宰相或副宰相,彰显了这一官职的地位显贵。孝宗朝政治局势复杂,处于从动荡到和平的转折阶段。翰林学士兼有顾问职能,他们的政治态度也值得关注。在国是之争中,翰林学士无论立场如何均体现了他们以家国为先的士大夫操守。此外,翰林学士为士林宗尚,是士大夫效仿的楷模,他们的品格风尚关乎整个士林风气,甚至可以影响一个时代的风气。孝宗朝乃政治清明的时代,翰林学士也呈现出积极向上的风貌,他们的清贵人品和高尚操守堪称南宋翰林的典范。

---

❶ 欧阳修《又论馆阁取士札子》,李逸安点校《欧阳修全集》卷一百一十四,中华书局2001年版,第1727页。

第一节　孝宗朝翰林制度沿革

宋朝翰林制度基本承袭唐制，北宋官制虽多有变革，但翰林制度较为稳定。如《神宗正史·职官志》所载，宋朝立国以来对制度进行了多方面的"厘正"，但"承唐旧典遵用不改者，独学士院而已"❶。宋室南渡后诸项制度皆遭到不同程度的破坏，但是翰林制度基本沿袭下来，再经由高宗一朝的恢复建设，至孝宗朝已经十分完善。孝宗一朝翰林制度有一些具体的创新和变革。其中，在不同时期对于职名、员额及草麻、宿直制度等都有一些特殊规定。学士之职向来清贵，孝宗朝亦是如此。在翰林学士待遇方面，由于南渡的影响，学士入院仪式有一定简化，诸多翰苑传统已不复存在，盛况不及北宋，但学士的俸禄、润笔及恩赏等得到了不小的提升。这些制度的建设，构建了乾淳学士的基本任职生态，为学士政治文化活动的开展提供了基础环境。

一、学士职名新创与员额

宋代翰林学士的职官有四，职位由低到高依次为权直院、直院、翰林学士、翰林学士承旨。❷ 翰林学士承旨乃学士院的长官，翰林学士是学士院中的正职，直院和权直院则是经验不足或尚不能除翰林学士者，以他官代掌学士之职，一般情况下品阶低于翰林学士。孝宗朝的翰林学士职官基本

---

❶ 刘琳、刁忠民、舒大刚校点《宋会要辑稿》第 5 册，上海古籍出版社 2014 年版，第 3184 页。

❷ 周必大《玉堂类稿序》，《玉堂类稿》卷首，清道光刻本《庐陵周益国文忠公集》。

沿袭此四类，但是具体的职名又有新变，根据需要新设了"翰林权直""学士院权直"等职名。在学士的员额设置上，之前有六员与二员两种情况，孝宗朝确立为二员制。

其一，"权直学士院"的职名在孝宗朝学士中落"权"字。《梦溪笔谈》卷二载，直官即"官序未至而以他官权摄者"❶。在学士院中，除正式的学士外，还有直院和权直院两种情况，两者分别是直学士院、权直学士院的一种简称。前者是"凡他官入院未除学士"❷，后者则指"学士俱阙，它官暂行院中书文"❸。翰林学士乃要职，选拔要求比较严格，宁缺毋滥。有资历不足不能正式任命学士者，可以任命为直院、权直院，可代行文书，行使学士职责。

权直院与直院相比，特点是资历尚浅。❹乾道三年（1167年），洪迈权兼学士院期间，迁中书舍人，奏请自庶官迁侍从正兼直院，后得以落"权"字，之后遂成定制。意思是在迁中书舍人之后，入学士院把"权"字去掉，证明资历足以担任直院。这一制度的形成历经了一个很长的过程，周必大的《玉堂杂记》对此进行了说明，乾道年间，先以起居郎权直院者，既迁中书舍人即落"权"字；后又有以太常少卿兼权直院，"既除三字，即径落权，遂为定例"❺。周必大在淳熙五年（1178年）由翰林迁礼部尚书，这是正兼学士，以上位官职兼下位者不带"权"。其后，周必大为吏部尚书，又升兼学士承旨，由此"非特旨撰述，其余并免"❻，不必再加署"权"。

其二，孝宗朝首创了一些新的学士职位名称，如"翰林权直""学士院权直"。孝宗乾道九年（1173年）十二月二十四日，在直院、权直院之余，始创"翰林权直"以作学士院中的人员补充，这一职名在崔敦诗入学士院时始用。《宋会要辑稿·职官六》之五六记载权直之名的渊源："（乾道九

---

❶ 沈括撰、胡道静校注《新校正梦溪笔谈》卷二，中华书局1957年版，第34页。
❷ 脱脱等《宋史》卷一百六十二，中华书局1977年版，第12册，第3812页。
❸ 脱脱等《宋史》卷一百六十二，中华书局1977年版，第12册，第3812页。
❹ 杨果《中国翰林制度研究》，武汉大学出版社1996年版，第45页。
❺ 周必大《玉堂杂记》，傅璇琮、施纯德编《翰学三书》卷十二，辽宁教育出版社2003年版，第129页。
❻ 周必大《玉堂杂记》，傅璇琮、施纯德编《翰学三书》卷十二，辽宁教育出版社2003年版，第129页。

年)十二月二十四日,诏秘书省正字崔敦诗兼翰林权直。先是,有旨下国史院具典故:'馆职兼权学士院如何结衔?'既检照,申上。而朝廷以《四朝会要》学士院他官兼权直者,谓之'权直',遂有是命。"❶ 崔敦诗因资历不足尚不能除学士,亦不足以为直院,故而除"翰林权直",俸禄为直院的三分之一。《玉堂杂记》记载了此事的始末,说明了因为崔敦诗资历尚浅,才新创了"翰林权直"这样一个新职名,且"俸给一等,院中餐钱不减"❷。创设于乾道九年(1173年)的"翰林权直"之名,在淳熙五年(1178年)又被改为"学士院权直"。据《玉堂杂记》载,因为翰林堪称内诸司之总名,指代更为广泛,不能等同于学士院,故在史浩的建议下,改为"学士院权直"。

其三,翰林学士员额确定为二员。六员与二员,是宋代在翰林学士人数方面的两种成例。《两朝国史》载:"承旨不常置,以院中久次者一人充。学士六员。"苏轼的《谢宣召再入学士院二首》之二也有云:"伏以禁林分直,法本六人。"此外,《神宗正史·职官志》提到二员:"学士二人,待诏三人。"至南宋,翰林学士员额二员已成为定制。高宗朝吏部尚书权翰林学士孙近即曾因院中已经有正官二名而乞罢免,因为这是遵循"祖宗以来建为定额"❸ 的定规。孝宗朝翰林学士员额一直是二员,每个时期具体的在院学士人数也可以印证这一点。

二、草麻、宿直、锁院制度

翰林学士职掌丝纶,主要负责拟写制诰文书。宋代朝廷内制制词皆用白麻,所以翰林学士草拟制诰又可称之为"草麻"。"纸以麻为上,藤次之,以此为轻重之辨别。"❹ 麻根据不同颜色又有黄白之分,白麻优于黄麻。为

---

❶ 刘琳、刁忠民、舒大刚校点《宋会要辑稿》第5册,上海古籍出版社2014年版,第3190页。

❷ 周必大《玉堂杂记》,傅璇琮、施纯德编《翰学三书》卷十二,辽宁教育出版社2003年版,第129页。

❸ 刘琳、刁忠民、舒大刚校点《宋会要辑稿》第5册,上海古籍出版社2014年版,第2188页。

❹ 叶梦得《石林燕语》卷三,中华书局1984年版,第29页。

了保证制诰拟写的及时和机密，故而设有宿直、锁院制度。孝宗朝大都沿袭宋以来的成规，但在宿直、锁院制度方面不同时期都有特定的要求。

宿直，也可称为夜直，是指朝臣夜宿于供职机构，备问召对、处理朝务。宿直制度是翰林的重要制度。负责起草的两制词臣，皆有宿直的惯例。"翰林学士分日递直，夜入宿。"❶ 皇帝在双日下达任务，因此学士"每双日夜直，只日下直"❷。孝宗时期对宿直人数的规定经过了一个变化的过程，初为两人，后改为一人。宋室南渡之初，百废待兴，制度上有很多不完善之处，包括宿直制度。孝宗即位初，规定了宿直制度，每日宿直两员以备宣引咨访。隆兴元年（1163年）七月二十八日，诏"自今后应学士院及经筵官日轮二员直宿，稍复祖宗故事"❸；洪遵《翰苑遗事》也记载，学士院每日宿直有经筵官和学士两人"以备顾问"。

乾道八年（1172年）改为一人宿直，由过去经筵官与学士每日两员宿直改为每日一人独值。一人宿直的原因，一是如果两人同时宿直，可能会出现两名学士意见不一而影响效率和执行力的情况，故"只命一员递宿"❹。二是孝宗朝翰林学士多兼侍读、侍讲。一人兼具讲筵与草诏职能。一人独直在乾道八年（1172年）成为定制，并且一直延续到宋度宗朝。一人独直既有优点，也有不足，其重要的不足就是，学士草诏工作比较繁重。如周必大在《玉堂杂记》中所言，在学士院时独直，任务繁重，有些任务"乃委中书舍人"❺。

为了保证文书的机密性，在大制诰的拟写时另有锁院制度。据《宋史》卷一百六十二："凡拜宰相及事重者，晚漏上，天子御内东门小殿，宣召面

---

❶ 洪遵《翰苑遗事》，傅璇琮、施纯德编《翰学三书》卷十一，辽宁教育出版社2003年版，第104页。

❷ 苏易简《续翰林志》上，傅璇琮、施纯德编《翰学三书》卷八，辽宁教育出版社2003年版，第60页。

❸ 刘琳、刁忠民、舒大刚校点《宋会要辑稿》第5册，上海古籍出版社2014年版，第3189页。

❹ 周必大《玉堂杂记》，傅璇琮、施纯德编《翰学三书》卷十二，辽宁教育出版社2003年版，第131页。

❺ 周必大《玉堂杂记》，傅璇琮、施纯德编《翰学三书》卷十二，辽宁教育出版社2003年版，第135页。

谕，给笔札书所得旨。禀奏归院，内侍锁院门，禁止出入。"❶《玉堂杂记》也记载："凡锁院或亲被旨，或受熟状，本院即关阁门。"❷ 锁院即关闭学士院门，翰林学士由内侍引入，当夜入院，晚间草麻，次日出学士院。学士在夜间完成制诏写作。《宋朝事实类苑》载："学士晚得熟状，其密旨多夜降出，草麻五更三点进。"❸

学士院锁院一般在起草重要诏书如册后、立储、拜相等之时。据周必大《玉堂杂记》载，淳熙三年（1176年）八月，草翟贵妃立皇后制，宣锁院。乾道七年（1171年）二月，孝宗预立储，于是"是夕锁学士院"❹。乾道八年（1172年），虞允文拜左丞相，梁克家拜右丞相，"秉烛锁院，盖上欲其密"❺。北宋初，草德音和赦书时并不锁院，真宗时期，翰林学士晁迥建议，"请自今依降麻例锁院"❻。孝宗朝遵此制。淳熙十五年（1188年）四月草临安绍兴府德音，"宣李巘锁学士院"❼。

锁院制度自唐已有，宋承袭旧制。此外，孝宗朝关于锁院又有一些特殊情况。南宋之前，明堂大礼期间锁院并无特例，高宗朝免除了期间的锁院，"权宜不锁院，不宣麻"❽。然而至孝宗朝又恢复了明堂大礼时期的锁院。乾道年间，周必大请求恢复锁院，获得孝宗准许。郊祀大礼，"依旧例锁院、宣麻"❾。此外，按照惯例，应是执行双日锁院制度，但遇到紧急事件亦会有例外。孝宗朝翰林学士周必大曾遇只日锁院，乾道九年（1173年）

---

❶ 脱脱等《宋史》卷一百六十二，中华书局1977年版，第12册，第3812页。
❷ 周必大《玉堂杂记》，傅璇琮、施纯德编《翰学三书》卷十二，辽宁教育出版社2003年版，第131页。
❸ 江少虞《宋朝事实类苑》，上海古籍出版社1981年版，第384页。
❹ 李心传撰、徐规点校《建炎以来朝野杂记》乙集卷二，中华书局2000年版，第521页。
❺ 周必大《玉堂杂记》，傅璇琮、施纯德编《翰学三书》卷十二，辽宁教育出版社2003年版，第122页。
❻ 李焘撰，上海师大古籍所、华东师大古籍所点校《续资治通鉴长编》，第3册，中华书局2004年第二版，第1658页。
❼ 周必大《思陵录》，顾宏义、李文整理标校《宋代日记丛编》第3册，上海书店出版社2013年版，第1112页。
❽ 周必大《玉堂杂记》，傅璇琮、施纯德编《翰学三书》卷十二，辽宁教育出版社2003年版，第131页。
❾ 刘琳、刁忠民、舒大刚校点《宋会要辑稿》，第5册，上海古籍出版社2014年版，第3189页。

六月七日"草南郊御札,三更进草"❶。另,淳熙三年(1176年)八月十三日锁院草制,两次锁院均在只日。

三、入院待遇及奉赐润笔

由于翰林学士职位崇重,为了彰显这种尊贵地位,新学士入院时例有较为隆重的仪式。入院仪制在北宋十分隆重,但南渡后各项制度遭到破坏,加之南宋初年局势不稳定,所以入院礼仪方面有一定简化,入院时的"揖茶酒之礼"不复举行,"敕设"中的奏乐和表演也已省去。诚然,入院的仪制已不及北宋隆重,但孝宗礼贤文士,孝宗朝翰林学士在俸禄提升之余,润笔赏赐亦颇为丰厚,充分彰显了学士待遇之优厚。

北宋翰林学士新上任前,有御赐的宴会,且允许奏乐和娱乐表演,场面十分隆重,但至南宋逐渐废止,在孝宗朝已不复举行。翰林学士上任时用乐,这是宰相都没有的待遇,唯翰林学士所独享。《宋史·职官志》之二《翰林学士院》载:"凡初命为学士,皆遣使就第宣诏旨召入院。上日,敕设会从官,宥以乐。"❷《梦溪笔谈》"故事"载:"京师百官上日,唯翰林学士敕设用乐,他虽宰相,亦无此礼。"❸在宋太祖时期,赴任时曾有杂技舞蹈等节目,"敕设入弄猕猴之戏"。太宗曾云翰林学士"清切贵重,非它官可比",于是"教坊有杂伎跳丸舞之类,当令设之"❹,足见其重视程度。这些荣耀在孝宗朝已不复当初。周必大在《玉堂杂记》中记载了孝宗朝学士新入院的情况,已无北宋盛况:"翰林学士初上,旧制敕设甚盛。中兴后,不复举行。予直院时,除王日严为学士,院中支餐钱具五杯而已。"❺洪迈《容斋随笔》中载"翰苑故事,今废弃无余"❻,不过还保留了两种象

---

❶ 周必大《玉堂杂记》,傅璇琮、施纯德编《翰学三书》卷十二,辽宁教育出版社2003年版,第117页。

❷ 脱脱等《宋史》卷一百六十二,中华书局1977年版,第12册,第3812页。

❸ 沈括撰,胡道静校注《新校正梦溪笔谈》卷一,中华书局1957年版,第28页。

❹ 江少虞《宋朝事实类苑》卷二十九,上海古籍出版社1981年版,第375页。

❺ 周必大《玉堂杂记》,傅璇琮、施纯德编《翰学三书》卷十二,辽宁教育出版社2003年版,第135页。

❻ 洪迈撰、孔凡礼点校《容斋随笔》卷九,中华书局2005年版,上册,第123页。

征性的仪式：入朝时由朱衣院吏双引至朝堂，公文至三省不用申状而可直书其事。唐代翰林学士入院有特定的封赏，北宋亦有之，但发生了一些变化。"旧规云：学士新入院，飞龙赐马一匹，并鞍辔及刍粟，谓之长借。今则赐马并鞍辔。续翰志云：'旧赐白成钉口鞍，太宗改赐银闹装。'又改犀腰带为金荔支带。旧规云：上后三两日内，就院置宴，今率以上日便赐宴。旧规云：十月初别赐锦长袄子。国初以来，赐翠毛锦。"❶ 然而这些封赏及待遇在孝宗朝已取消。

孝宗朝翰林学士的俸禄基本沿袭北宋，有所增损。南宋初期官员俸禄参照北宋嘉祐、元丰、政和所制定的旧制。《嘉祐禄令》改变了翰林学士以他官俸禄为参照的惯例，专门为翰林学士设定了具体的俸禄，翰林学士承旨与翰林学士皆为钱百二十钱、绫五匹、绢十七匹，相当于宰相的一半，但为三品御史大夫的两倍。元丰改官制，提升官员俸禄。翰林学士在此次官制改革中正式定位为正三品，因先前的待遇已经超过三品，故此次没有提升俸禄。在徽宗崇宁年间俸禄调整中，翰林学士的俸禄增加一倍，此外"学士院月给餐钱三百千"❷。绍兴年间又增加了官员的俸禄和衣赐，承旨、学士五十贯，"罗一匹，小绫五匹，绢十七匹"❸。北宋之初翰林学士有俸薄之说法，学士也常常倾吐清贫之感。如杨亿就曾有"虚忝甘泉之从官，终作莫敖之馁鬼""方朔饥欲死"之类牢骚的词句。❹ 但经由几度增俸，孝宗年间翰林学士的俸禄已较为可观。

除俸禄之外，翰林学士另有润笔。"草麻润笔，自隋、唐以来皆有之"❺，宋代亦如此。润笔中有一类是，官员拜除之时学士为其草诏，由官员所赠。"内外制凡草制除官，自给谏、待制以上，皆有润笔物"❻。太宗时候制定了标准，并刻在了舍人院。学士草诏工作实际上是其公职，并非个人行为，所

---

❶ 江少虞《宋朝事实类苑》卷二十九，上海古籍出版社1981年版，第377页。
❷ 宋继郊编撰、王晟等点校《东京志略》，河南大学出版社1999年版，第236页。
❸ 脱脱等《宋史》卷一百七十二，中华书局1977年版，第12册，第4139页。
❹ 江少虞《宋朝事实类苑》卷二十九，上海古籍出版社1981年版，第365页。
❺ 苏耆《次续翰林志》，傅璇琮、施纯德编《翰学三书》卷十二，辽宁教育出版社2003年版，第72页。
❻ 沈括撰、胡道静校注《新校正梦溪笔谈》卷二，中华书局1957年版，第34页。

以所收润笔会在学士院中分发。"学士院故事,凡润笔,并与见在学士院均分。"❶润笔有时颇为丰厚,杨亿曾在为寇准拟写拜相诏书时,深得寇准满意,在常规的润笔之外,加赠许多,"例外别赠白金百两"❷。元丰时期俸禄调整后,学士院曾请求免去润笔,因为"自官职既行,已增请俸"❸。但是赠送润笔已经成为一种习惯,南宋时期的润笔不减反增。高宗绍兴二十四年(1154年),王伦草进贵妃制,高宗对其称赞有加,因此赐钱万贯,并且赐砚,封赏较北宋更为丰厚。孝宗朝润笔更是可观,据《玉堂杂记》载,草拟封后妃、册立太子、拜除宰相的制诏的润笔格外丰厚,既有银两,又有砚匣、笔格、压尺之类的器物。孝宗朝所赐润笔一般以笔砚为主,如果来不及准备则改为赐金,草封妃制和宰相制赏金百两,若是封后和立储则加倍。《武林旧事》中对孝宗朝封后的润笔亦有所提及。隆兴时期草封后制词,赐学士"润笔金二百两"❹。周必大在与程大昌唱和的诗作中曾戏云"早夜祝公登相位,重沾润笔乃无贫"(《程泰之下直某偶被宣锁相遇于途既到玉堂读所》),意为希望程大昌早日登宰相,为其草诏也可以获得一笔丰厚的润笔。虽为朋友之间的戏言,从中也可知为宰相任命草诏所获润笔不菲。孝宗朝熊克,嫁女乏资,人称其清介,曾"会草制获赐金"❺,并将此作为女儿的嫁妆,可见润笔之丰厚。

翰林学士圣眷优渥,一个重要体现便是御赐封赏较多。常规情况下,学士入院,御赐衣和金腰带,十月一赐冬衣锦袍。此外还有额外赏赐。孝宗礼贤崇文,对翰林学士眷顾有加,在学士召对期间,多次赐茶、酒、金莲烛或亲笔书法,成为翰苑美谈。从整体上来看,翰林学士的入院礼仪虽较北宋有所简化,俸禄却有大幅提升,润笔也颇丰。整体上,孝宗一朝翰

---

❶ 王珪《免学士院润笔札子》,《华阳集》卷八,丛书集成初编本,中华书局1985年版,第90页。

❷ 沈括撰,胡道静校注《新校正梦溪笔谈·续笔谈十一篇》,中华书局1957年版,第339页。

❸ 刘琳、刁忠民、舒大刚校点《宋会要辑稿》第5册,上海古籍出版社2014年版,第3185页。

❹ 周密《武林旧事》卷八,《全宋笔记》第八编第二册,大象出版社2017年版,第111页。

❺ 脱脱等《宋史》卷四百四十五,中华书局1977年版,第37册,第13144页。

林学士的生活境况应是比较殷实且荣耀的。

第二节 孝宗朝翰林学士构成

一、学士任职情况考述

绍兴三十二年（1162年）六月赵昚登基为帝，是为宋孝宗。孝宗在位27年，共任用史浩等35位学士，其中史浩、洪遵、刘珙、洪适、洪迈、王刚中、王曮、汪应辰、周必大、王淮10人正式除翰林学士，其余为兼直院、权直院或学士院权直、翰林权直等。尽管具体的职名有所不同，但在其职责上与翰林学士无甚区别。孝宗朝学士承旨为洪遵、王曮、周必大，即翰林学士之首。具体任职详见表1.1。

表1.1 宋孝宗朝翰林学士任职情况（以学士首任时间为序）

主要历史时期	姓名	籍贯	在院起讫年月	任职	任职时间
绍兴末及隆兴年间（1162—1164年）	洪遵	鄱阳	绍兴三十年八月至十二月 绍兴三十二年五月至隆兴元年五月	学士，承旨	共一年六个月（孝宗朝一年）
	虞允文	隆州仁寿	绍兴三十一年九月至三十二年十月	兼权直院，直学士院	共一年两个月（孝宗朝五个月）
	刘珙	崇安	绍兴三十一年十二月至隆兴元年十一月 乾道三年七月至十一月	兼权直院，兼直院，学士	共两年五个月（孝宗朝一年十一个月）
	史浩	明州鄞县	绍兴三十二年六月至八月	学士	三个月

续表

主要历史时期	姓名	籍贯	在院起讫年月	任职	任职时间
绍兴末及隆兴年间（1162—1164年）	钱周材	溧阳	绍兴十七年三月至六月 隆兴元年六月至二年二月	兼权直院，兼直院	九个月
	王之望	襄阳谷城	隆兴元年十一月至二年四月	兼权直院	六个月
	张孝祥	历阳乌江	隆兴二年二月至三月	兼直院	一个月
	马骐	成都双流	隆兴二年三月至四月	兼权直院	一个月
	洪适	鄱阳	隆兴二年四月至乾道元年六月	兼权直院，兼直院，学士	一年五个月
	王刚中	饶州乐平	隆兴二年闰十一月至十二月	学士，直学士院	一个月
	陈之茂	无锡	隆兴初	直学士院	不详
乾道年间（1165—1173年）	何俌	龙泉	乾道元年正月至三月	兼权直院	三个月
	蒋芾	常州宜兴	乾道元年正月至二年五月	兼权直院，兼直院	一年六个月
	王曮	扬州广陵	绍兴二十年三月至二十一年四月 乾道元年九月至三年闰七月 乾道七年四月至九年三月	兼权直院，兼直院，学士，承旨	四年
	洪迈	鄱阳	乾道二年十月至三年五月 乾道三年七月至四年六月 淳熙十三年四月至十五年四月	权直学士院，兼直院，学士	三年九个月

续表

主要历史时期	姓名	籍贯	在院起讫年月	任职	任职时间
乾道年间 (1165—1173年)	莫济	湖州归安	乾道三年十一月至四年十一月 淳熙五年十月至十一月	兼权直院，兼直院	一年两个月
	梁克家	泉州晋江	乾道四年十一月至五年二月	兼直院	四个月
	汪应辰	信州玉山	乾道四年十一月至六年四月	兼学士	一年六个月
	程大昌	徽州休宁	乾道五年正月至八月	直学士院	八个月
	陈良祐	婺州金华	乾道五年四月至六年闰五月	兼直院	一年两个月
	郑闻	开封	乾道六年四月至七年三月 乾道八年七月至九月	兼直院	一年三个月
	周必大	吉州庐陵	乾道六年七月至八年二月 淳熙二年八月至七年五月	兼权直院，直学士，学士，承旨	五年五个月
	王瀹	明州奉化	乾道九年闰正月至七月	兼权直院	七个月
	王淮	婺州金华	乾道九年四月至淳熙二年闰九月	兼权直院，兼直院，学士	两年七个月
	崔敦诗	通州静海	乾道九年十二月至淳熙元年十二月 淳熙五年九月至九年五月	兼翰林权直，直学士院，兼学士院权直，兼权直院	四年两个月

续表

主要历史时期	姓名	籍贯	在院起讫年月	任职	任职时间
淳熙年间（1174—1189年）	胡元质	平阳府长洲	淳熙二年二月至八月	兼直院	七个月
	程叔达	黟县	淳熙二年十一月至四年八月	兼权直院	一年十个月
	范成大	吴郡	淳熙五年三月至四月	兼直院	一个月
	葛邲	江阴军	淳熙六年十一月至七年二月	兼学士院权直	两个月
	赵彦中	开封	淳熙七年四月至十一年四月	兼学士院权直，兼权直院	四年
	熊克	建宁建阳	淳熙九年七月至十年二月	兼学士院权直，兼权直院	八个月
	李巘	济阳	淳熙十一年四月至十六年正月 淳熙十六年七月至绍熙五年八月	兼权直院，兼直学士院，兼直院	九年十个月（孝宗朝五年九个月）
	陈居仁	兴化军	淳熙十四年正月至十五年五月	兼直学士院	一年五个月
	尤袤	常州无锡	淳熙十六年正月至六月	兼直学士院	六个月
	倪思	湖州归安	淳熙十六年正月至绍熙五年五月 庆元元年六月至二年三月 开禧二年八月至九月	兼翰林权直，权兼直院，兼直学士院，兼权直院	六年六个月（孝宗朝两个月）

结合孝宗朝的政治分期及学士任职情况，可将孝宗朝学士分为隆兴、乾道、淳熙三个阶段来加以认识。

隆兴年间，从绍兴三十二年（1162年）六月孝宗受禅始，至隆兴二年（1164年）末，大概两年半时间。这一时期共任命翰林学士11人。其中史浩、虞允文、洪遵、刘珙四人皆受命于高宗绍兴末，同为高宗、孝宗两朝学士。孝宗即位之初，所沿用的主要是这几位前朝词臣。此外还任命了钱周材、王之望、张孝祥、马骐、洪适、王刚中、陈之茂七位学士。据何异《宋中兴题名》之《宋中兴学士院题名》等文献,将学士任职情况概述如下。

史浩、虞允文、洪遵、刘珙是孝宗朝最早期的一批学士。史浩,字直翁,明州鄞县人,绍兴十四年(1144年)登进士第,孝宗即位后以中书舍人除翰林学士、知制诰,仅任职三个月。史浩是孝宗旧傅,尝辅佐东宫,深得孝宗重用,其后曾两度拜相。隆兴元年(1163年),史浩出学士院后,拜尚书右仆射,后罢相,奉祠回乡,淳熙五年(1178年)复为右丞相。虞允文,字彬甫,隆州仁寿人,政和年间进士,绍兴三十一年(1161年)除中书舍人、直学士院。孝宗即位之初,意图恢复。虞允文为主战派的实力武将,颇合乎圣心。采石镇大捷充分显示了其才能,也使隆兴时期的恢复气势大为振奋。虞允文位及宰相,乾道五年(1169年)拜右仆射、同中书门下平章事兼枢密使,乾道八年(1172年)改左丞相兼枢密使。他举荐的洪适、汪应辰也被选入学士院。洪遵,字景严,鄱阳人,洪皓之子,高宗绍兴十二年(1142年)中博学宏词科,成为词臣的储备人才。洪遵首入翰苑是在高宗绍兴三十年(1160年)八月,任职到十二月,再入翰苑是绍兴三十二年(1162年)五月,以徽猷阁直学士知平江府,除翰林学士。至孝宗即位,拜翰林学士承旨,至隆兴元年五月除同知枢密院事,结束学士职任。刘珙,字共父,崇安人,高宗朝曾兼权秘书少监,兼权中书舍人,其文采斐然,"悉师北伐,一时诏檄多出公手,词气激烈,闻者或至泣下"❶。刘珙在孝宗朝两入翰苑,成为初期重要的词臣,绍兴三十一年(1161年)十二月至隆兴元年(1163年)十一月首入翰苑,乾道三年(1167年)七月至十一月再入翰苑,历任兼权直院、兼直院、翰林学士。

钱周材、王之望、张孝祥、马骐、王刚中、陈之茂等皆为隆兴时期的翰林学士。钱周材,字元英,溧阳人,高宗绍兴十七年(1147年)除中书舍人,兼权直学士院。孝宗朝,钱周材二入翰苑,孝宗隆兴初为中书舍人,除给事中、兼直学士院。❷ 王之望,字瞻叔,襄阳谷城人,绍兴八年(1138

---

❶ 朱熹撰,朱杰人、严佐之、刘永翔主编《朱子全书》,第24册,上海古籍出版社2002年版,第4118页。

❷ 曾枣庄、刘琳主编《全宋文》,第109册,上海辞书出版社2006年版,第310页。

年）进士，隆兴元年（1163年）十一月以权户部侍郎兼权直院，隆兴二年（1164年）四月除左谏议大夫。张孝祥，字安国，别号为湖居士，历阳乌江人。隆兴二年（1164年）二月以中书舍人兼直院，三月除敷文阁侍制知建康。因张浚推荐张孝祥领建康留守，以图进兵。张孝祥仅兼直学士院一个月的时间。马骐，仅兼权直院一个月，隆兴二年（1164年）三月以起居舍人兼权直院，四月便离开了学士院。洪适，字景伯，绍兴十二年（1142年）中博学宏词科。隆兴二年（1164年）兼权直学士院，四月以太常少卿兼权直院，闰十一月兼直院，乾道元年（1165年）五月除翰林学士。洪适在学士院任职一年零五个月，其间曾使金贺金主生辰，归来后正式除翰林学士。王刚中，字时亨，饶州乐平人，绍兴十五年（1145年）被点为进士第二名。隆兴二年（1164年）闰十一月除翰林学士，以避祖讳改除礼部尚书直学士院，十二月除签书枢密院事。另有陈之茂，亦在隆兴时期直学士院，具体在院时间不详。陈之茂是绍兴二年（1132年）进士，隆兴年间"擢吏部侍郎兼中书舍人，直学士院"❶。

乾道时期共9年，任用15位学士，承旨有王曮、周必大两人。另外，洪适是由隆兴二年（1164年）四月任职一直延续到乾道元年（1165年）六月。

蒋芾、何俌是乾道元年（1165年）正月同时任职的两位学士。蒋芾是绍兴二十一年（1151年）进士第二名，乾道元年（1165年）正月以起居郎兼权直院，七月除中书舍人兼直院。何俌在隆兴元年（1163年）升为起居郎权中书舍人，其草诏制词才思泉涌，渊源有体，深得孝宗赏识。洪适所撰《何俌权工部侍郎制》中称其"智略凑于朕前，言语妙于天下"❷。乾道元年（1165年）正月以权工部侍郎兼权直院，三月除集英殿修撰知衢州。

王曮与洪迈、莫济在同一时间段供职学士院。王曮，字日严，扬州广陵人，王曮是孝宗朝翰林学士中的第二位翰长，绍兴十五年（1145年）中博学宏词科。❸他三入翰苑，第一次是于绍兴二十年（1150年）三月至二

---

❶ 佚名纂修《无锡志》，《宋元方志丛刊》影印《四库全书》本，中华书局1990年版，第2230页。

❷ 曾枣庄、刘琳主编《全宋文》卷四七一三，上海辞书出版社2006年版，第322页。

❸ 曾枣庄、刘琳主编《全宋文》卷四六五九，上海辞书出版社2006年版，第140页。

十一年（1151年）四月兼权直院。第二次是乾道元年（1165年）九月以权礼部侍郎兼直院，乾道三年（1167年）闰七月除敷文阁待制宫观。第三次是乾道七年（1171年）四月以给事中除翰林学士，乾道八年（1172年）三月除翰林学士承旨，乾道九年（1173年）三月除端明殿学士在外宫观。王曮断续在翰苑任职四年，曾任学士承旨，在整个乾道年间的翰苑中占据重要地位。洪迈，字景卢，是洪皓的第三子，绍兴十五年（1145年）中博学宏词科，在二兄之后也进入学士院。其首次任学士职是乾道年间：二年（1166年）十月以起居舍人兼权直学士院，七月除中书舍人兼直院，四年（1168年）六月除集英殿修撰宫观。其第二次任职学士是淳熙年间，共历任三载。莫济与洪迈有一定共同任职时间。莫济，字子齐，湖州归安人，绍兴十五年（1145年）进士，乾道三年（1167年）十一月以宗正少卿兼权直院，四年（1168年）十一月以忧去。

乾道四年（1168年）十一月莫济离开学士院后，汪应辰和梁克家同入学士院。汪应辰，字圣锡，信州玉山人，人称玉山先生，生于徽宗郑和八年（1118年），绍兴五年（1135年）进士第一名。乾道四年（1168年）十一月以吏部尚书兼翰林学士，六年（1170年）四月除端明殿学士知平江府。梁克家，泉州晋江人，乾道四年（1168年）十一月以给事中兼直院，五年（1169年）二月除签书枢密院事。

乾道五年（1169年），程大昌和陈良祐二人同为直院。程大昌，字泰之，徽州休宁人，绍兴二十一年（1151年）进士，乾道五年（1169年）正月除直学士院。陈良祐，字天与，婺州金华人。绍兴二十四年（1154年）进士。乾道五年（1169年）四月以给事中兼直院，十月除吏部侍郎依旧兼直院，六年（1170年）闰五月罢。

乾道六年（1170年）和七年（1171年）间，学士院主要有郑闻和周必大二人。郑闻，字仲益，开封人，南渡寓居秀州华亭，绍兴二十一年（1151年）进士。郑闻在乾道年间两次出入翰苑，共任期一年零三个月。乾道六年（1170年）四月以中书舍人兼直院，七年（1171年）三月除宝文阁待制宫观。乾道八年（1172年）七月以刑部侍郎兼侍读兼直院，八月除刑部尚书依旧兼侍读。周必大，字子充，吉州庐陵（今江西吉安）人。周必大在乾道和淳熙年间两入翰苑，历时五年零五个月，除翰林学士，拜翰林承旨,是孝宗朝翰苑的核心人物。乾道六年(1170年)七月,周必大以权兼直院供职两载,乾道八年(1172年)二月奉祠离朝。淳熙二年(1175年)八月,周必大以直学士院再入翰苑,淳熙三年(1176年)九月正式除翰林学士,淳熙六年(1179年)十一月成为翰林学士承旨。

乾道九年任用三位学士王瀹、王淮和崔敦诗。王瀹,明州奉化(今浙江奉化)人,绍兴十五年(1145年)进士。乾道九年(1173年)闰正月以宗正少卿兼权直院,七月除权工部侍郎。王淮,字季海,婺州金华(今浙江金华)人,绍兴间进士。乾道九年(1173年)四月以太常少卿兼权直院,七月除中书舍人兼直院。淳熙元年(1174年)十二月除翰林学士,二年(1175年)闰九月除签书枢密院事。

崔敦诗,字大雅,南宋通州静海(今江苏南通)人,绍兴三十年(1160年)进士,以制词闻名,任职四余载。其赋性端厚,文词温润,议论疏通,知大体,深得孝宗的赏识。崔敦诗首入翰苑是在乾道末年。乾道九年(1173年)十二月以秘书省正字兼翰林权直,淳熙元年(1174年)十二月丁父忧。归来后继续兼学士院权直,且连任三余载。淳熙五年(1178年)九月除枢密院编修官兼学士院权直,六年(1179年)正月除秘书省著作郎,七年(1180年)七月除国子司业兼权直院,九年(1181年)五月守本官致仕。

淳熙是孝宗朝最后一个年号,共16年。淳熙二年(1175年)在翰苑任职的为胡元质、周必大和程叔达。胡元质,字长平,平阳府长洲(今江苏苏州)人,登绍兴十八年(1148年)进士。淳熙二年(1175年)二月以给事中兼直院,八月罢。胡元质出学士院的同月,周必大二入翰苑,并在学士院任职近五年。程叔达在翰苑任期一载有余。程叔达,字元诚,黟县人,绍兴十二年(1142年)进士。淳熙二年(1175年)十一月,其以宗正少卿兼权直院,四年(1177年)八月除直龙图阁离开学士院。

淳熙五年(1178年)、六年(1179年)期间有三位任期比较短的学士:范成大及二入翰苑的莫济、葛邲。其中范成大仅兼直院一个月,莫济一个月,葛邲两个月。范成大,字至能,吴郡人,绍兴二十四年(1154年)进士,淳熙五年(1178年)三月以权礼部尚书兼直院。莫济,淳熙五年(1178年)十月除中书舍人兼直院,十一月守本官致仕。葛邲,字楚辅,江阴军(今江苏省江阴市青阳镇）人，隆兴元年（1163年）进士。淳熙六年（1179年）十一月，其以秘书省著作郎兼学士院权直，七年（1180年）二月除右正言。

淳熙七年（1180年）到九年（1182年），学士院除了一直任职的崔敦诗外，另有赵彦中兼学士院权直，并一直延续到十一年。崔敦诗、赵彦中两人同为直学士院，九年（1182年）崔敦诗于本官致仕，赵彦中还有《挽崔舍人》两首。崔敦诗去仕后，学士院只有赵彦中一人，于是当年（1182年）七月熊克为学士院权直，与赵彦中一同任职。赵彦中，字大本，开封（今河南开封）人，乾道五年（1169年）进士。淳熙七年（1180年）四月以秘书省校书郎兼学士院权直，九年（1182年）七月除著作佐郎依旧兼权直院，十年（1183年）二月除起居舍人兼权直院，十年（1183年）十月除起居郎依旧兼权直院，十一年（1184年）四月除中书舍人丁母忧。熊克，字子复，建宁建阳（福建建阳）人，绍兴二十一年（1151年）进士。淳熙九年（1182年）七月其以秘书省秘书郎兼学士院权直，淳熙十年（1183年）二月除起居郎兼权直院当月罢。

淳熙十一年（1184年）至十六年（1189年）在学士院任职最长的是李巘，历任兼权直院、兼直学士、兼直院共五年零九个月，是淳熙后期主要的词臣，尽管在孝宗朝没有正式除翰林学士，但是光宗朝绍熙四年（1193年）再入翰苑时正式除翰林学士。李巘，字献之，济阳（今山东济阳）人，中博学宏词科，赐同进士出身。淳熙十一年（1184年）四月其以起居舍人兼权直院，十二年（1185年）十二月除起居郎依旧兼权直院，十三年（1186年）七月除中书舍人兼直院，十五年（1188年）八月除给事中依旧兼直院，十六年（1189年）正月除宁国府。这一时期，除了李巘之外，洪迈于淳熙十三年（1186年）四月至淳熙十五年（1188年）四月二入翰苑，与李巘同在学士院两载。

淳熙后期，十四年（1187年）至十六年（1189年）间，依次有陈居仁、尤袤、倪思三位学士，其中陈居仁在学士院一年零五个月，尤袤任期较短，倪思初任于孝宗朝，但实则主要是光宗朝的词臣。陈居仁（1129—1197），字安行，学者称菊坡先生，兴化军（今福建莆田）人，绍兴二十一年（1151年）进士，淳熙十四年（1187年）因洪迈推荐兼直学士院。"正月二十日，（洪迈）知贡举，时为翰林学士知制诰兼侍读兼修国史。直学士院斯时正阙官，乃荐陈居仁兼领。"尤袤，常州无锡（今江苏无锡）人，绍兴十八年（1148年）进士，以诗著称，被称为"中兴四大诗人"之一，淳熙十六年（1189年）正月以权礼部侍郎兼直学士院，力辞，且荐陆游自代，孝宗不许。孝宗盛赞他"非卿孰能为者，故处卿以文字之职"❶。尤袤的制诏雅正，得到时人的赞服。尤袤处在孝宗与光宗交接时期，主要是受命拟定禅位的一些制诏。倪思，字正甫，湖州归安人，乾道二年（1166年）进士，中博学宏词科。倪思在孝宗朝末入学士院，淳熙十六年（1189年）正月以秘书省著作郎兼翰林权直，历任权兼直院、兼直学士院、兼权直院，一直任职至绍熙五年（1194年）五月。其又于宋宁宗庆元元年（1195年）六月至庆元二年（1196年）三月再入翰苑，可以说倪思是孝宗为光宗朝选拔培养的优秀词臣。

根据任职时间的长短，可对翰林学士群体进行简要分类。其中任职年限较长的相对来说受到翰林制度的影响更为深远，任职带来的影响力也更大（见表1.2）。

表1.2 翰林学士任职年限分析

任职年限	翰林学士
一年以下	史浩、虞允文、钱周材、王之望、张孝祥、马骐、王刚中、何俌、梁克家、程大昌、王瀹、胡元质、范成大、葛邲、熊克、陈居仁、尤袤、倪思
一到两年	洪遵、刘珙、洪适、蒋芾、莫济、汪应辰、陈良祐、郑闻、程叔达
两到三年	王淮
三年以上	王曮、洪迈、周必大、崔敦诗、赵彦中、李巘

孝宗朝学士中有不少任期特别短的，如张孝祥、马骐、王刚中、范成大等仅一个月，葛邲、史浩也仅两到三个月，翰林学士之职只是他们短暂的经历。他们更显著的身份标签并非学士，或者说草诏的经历并未在他们的人生经历中形成显著的烙印。例如，张孝祥以词人名世，范成大以"中兴四大诗人"之一闻名，史浩更是名相，王刚中乃帅才。所以，这些任期

---

❶ 李心传撰、徐规点校《建炎以来朝野杂记》乙集卷二，中华书局2006年版，第524页。

较短的学士,不宜夸大翰苑经历对他们的影响。

王曮、洪迈、周必大、崔敦诗、赵彦中、李巘等人担任学士时间在三年以上,可以说是专业的词臣,他们的翰苑作品是展现翰苑风貌的重要载体。其中,王曮任职四年多、周必大任职五年多,他们任职时间长,又曾任翰林承旨,翰苑经历对其个人产生不小的影响,他们的作为也对当朝翰苑影响颇深。他们在翰苑的著作也非常丰富,是研究翰林制度与学士文学的重要文献,如周必大的《玉堂杂记》《玉堂类稿》、洪遵的《翰苑群书》和崔敦诗的《玉堂类稿》等。

二、翰林学士的拔擢与升迁

翰林学士任职禁中,地位清要,其选拔和任命标准及要求很高。虽然进入翰苑没有设置专门的考试,但其选拔仍需遵循一定的原则。博学宏词科是翰林学士的重要取才渠道。从秘书省中拔擢,是翰林学士进身的常规途径。文学才能是他们得以进身的重要基石,同时由于隆兴时期特殊的政治环境及孝宗对军事、武学才能的偏好,孝宗朝学士中不乏以军事才能被孝宗直接拔擢者,文武双全成为孝宗朝学士群体的一个特殊情况。两制向来是两府的储才之所,故而翰林学士升迁宰辅者众多,孝宗朝学士亦不例外,有14位官至宰相或副宰相,彰显了翰林学士这一官职的显赫地位和光明前途。

(一) 翰林学士的培养及拔擢途径

唐代翰林学士入选皆需试五题,即麻、诏、敕、诗、赋,但宋制中,翰林学士的选拔和任用则不需要经过考试。"既重学士之选,率自知制诰迁,故不试。"❶ 翰林学士身居要职,历代对学士的选任要求极高,其拔擢也有一定的标准。在孝宗朝,博学宏词科是词臣的一个重要选拔途径,且此试是专门为培养词臣而设置的,但即便考中词科也不能直接成为词臣。秘书省是翰林学士任职前的历练阶段,是翰林学士的取才之所。一般需先

---

❶ 洪遵《翰苑群书》,傅璇琮、施纯德编《翰学三书》卷十一,辽宁教育出版社2003年版,第110页。

任外制官中书舍人,才能成为翰林之选,拔擢为内制官翰林学士。翰林学士的最后任命一般有大臣举荐和皇帝亲自拔擢两种方式。孝宗朝尤以孝宗亲自拔擢为主。

1. 博学宏词科:学士的初级选拔

翰林学士奉命为皇帝起草制诏文书。朝廷官方文书皆用四六文,所以四六文写作水平是翰林学士选拔的重要指标。但北宋科举重经义、策论,"于是学者不复习为应用之文"❶。科举改制罢诗赋以来,举子不擅诗赋,骈文水平也急剧下降,引发了内外制缺少可用之人的现象。朝廷也深刻认识到在一些应用文体如诏、诰、章、表等的拟写上人才匮乏,于是采取了一系列举措。高宗时期,为弥补经义取士的不足,于绍兴三年(1133年)复设博学宏词科,作为词臣的专门选拔渠道。谢伋《四六谈麈序》中云:"朝廷以此取士,名为博学宏词,而内外两制用之,四六之艺,诚曰大矣。"词科考试各科目皆为四六文,是专门为选拔两制词臣而设,也为孝宗朝翰林学士的选拔提供了一定的人才储备。

博学宏词科最早设于唐开元年间,但比较冷落,偶尔才实行。宋代词科的设置到最终定型也经过了一个发展过程。"绍圣二年,始立宏词科;大观四年,改立词学兼茂科;绍兴三年,定名为博学宏词科。"❷自高宗朝重开博学宏词科至孝宗初年,有三十余年。词科三年一次,且每次选拔的人数都很少,绍兴以来"所取不得过五人"❸。孝宗朝翰苑取士也多依此,王曮、周必大、三洪、倪思、莫济等人皆出身词科。其中,周必大于绍兴二十七年(1157年)中博学宏词科,除翰林学士,拜承旨,是孝宗朝翰苑的核心人物。洪氏三兄弟皆参加了博学宏词科考试,其中,洪适、洪遵于高宗绍兴十二年(1142年)中博学宏词科。此次洪迈也与二兄一起参加博学宏词科,但没有入选,在绍兴十五年(1145年)再次参加考试,最终入选。王曮于绍兴十五年(1145年)试博学宏词科中第,绍兴二十年(1150年)兼权直院,最终成为孝宗朝的第二位翰林承旨。此外,李巘、倪思、莫济

---

❶ 洪迈撰、孔凡礼点校《容斋随笔·容斋三笔》卷十,中华书局2005年版,第539页。
❷ 洪迈撰、孔凡礼点校《容斋随笔·容斋三笔》卷十,中华书局2005年版,第539页。
❸ 洪迈撰、孔凡礼点校《容斋随笔·容斋三笔》卷十,中华书局2005年版,第539页。

也是出身博学宏词科而入翰苑。其中李巘在宁宗朝成为学士承旨。倪思于淳熙末期进入学士院,成为光宗朝的主要词臣,任期六年有余。

词科的考试科目以文书为主,并且逐步细化,具体由绍圣二年(1095年)的九体增加为十二体——制、诰、诏、表、露布、檄、箴、铭、记、赞、颂、序。此项改革在绍兴三年(1133年)由工部侍郎李擢确定,"凡三场,试六篇,每场一古一今"❶。科目中制、诰、诏、表等都是词臣最主要的工作文体。举子在应试准备中做的大量的写作练习,对他们的应用文体写作水平带来了极大的提升,为胜任词臣工作奠定了基础。此外,博学宏词科不仅选拔了两制人才,也为朝廷储备了宰辅之才。正如马端临《文献通考》中言:"自复科以来,所得鸿笔丽藻之士,多有至卿相、翰苑者。"❷隆兴至淳熙年间共有十三人以词科入选,最后官至翰苑、卿相。可见,博学宏词科的设置成为科举取士的一个重要补充渠道,也为孝宗时期的人才鼎盛起到了一定助推作用。

2. 秘书省:学士的"历练之路"

宋制从馆职中选拔翰林学士,馆阁是学士的育才之所,馆职也就是馆阁职事。北宋的昭文馆、史馆、集贤院,与秘阁合称为三馆秘阁。"祖宗时,内外制官,无不自三馆出。"❸范仲淹《奏杜杞等充馆职》有云:"朝廷两府任人多擢于两制,词臣必由于馆殿,是馆殿为育才之要府。"❹欧阳修札子也有云:"两制阙人,则必取于馆阁。"❺北宋元丰改制中,罢三馆秘阁,统归秘书省,设秘书监、少监、丞郎、著作郎、佐郎、校书郎、正字,谓之秘书省职事官。"中兴以来复建秘书省,而三馆之职归之。"(《梁溪漫志》卷二"三馆馆职")孝宗朝的秘书省就相当于北宋时期的馆阁,是两制的储才之所。李焘称:"况秘书郎,文章高选,盖朝廷养育两制词臣之

---

❶ 洪迈撰,孔凡礼点校《容斋随笔·容斋三笔》卷十,中华书局2005年版,第539页。
❷ 马端临《文献通考·贤良方正》,中华书局2011年版,第955页。
❸ 陈骙《南宋馆阁录》卷六,中华书局1998年版,第67页。
❹ 范仲淹《范文正公政府奏议》卷下,《范仲淹全集》上册,凤凰出版社2004年版,第565页。
❺ 欧阳修《又论馆阁取士札子》,李逸安点校《欧阳修全集》卷一百一十四,中华书局2001年版,第1727页。

地。"❶秘书省以文章选拔人才,又能通过日常工作再加以锻炼,于是成为翰林学士的重要取才之地。

秘书省任职相当于翰林学士任职之前的历练阶段。两宋期间为了使秘书官成为两制词臣的重要人才库,也着意进行训练和培养工作。因两制词臣主要职能为草诏,所以朝廷也会提前将一些文书交由秘书省分撰。譬如绍兴元年(1131年)祭祀所用的一些祝祷文字,便指派秘书省分撰。此外,令秘书省分撰一些公文,目的之一是锻炼他们的公文写作能力。如《梁溪漫志》卷二"秘书省官撰文字"条所载:"故事,朝廷有合撰乐章、赞颂、敕葬、祭文,夏国人使到驿燕设教坊白语,删润经词及回答高丽书,并送秘书省官撰,学士代王言,掌大典册,此等琐细文字付之馆职,既足以重北门之体,且所以试三馆翰墨之才,异时内外制阙,人多于此取之,所谓馆职储材,意盖本此。"翰林学士掌大制诏,秘书省则负责一些次要的文书,这既可以显示地位职能差别,也可以使秘书官得到锻炼,以备他日入选两制。可见,秘书省的储才功能不言而喻。

孝宗一朝翰林学士大多曾任秘书官。据统计,在孝宗朝35名学士中,28人皆曾出任秘书官:史浩、虞允文、洪遵、刘珙、钱周材、张孝祥、洪适、洪迈、王刚中、陈之茂、蒋芾、王曮、汪应辰、梁克家、郑闻、周必大、王淮、尤袤、李巘、陈居仁、范成大、熊克、胡元质、赵彦中、倪思、崔敦诗、葛邲、程大昌,均在入学士院前出任不同的秘书官。其中,周必大、程大昌、葛邲、崔敦诗、赵彦中、熊克、倪思是直接由秘书省拔擢到翰苑。翰林学士所曾任馆职情况见表1.3。

表1.3 翰林学士曾任馆职名

学士	任职朝代	曾任馆职名
史浩	高宗朝	秘书省校书郎
虞允文	高宗朝	秘书丞
洪遵	高宗朝	秘书省正字
刘珙	高宗朝	秘书丞、以吏部员外郎兼权秘书少监

❶ 李焘《续资治通鉴长编》卷四三一,第17册,中华书局1992年版,第10420页。

续表

学士	任职朝代	曾任馆职名
钱周材	高宗朝	校书郎、著作佐郎、著作郎、中书舍人兼实录院修撰
张孝祥	高宗朝 孝宗朝	秘书省正字、正字兼国史院编修官 秘书少监
洪适	孝宗朝	秘书省正字
洪迈	高宗朝 孝宗朝	校书郎 同修国史、中书舍人兼实录院修撰、起居舍人兼国史院编修
王刚中	高宗朝 孝宗朝	秘书省校书郎 秘书佐郎、中书舍人兼史馆修撰
陈之茂	高宗朝	校书郎、著作佐郎
蒋芾	高宗朝	秘书省正字、校书郎、著作佐郎
王曮	高宗朝	秘书省正字
汪应辰	高宗朝	秘书省正字、秘书少监
梁克家	孝宗朝	秘书省正字、校书郎、著作佐郎
郑闻	高宗朝	秘书丞
周必大	高宗朝 孝宗朝	秘书省正字、正字兼国史院编修官 秘书少监
王淮	孝宗朝	校书郎、秘书少监、国史院编修官
尤袤	孝宗朝	秘书丞、著作郎
李巘	孝宗朝	秘书郎、著作佐郎、著作郎兼国史院编修官、中书舍人兼实录院同修撰
陈居仁	孝宗朝	秘书丞
范成大	孝宗朝	秘书省正字、秘书少监
熊克	孝宗朝	校书郎兼国史院编修官、秘书郎
胡元质	孝宗朝	秘书省正字、校书郎、中书舍人兼同修国史
赵彦中	孝宗朝	秘书省正字、著作佐郎
倪思	孝宗朝	著作郎、秘书郎
崔敦诗	孝宗朝	著作郎
葛邲	孝宗朝	秘书郎、著作佐郎、著作郎
程大昌	高宗朝 孝宗朝	秘书省正字 著作郎、中书舍人兼史馆修撰

馆职应是通过馆试才能除授，但在南宋初年，因时局动荡未能很好地执行。绍兴三十年（1160年），高宗恢复祖制，恢复了馆试，且依旧制在学士院举行。周必大便是参加了馆试才入秘书省，同试者还有程大昌。《玉堂杂记》载："太上谕汤丞相（思退）等择二人必令试，且云：'苏轼中制科犹试，况余人乎？'于是以予及同年程泰之（大昌）应诏。具宣上旨，乃不敢辞。已而，太上欲除校书郎，或谓过江选人无此例，止除正字。"❶ 周必大及程大昌应诏参加考试，通过后皆除秘书正字。馆试也为周必大日后进入翰苑埋下了伏笔。"必大试馆职时，太上称其文，谕宰执陈公康伯朱公倬云：'他日令掌制'。"❷ 后来周必大及程大昌二人皆相继入翰苑。绍兴三十一年（1161年），周必大馆试次年，蒋芾也参加了馆试。"祖宗朝馆职者，指昭文、集辰九月与程同试，两人名皆有大字。明年试蒋芾、芮烨。"❸ 孝宗即位后，蒋芾先后被授予起居郎兼直学士院、中书舍人。熊克参加了淳熙七年（1180年）的馆试，进而除秘书省校书郎。

3. 举荐与御选：学士的入院途径

宰辅举荐和皇帝御选是翰林学士最终得以进入学士院的重要因素。举荐是为皇帝提供候选人的参考，也是学士入选的重要流程，但最终仍由皇帝来定夺。翰林学士由皇帝亲自选定，也契合了学士"天子私人"的称谓。

鉴于皇帝在人事任命中所掌握的信息有限，所以在新任命学士之前会询问身边重臣的建议，并从中选拔合适的人才。譬如淳熙十六年（1189年），学士院缺员，孝宗令周必大举荐人才。周必大在《回奏》中，评论了王蔺、葛邲、尤袤、倪思、莫叔光、陆游等人：王蔺词采隽拔且曾掌外制；葛邲文词稳审并曾兼权直；尤袤学问该洽、文词敏赡；倪思可备翰林权直之选；莫叔光曾任著作佐郎，亦中词科，性甚谨；陆游博学，尤知孝宗朝典故，词章实为独步，也值得重视。周必大此次推荐了多人，且分析了每

---

❶ 周必大《玉堂杂记》，傅璇琮、施纯德编《翰学三书》卷十二，辽宁教育出版社2003年版，第130页。

❷ 周必大《玉堂杂记》，傅璇琮、施纯德编《翰学三书》卷十二，辽宁教育出版社2003年版，第130页。

❸ 周必大《玉堂杂记》，傅璇琮、施纯德编《翰学三书》卷十二，辽宁教育出版社2003年版，第130页。

个人的长处和特点，以供孝宗选择。此次孝宗选定尤袤，其余葛邲、倪思、莫叔光也在之后相继成为孝宗朝的翰林学士。

经由重臣举荐是翰林学士入选的重要流程。熊克曾因未经推荐，被孝宗直接拔擢而引起宰辅反对。熊克曾以文进献曾觌，曾觌上呈孝宗，熊克因此受到了赏识，得除直学士院。但因不符合惯例，宰相赵雄质疑，认为熊克"不由论荐而得，无以服众"（《宋史》卷四四五），需要朝廷召试之后才能用。在宰相的反对下，熊克先除校书郎，之后才入翰苑。

皇帝在有中意人选时也会征求大臣的建议，作为拔擢的辅助条件。赵彦中的任职即是如此。淳熙七年（1180年），因为学士院有空缺，孝宗询问赵彦中如何，赵雄等上奏赵彦中"宗室之秀，尝中词科，又好学，正堪此选"（《宋会要辑稿·职官六》之六三）。赵彦中因此进入翰苑，足见辅臣的评价对于皇帝的决断有重要的参考价值。虽然在翰林学士的任命中辅臣的推荐发挥了重要作用，甚至是不可或缺的环节，但最终的任命权仍然在皇帝手中，毕竟翰林学士是皇帝的"私人秘书"，必得深切圣意才能入选。

（二）文武兼备：孝宗的人才期待与学士才能

孔子有云："有文事者必有武备，有武事者必有文备。"（《孔子家语·相鲁》）孝宗对于文武皆有所长的人才格外重视。翰林学士乃御用"笔杆子"，文书写作才能是立身之本，孝宗朝的词臣之选亦是如此。但与此同时，因南宋特殊的政治军事环境，孝宗在人才任命时尤喜文武兼备者。因此，孝宗朝初期的一部分学士，是在具备制词才能的前提下，以军事才能或抗金的才干得获孝宗垂青而入选的。文武兼擅成为孝宗朝学士的一个重要特色。

1. 制词圣手：学士以文章入选

翰林学士以文章才能立身，公文的写作水平直接关系到是否能够进身翰苑，所谓"朝廷之官，虽宰相之重，皆杂以他才处之，惟翰林学士，非文章不可"❶。《梁溪漫志》有云："北门、西掖之除，儒者之荣事也，其有不由科第，但以文章进者，世尤指以为荣。"❷ "北门"代指翰林学士，"西掖"为中书舍人，二者的选拔甚至可以不经由科举，但文章才能是他们入

---

❶ 宋继郊《东京志略》，河南大学出版社1999年版，第236页。
❷ 费衮《梁溪漫志》卷二，上海古籍出版社1985年版，第17页。

选的根本。可见，文才对于翰林学士而言至关重要。

孝宗在学士的选任中以文才为首要因素，"惟翰林学士品秩甚崇，虽或假摄，亦必侍从，将择庶僚之俊异者"❶。孝宗朝学士多因制词才能获得孝宗的赞赏，从而进入学士院，如崔敦诗、熊克、何俌、尤袤等。崔敦诗以文词闻名，"赋性端厚，文词温润，议论疏通，知大体，所陈对必剀切，上深器许之"❷，于是孝宗任命崔敦诗为翰林权直。韩元吉亦称崔敦诗"早有文名""所为制词，一出温润详雅，明白有体要"❸。何俌草诏制词才思泉涌，渊源有体，深得孝宗赏识，授以直学士院。任命制文亦称其"言语妙于天下"❹。熊克同样以文为孝宗任用。《宋史》载，曾觌将其文持献于孝宗，由此得以除直学士院。熊克在学士院期间，孝宗称赞其"制诰甚工，且有体，自此燕闲可论治道"（《宋史》卷四四五）。尤袤任职直学士院也是得益于孝宗对其文书写作才能的认可。淳熙十六年（1189年）学士院缺人，周必大举荐尤袤、倪思、莫济、陆游等人。据《学士添员御笔》，周必大称"尤袤学问该洽，文词敏瞻"❺。孝宗从中选定了尤袤，并赞其"如卿才识，近世罕有"（《宋史》卷三八九），令其兼权直学士院。孝宗朝以来，学士员额为两人，且制诏任务繁重，所以非文才出众者难以胜任。如孝宗曾称赞尤袤富有才能，足以应对繁多的制典工作。

2. 文士亦骁勇：学士的独特风貌

自宋以来，重文抑武是朝廷用人的重要倾向。崇文抑武的祖宗家法，一方面造就了文化的繁荣昌盛，另一方面也导致了气格上的文弱。孝宗即位以来一直致力于重振士气，尤其在即位初期，因恢复河山、破除积弱国势及振奋朝堂的需要，孝宗希望人才能够文武并重。孝宗曾诫谕宰执大臣用人方针："切勿分别文武，便有晋室之风，当视之如一，择才行兼备者用

---

❶ 韩元吉《中书舍人兼侍讲直学士崔公墓志铭》，《南涧甲乙稿》卷二一，丛书集成初编本。
❷ 张昶《吴中人物志》卷十，学生书局1969年版，影印明隆庆刊本。
❸ 韩元吉《中书舍人兼侍讲直学士崔公墓志铭》，《南涧甲乙稿》卷二一，丛书集成初编本。
❹ 曾枣庄、刘琳主编《全宋文》卷四七一三，上海辞书出版社2006年版，第322页。
❺ 赵维平《尤袤年谱》，上海三联书店2012年版，第167页。

之。"❶ 孝宗在用人中表现出对军事才能的格外重视，在对于人才荐举的要求中，对武学才能进行了特殊强调："谋略沉雄可任大事、宽猛适宜可使御众，临阵骁勇可鼓士气，威信有闻可守边郡，思致精巧可以治器械。"❷ 此为隆兴初年孝宗所提出的要求，表现出对武学才能的格外期许。因此在这一背景下，甚至是翰林学士这样的文学之臣，也会因武学才能或是恢复失地之志而被孝宗所拔擢。

因孝宗的用人倾向，向来以文学立身的翰林学士也呈现出文武兼长的独特风貌。孝宗朝翰林学士中，虞允文、王刚中、王之望皆因抗金热情和战功为孝宗所赏识，从而选入学士院。王刚中曾于高宗朝任秘书省校书郎、著作佐郎、中书舍人，具备任职翰林学士的资格，但真正使其得到孝宗拔擢的原因是其出任四川期间的抗金热情。绍兴三十二年（1162年），王刚中在四川积极备战，曾经在敌情险紧时跨马夜驰二百里至吴璘帐中。同年，其与吴璘共同指挥作战，退败金兵。王刚中在四川的抗金热情及军事才能为孝宗所知晓，被任命为翰林学士。隆兴元年（1163年）王之望入觐，孝宗称赞他对于吴璘用兵出力尤巨，遂得兼直学士院。

翰苑地望清近，翰林学士还具备论思献纳的职责，有参与朝政的机会。皇帝对翰林学士才能的需求并非仅局限于制诰文书，而是全方位的行政能力。加之孝宗朝初年，复杂的政治军事环境也在一定程度上影响了翰林学士的选拔任用标准，故而文武才能兼备成为部分学士的重要特色，也是孝宗朝学士特殊风貌。

（三）跻身宰辅：学士的升迁

两府，是指行使宰辅权的两个重臣所在的机构。宋朝实行"两府制"，中书和枢密院两个机构分治文武。翰林学士的地位仅次于宰辅，内制也是进入两府的重要跳板。祖宗之法，两府阙人，取之两制，历代翰林学士多有入两府者。苏轼有云："（翰林学士）非徒翰墨之选，乃是将相之储。"❸

---

❶ 佚名《皇宋中兴两朝圣政》卷六一，北京图书馆出版社2007年版，影印本。
❷ 刘琳、刁忠民、舒大刚校点《宋会要辑稿》册十，上海古籍出版社2014年版，第5828页。
❸ 苏轼《谢宣召入院状二首》之二，孔凡礼点校《苏轼文集》卷二三，中华书局1986年版，第665页。

从翰林学士进身宰相是宋朝官员选拔的惯例。《容斋续笔》卷三云:"国朝除用执政,多从三司使、翰林学士、知开封、御史中丞进拜。"《四库全书总目〈玉堂杂记〉提要》有云:"宋代掌制,最号重职,往往有此致位二府。"尤其是翰林学士承旨,是翰林之首,更是宰辅的首选,"自唐以来,为翰林学士承旨者,鲜有不登宰辅"(《续资治通鉴长编》卷四四一)。

宋代以翰林学士登宰府的比例非常高。据统计,"自高宗建炎元年(1127年)至宁宗嘉泰二年(1202年),翰林学士70人,为执宰者40人,占翰林学士总数的百分之五十七"❶。中兴时期翰林学士亦多登两府者。《建炎以来朝野杂记》甲集卷九"中兴学士秉政者"云:"中兴学士,自建炎丁未(元年),至嘉泰壬戌(二年),凡七十人。承旨直院权直并系大拜者十一人。朱忠靖(胜非)、沈特进(该)、汤庆公(思退)、虞雍公(允文)、史魏公(浩)、洪文惠(适)、蒋观文(芾)、梁郑公(克家)、周益公(必大)、王鲁公(淮)、葛开府(邲),执政者又二十九人,可谓盛矣。"❷ "大拜"即为拜相,其中所提及进入两府的孝宗朝翰林学士包括虞允文、史浩、洪适、蒋芾、梁克家、周必大、葛邲等人。这些是包括直学士和权直等在内的所有专、兼职翰林学士。正式任命为翰林学士者入两府的比重更高。周必大对孝宗朝翰林学士的迁除情况有此评价:"上自登极至今将二十年,正除翰苑才七八人,皆登二府,惟王日严以年逾七十,除端明殿学士而去。"❸ 可见,孝宗朝正除翰林学士者几乎全部跻身两府。

在孝宗朝35位翰林学士中,有14位官至宰相或副宰相。他们进入两府有两种类型,一是出学士院后直接升迁宰辅,二是历任他职后再入两府。孝宗朝学士中出学士院直接晋升宰辅者有11人:史浩、洪遵、蒋芾、洪适、虞允文、梁克家、王淮、周必大、王刚中、范成大、刘珙。历任他职又入两府者有王之望、郑闻、葛邲三人。其中直升两府的情况更能体现翰林学士为两府储才的功能(见表1.4)。

---

❶ 唐春生《翰林学士与宋代士人文化》,中国社会科学出版社2011年版,第308页。
❷ 李心传撰、徐规点校《建炎以来朝野杂记》甲集卷九"中兴学士秉政者",中华书局2000年版,第178页。
❸ 周必大《玉堂杂记》,傅璇琮、施纯德《翰学三书》上册,辽宁教育出版社2003年版,第130页。

表1.4 翰林学士进入两府人员

学士	两府官职	任命时间
史浩	尚书右仆射	隆兴元年（1163年）正月 淳熙五年（1178年）三月（再拜）
洪适	尚书右仆射、同中书门下平章事兼枢密使	乾道元年（1165年）十二月
蒋芾	右仆射、同中书门下平章事兼枢密使	乾道四年（1168年）二月
虞允文	左丞相兼枢密使	乾道五年（1169年）八月 淳熙九年（1182年）九月（再拜）
梁克家	右丞相	乾道八年（1172年）二月
王淮	左丞相	淳熙八年（1181年）八月
周必大	右丞相	淳熙十四年（1187年）二月
葛邲	左丞相	（光宗）绍熙四年（1193年）
王之望	参知政事，兼同知枢密院事	隆兴二年（1164年）
郑闻	参知政事	乾道九年（1173年）正月 乾道十年（1174年）七月
洪遵	同知枢密院事	隆兴元年
王刚中	同知枢密院事	隆兴元年（1163年）
刘珙	同知枢密院事（辞免）	隆兴元年
范成大	参知政事	淳熙五年（1178年）

孝宗朝翰林学士中，有7人官至宰相，分别是史浩、洪适、蒋芾、虞允文、梁克家、王淮、周必大，其中史浩、梁克家两度拜相，王淮任职六年以上，虞允文任职三年以上，周必大任职两年有余。史浩是辅助孝宗登基的重臣，孝宗即位初即除翰林学士，隆兴元年（1163年）正月便拜相，且两度拜相。蒋芾于乾道元年（1165年）正月到二年五月任职翰苑，出学士院后被授予端明殿学士、签书枢密院事兼代参知政事（副宰相），乾道四年（1168年）二月，由参知政事升为左正议大夫、右仆射、同中书门下平章事兼枢密使（宰相）。虞允文亦属孝宗朝早期的翰林学士，乾道五年（1169年）拜宰相。洪适乃孝宗朝重要的词臣之一，隆兴二年（1164年）四月至乾道元年（1165年）六月居翰苑，乾道元年（1165年）十二月便拜相。周必大为孝宗的亲信词臣，他两入翰苑，深得孝宗赏识，并于淳熙十四年

(1187年)二月拜相。王淮于淳熙八年(1181年)拜右丞相兼枢密使,淳熙十五年(1188年)罢相,为相有六年零九个月。葛邲虽非孝宗朝宰相,但于光宗绍熙年间拜左丞相。

此外,学士中也多有升迁为副宰相者。王刚中于隆兴元年(1163年)任同知枢密院事。王之望于隆兴二年(1164年)出学士院后拜参知政事兼同知枢密院事。郑闻于乾道九年(1173年)十月除参知政事,淳熙元年(1174年)七月又除参知政事。洪遵于隆兴元年(1163年)拜同知枢密院事。一些学士未能进入两府,并非不具备主观条件,是一些客观因素造成的,譬如年龄的限制,如王曮曾为翰林承旨,资历颇深但未能进入两府,正如周必大所言,是因其年过七十致仕,而未能进一步升迁。

综观进身宰府的翰林学士,11人是在任职学士院结束后随即为相,足见翰苑是他们拜相的重要平台,契合了两府阙人取之两制的祖制,也彰显了翰林学士这一官职的清要地位和光明前途。

第三节　乾淳政局与翰林学士

孝宗立朝以来,经历了兴兵北伐到和议对峙。隆兴年间,局势动荡、国是之争中,翰林学士也有着各自的观点和立场。翰林学士是皇帝的机要秘书,有内相之称,兼有顾问献策的职能,在朝堂的影响力不容忽视。他们的对金态度关乎朝堂的风向,所以他们在乾淳政局中的政治态度值得关注。此外,翰林学士的士风也关乎整个士林甚至时代的风气,在动荡与和平的政治局势变迁中,他们的士风也呈现出时代特色。

一、国是之争中的翰林学士

清王夫之有言:"宋自南渡以后,所争者和与战耳。"[1] 渡江以后,朝野

---

[1] 王夫之著、舒士彦点校《宋论》卷十,中华书局1964年版,第234页。

间最激烈的争斗是战和之争。身处这一复杂政治形势中,翰林学士自然也难以逃离国是之争的旋涡。政治环境与学士之间的影响是双向的,一方面孝宗的对金态度影响了他对翰林学士的选拔标准,另一方面学士的态度也在一定程度上推动了局势的变化。孝宗朝学士中有 7 人成为当朝宰相,他们的观点立场甚至可以影响皇帝的态度、决策,进而影响孝宗朝的大政方针与政治风貌。

(一) 战、和、守之争

由于对金的态度不同,高宗朝群臣有主战、主和两大阵营的分野。主战派主张积极抗金,主和派主张维持和平,强调朝廷内部的稳定。孝宗即位后,北伐失败,签订"隆兴和议",朝堂出现了另一个阵营——主守派。不同于主和派与主战派,主守派倾向于不战不和,自治自强,以待时机。主守派是当时政治军事形势的产物。因为宋金对峙局面已经形成,一时间难以扭转,这一派综合了两派的主张,顺应了局势的发展。宋金局面的复杂,加之立场的不同分化出这三个派别,他们在朝堂的争斗成为孝宗朝党争的一个重要类型。但并不应当简单地将主战派认定为爱国,主和派认定为卖国,或是认为主守派是无作为的妥协。

孝宗一朝,早期的翰林学士多经历了靖康之耻,对恢复河山有深切的忧患意识和责任担当。并且,他们普遍有着较高的文化素养和政治才能,对于宋金问题有理性的分析和思考。但在具体的立场中,孝宗朝翰林学士存在一定差异,且随着形势的变化,他们的立场也会出现一定调整。通过对相关资料的考究,可以大致将孝宗朝学士的对金态度进行划分(见表1.5)。

表1.5 孝宗朝翰林学士对金态度

派别	翰林学士
主战派	虞允文、蒋芾、张孝祥、王刚中、汪应辰、程叔达、尤袤、陈居仁、范成大、陈之茂
主守派	史浩、洪适、梁克家、王淮、周必大、葛邲、熊克、刘珙、洪遵、洪迈
主和派	王之望

(二) 学士之主战

孝宗朝学士中,主战派有虞允文、张孝祥、蒋芾、王刚中、汪应辰、程叔达等人。张浚是孝宗朝力主北伐的第一人,孝宗登基后即被起用。张孝祥为张浚所举荐,他不仅在思想上主战,而且切实付诸行动。隆兴二年(1164年)初春,张浚复荐张孝祥领建康留守,以图进兵。❶ 张孝祥在《宋史》本传中被评价为出入两相(汤思退、张浚)之门,两持战和之说,并因此认为是张孝祥气节上的污点。学者对此进行了辨误,证明了张孝祥主战的坚定立场。张孝祥以爱国词著称,致力于恢复失土的政治观念不仅体现在其作品当中,更体现在其抗金的行为上。虽然早期出自汤思退之门,但其与汤思退的主张并不相同,后来为张浚所任用,更加坚定了抗金的立场。

王刚中更是主战阵营的一员大将,绍兴三十二年(1162年),金朝准备南侵之时,王刚中已在四川积极备战。孝宗曾问策于王刚中,王刚中认为战守是实事,而和议是虚名,不能因持虚名而害实事。这表明了他积极抗战的立场。汪应辰亦为主战派,他于绍兴八年(1138年)为秘书省正字,时秦桧力主和议,汪应辰上奏《轮对论和议异议疏》,希望朝廷"下痛心尝胆以图中兴,勿为和好之可以无虞"❷。也是因为这篇奏议,秦桧大为不悦。主战派学士的主张强烈地体现了时代诉求,表现出对国家命运的牵念。

(三)学士之主守

主守派是孝宗朝特定政治局势的产物,也是孝宗朝的新生群体,在乾道、淳熙年间逐渐壮大,成为朝堂的重要力量,也成为缔造乾淳盛世的推动者。从客观形势上来看,主守是"隆兴和议"后比较明智的选择。翰林学士是理性而又智慧的群体,更多的是属于主守派这个阵营。孝宗朝学士中,主守派大致有史浩、洪适、梁克家、王淮、周必大、葛邲、熊克、洪遵、洪迈等人。

孝宗即位不久,意欲北伐,主战派支持孝宗的决定。当时史浩已由翰林学士晋升为副宰相,他上奏《论未可北伐札子》表明了自己对金的态度:

---

❶ 曾枣庄、吴洪泽《宋代文学编年史》第三册,凤凰出版社2010年版,第1670页。
❷ 汪应辰《文定集》,学林出版社2009年版,第2页。

陛下初嗣位，不先自治，安可图远？矧内乏谋臣，外无名将，士卒既少而练习不精，而遽动干戈以攻大敌，能保其必胜乎？苟战而捷，则一举而空朔庭，岂不快吾所欲？若其不捷，则重辱社稷，以资外侮，陛下能安于九重乎……惟陛下少稽锐志，以为后图，内修政事，外固疆围，上收人才，下裕民力，乃选良将，练精卒，备器械，积资粮。十年之后，事力既备，苟有可乘之机，则一征无敌矣。❶

可见史浩认为，此时缺少良臣名将，士卒也缺乏操练，实非出征的良机，应该内修政治，储备将才，加强军备操练，囤积粮草，以待抗金的最佳时机。在《论用兵札子》中他也表达同样的观点，认为当时"兵力未壮，民力未苏，财力未足，而遽舍内以事外，虽得天下未见其利也"❷，不主张立即北伐。在《回奏条具弊事札子》中，他建议："彼战则战，彼和则和，和不忘战，姑为雪耻，之后图战不忘，和乃欲缓师而自治。"❸

周必大与史浩态度相近，也主张审时度势、反对冒进，先自治以增强国力，他日再图恢复。他认为此时边防空虚、民力匮乏，不宜开战。对于主守阵营来说，加强自治以图恢复才是最终的目的。周必大也屡次从军事、人才、财力等多方面提出欲富国强兵以待恢复的政治方略，从其《试馆职策》《与赵子直丞相札子》等中可见其态度。刘珙也曾于乾道三年（1167年）表达过他对待战和的态度。"复仇雪耻，诚今日之先务。然非内修政事，有十年之功，臣恐未易可动也。"❹ 正如其在孝宗询问恢复之策时他提出的建议："臣顾陛下以周宣王为法，侧身修行，任贤使能，以图内修之实，则外攘之效将有不能自已者。"❺ 孝宗对刘珙的说法十分满意。此外，

---

❶ 曾枣庄、刘琳主编《全宋文》卷四四〇五，上海辞书出版社 2006 年版，第 199 册，第 257 页。

❷ 曾枣庄、刘琳主编《全宋文》卷四四〇五，上海辞书出版社 2006 年版，第 199 册，第 261 页。

❸ 曾枣庄、刘琳主编《全宋文》卷四四〇五，上海辞书出版社 2006 年版，第 199 册，第 261 页。

❹ 毕沅《续资治通鉴》卷一百四十，岳麓书社 2008 年版，第 401 页。

❺ 朱杰人、严佐之、刘永翔主编《朱子全书》第 24 册，上海古籍出版社 2002 年版，第 4121 页。

熊克正是以其主守的重要政治见解而为孝宗选用。他认为金人虽讲和，但不能保证他日不变，因此"今宜以和为守，以守为攻。当和好之时，为备守之计"。他还详细作出了在战争时候的计划，甚至从军事战略方面论述了如何进行防御。熊克因为自己的见解得到孝宗的赏识，被任命为起居郎兼直学士院。

洪遵的对金态度是不主张贸然用兵，而是加强守备，以务实稳健为基本方针。从"国是之争"的三个阵营的划分来看，洪遵应属于主守派。"洪遵对金的态度和汤思退还是有区别的……洪遵始终以国事为重，虽主和，但更强调积极备战。"❶洪遵在任翰林学士承旨时上奏《论制敌定计札子》，提出"深谋远虑，凡所以固圉制敌者先为之备，无恃敌之不至，恃吾有以待之，规摩既定，备御既固，缓急之际，诚足以致胜矣"❷。由此可见，洪遵的最终追求是克敌制胜。"洪适在对金态度上和洪遵看法有接近的一面，即不主张贸然出战，不过洪适在宋金战争期间长期身处前线，因此有更具体和积极的建议，即周密准备，见可而进。"❸他在诗（《胡虏》）中也曾表达出等待时机以图恢复的主张，"人人说恢复，进退在投机"。尽管洪遵、洪适由汤思退举荐，一向被划分为汤党，认为他们是主和阵营，但经过客观的分析可见他们也主张积极守备。

（四）学士之主和

主和派在高宗朝是声势较大的一个群体，但在进入孝宗朝后，渐渐失去了生存的最佳土壤。尤其是孝宗初期，恢复大旗高举，主和派声音渐消。孝宗朝学士中主和的有王之望。王之望曾上《论和议奏议》，陈和、战二策。隆兴初，王之望不欲战，理由是"观天意，南北之形已成，未易相兼，我之不可绝淮而北，犹敌之不可越江而南也"（《宋史》卷三七二）。王之望的主和，是在分析宋金对抗、南北分治的局面已经形成，且不易被打破的

---

❶ 沈如泉《传统与个人才能——南宋鄱阳洪氏家学与文学》，巴蜀书社2009年版，第281页。

❷ 洪适、洪遵、洪迈撰，凌郁之辑校《鄱阳三洪集》，江西人民出版社2011年版，第767页。

❸ 沈如泉《传统与个人才能——南宋鄱阳洪氏家学与文学》，巴蜀书社2009年版，第283页。

基础上决定的。这也并非卖国之举,而是对待问题有着不同的看法而已。孝宗也并未因他所奏之言而有所不满,而是命其兼学士院。但是王之望因主和被认为是叛国贼,是汤思退一党,身陷党争之中。隆兴二年(1164年)十一月,太学生张观等七十二人上书请斩汤思退、王之望、尹穑。由于"符离之败"的事实,加之来自太上皇的压力,孝宗罢免了汤、尹二人,王之望仍为参知政事。对于王之望的战和观,《四库全书总目提要》中提到,其论和议之策,认为南北对峙的形势已经形成,应该持一种自守的策略,斟酌行事,随机应变,并用汉唐故事来对比说明问题,足见不能简单地将王之望视为叛国,对其政治立场要有客观的评判。

不同时期政治形势的变化,也影响了学士的政治观点。"隆兴和议"是孝宗朝重要的政治分水岭,自此由之前的积极北伐转为宋金的长期对峙。总之,通过对孝宗朝学士在国是之争中的态度,以及所提出的各种政治方略,可看出他们在复杂的政治环境中依然保持独立的操守,积极为南宋的稳定和发展建言献策。孝宗朝学士在朝堂地位显要,他们也以自身的行为在一定程度上创造了政治清明的时代。

二、孝宗朝政局与翰林学士的士风

翰林学士为士林所崇尚,也是士大夫效仿的楷模,他们的品格风尚关乎整个士林风气,甚至可以影响一个时代的风气。孝宗欲易风俗,治天下,曾呼吁士大夫与他一起发挥表率作用,"惟天下治乱系乎风俗之媺恶,风俗媺恶系乎士大夫之好尚。盖士大夫者,风俗之表而天下所赖以治者也。故上有礼仪廉耻之风,则下有忠厚醇一之行;上有险怪偷薄之习,则下有乖争陵犯之变……朕甚慕之,嘉与学士大夫共繇此道"(《宋会要辑稿·职官》七九)。孝宗欲提振风气,学士大夫是其可以依赖的主要群体。通过层层选拔得以任职禁中的翰林学士大多是文品与人品兼备之人。但在波谲云诡的政治局势中,翰林学士也难免受到影响,在不同的时期也会呈现不同的风气。如高宗朝,秦桧为祸朝堂之际,许多宫廷文人为谄媚之士,多作阿谀之词,一些翰林学士也如此。无论是出于严酷环境下的屈从还是其他原因,都辜负了世人对翰林学士的内心期待。孝宗一朝政治清明,学士的选拔更为公正,任职环境也更自由,乾淳学士的士风呈现出全新的风貌。隆兴时期锐意恢复的局势之下,翰林学士一众文臣也呈现尚武和刚健之气。崇岳贬秦的政治举措之下,爱国志士被重新重用拔擢,学士群体备受鼓舞,为之振奋。孝宗朝学士多立身刚正,他们以翰林先贤为典范,在朝堂之中刚正不阿,在对金的弱势关系之中呈现不卑不亢之气节。淳熙时期朝堂承平,学士之中也微有"西晋之风",但在孝宗的规范之下,他们也渐趋务实。

(一) 锐意恢复与尚武之风

孝宗继位后开启了南宋政治、经济、文化的中兴之治。孝宗在东宫之时已心怀恢复之志,即位初便一改高宗朝对金保守求和的政治方针,锐意进取,以图恢复。虽北伐失败,签订"隆兴和议",但由于孝宗对金态度的强硬,南宋在宋金地位上也有所提升。孝宗试图提振精神,改变南渡以来的羸弱局面,以达中兴。孝宗身先士卒,展现出积极进取的精神面貌,《桯史》载其"锐志复古,戒燕安之鸩,躬御鞍马,以习劳事,仿陶侃运甓之意。时召诸将击鞠殿中,虽风雨亦张油帟,布沙除地。群臣以宗庙之重,不宜乘危,交章进谏,弗听"❶。《鹤林玉露》曾记录了一则事例,孝宗经常随身携带一个漆拄杖,有一次游园时忘带,命内侍去取,结果因为杖太重,需要两个人抬才行,这时才发现是精铁所铸造的。由此可见孝宗为了恢复失地,卧薪尝胆,暗暗用力。孝宗个人的毅力激励了士气,鼓舞了人心。孝宗朝初期,朝堂中萦绕的恢复之志与积极北伐的声音,无不激荡着人心,鼓舞着士气。《皇宋中兴两朝圣政》中形容这一时期的士人风貌为"隆兴之初士气激昂"❷,可谓贴切。

有宋以来,崇文抑武的祖宗家法,一方面促进了文化的繁荣昌盛,另一方面也导致了过于文弱。孝宗即位以来一直致力于重振士气,倡导尚武、矫健、强悍之风。隆兴初,孝宗在人才的拔擢中强调武学才能,据《宋史》卷二四载,其用人标准,为"谋略沉稳可任大事、宽猛适意可使御众,临阵骁勇可鼓士气,威信有闻可守边郡,思致精巧可以治器械"。对于文臣而言,孝宗也倡导文武并重。"文武并用则为长久之术,不可专于一也。"(《皇

---

❶ 岳珂《桯史》卷二,中华书局1981年版,第15页。
❷ 佚名《皇宋中兴两朝圣政》第四册,文海出版社1967年版,第1995页。

宋中兴两朝圣政》卷五四）孝宗曾诫谕宰执大臣用人方针："卿等切勿分文武，便有晋室之风，当视之如一，择才行兼备者用之。"（《皇宋中兴两朝圣政》卷六一）

孝宗力振武风，使孝宗朝学士士风具有一定独特性，他们在具有儒者之气之余，呈现出雄浑刚健、积极进取的风貌。翰林学士以文学立身，但隆兴初期出现了一些因武学才能或是恢复之志而被孝宗召至身旁者。孝宗朝翰林学士中不乏励精图治、锐意恢复的人，他们为积极北伐奔走努力，呈现积极昂扬的精神面貌。其中，虞允文、蒋芾、张孝祥、王刚中、汪应辰、程叔达、尤袤、陈居仁、范成大、陈之茂等这些主战派学士更是典型。他们为了恢复山河，不仅付诸笔端，而且还为之奔走，可以说是文臣中的骁勇之士。他们一改文人纤弱的面貌，给世人以全新的认识。虞允文、王刚中文武兼备，是抗金主力。虞允文既是进士出身，曾任中书舍人、直学士院，又能指挥三军大破金兵，在采石镇取得大捷，这也是他深得孝宗重用，被任命为翰林学士，直至荣登宰辅的重要原因。虞允文一直是孝宗所依赖的大将，即便是和议后，也在四川积极部署，为再度北伐做准备，在整顿军队、节俭开支等方面采取了一系列有效的措施。虞允文的病逝给孝宗带来重大打击，成为孝宗放弃北伐的重要原因之一。王刚中自任王府教授时就经常对孝宗谈起御敌之策。宋金对战中，王刚中在四川积极备战，展现出极高的爱国热情。隆兴初，王刚中任翰林学士时，更是不断地向孝宗上陈抗金主张和备战之策。尤袤是典型的文臣儒生，但也表现出了过人的气节。绍兴三十一年（1161年）金朝发兵扬州，尤袤在扬州做知县，在当时远近多有降者的情况下，尤袤加固城防，坚决守城，展示士大夫的英勇气节。面对金朝的入侵，洪遵积极建言献策，提出了许多切实可行的方案，并且为朝廷推荐了能征善战的将领，如岳飞旧部李宝。而且在宋金胶西之战中，洪遵也积极供应资粮、器械、舟楫。隆兴二年（1164年），洪适任翰林学士期间，金兵犯淮南，洪适除了日常草诏之外，还积极为孝宗提供咨询建议，参与军机，在部队调度和攻防安排等方面提出大量良策。因此，洪适深得孝宗器重，令掌军政大事，"上谕参政钱端礼、虞允文曰：'三省事与洪适商量'"（《宋史》卷三七三），后拜为宰相。可见，孝宗朝初年举朝上下涤荡着崇武之风，翰林学士群体也呈现出刚健的面貌。

(二) 崇岳贬秦与士风重振

在高宗朝激烈的国是斗争中，高宗选择了主和。秦桧在朝，迫害主战阵营大臣。岳飞以"莫须有"的罪名被杀害，同为主战阵营的其他重臣义士也多被打击。在秦桧等屈膝求和的行径下，忠君爱国之士被迫远离朝廷，退居山野。这一时期，士风遭到了极大的破坏。"绍兴和议"后，曾经萦绕在南渡士人心头的家国之痛逐渐淡化，士气消沉，清疏淡泊之风代替爱国之气。围绕在秦桧周围的文人也多作阿谀谄媚之词。秦桧作为权臣执政期间，对翰苑带来一些负面的影响，严重破坏了学士院的风气。由于翰林学士职位的重要性，他推举了多名同党充当翰林之职，秦桧的兄弟秦梓、子秦熺、故交翟汝文，均成为翰林学士；其门客林待聘、心腹杨愿也因私人权力被拔擢为给事中兼直学士院；同乡巫伋、范同、段拂也进入学士院。此时学士院成为秦桧安插自己党羽的重要机构。这些人围绕在秦桧的周围，多作阿谀奉承之词，甚至非秦桧同党的学士，出于对他的忌惮，迫于形势，往往也为之歌功颂德。

孝宗即位后，整顿朝纲，拨乱反正，首要之举即为岳飞昭雪。在这件事情上，史浩发挥了重要作用。隆兴初，史浩以翰林学士迁右相，在孝宗面前提出恢复岳飞官爵的事情，为孝宗所采纳。"公既相，益思所以报上者，首言前宰相赵鼎、参政李光之无罪，大将岳飞之久冤。"❶ 之后孝宗又采取了一系列的措施褒奖岳飞，追谥为"武穆"，为岳飞建祠。孝宗此举使天下士气为之振奋，"使天下之事君者皆翕然而知劝，士气其有不振"（《皇宋中兴两朝圣政》卷四九）。孝宗崇岳之举也昭示他再振朝纲、恢复山河的决心。

"崇岳贬秦"的同时，被秦桧迫害的一些大臣也相继被起用。张浚、吴璘等主战派大臣被孝宗重新重用。孝宗朝翰林学士中也有一些是因得罪秦桧而被高宗疏远，秦桧倒台后，获孝宗重用。虞允文曾被秦桧排挤，孝宗却对其极为赞赏，擢升直学士院，又任命为参知政事，后一路升迁，直至左丞相。洪适，因其父洪皓反对秦桧而被罢免，孝宗即位后擢翰林学士、中书舍人。王刚中在高宗朝曾任中书舍人，后因得罪秦桧而被降职。孝宗召其为左朝奉大夫、直学士院等。刘珙也曾与秦桧不睦，秦桧想要追谥其

---

❶ 楼钥《攻媿集》卷九十三，中华书局1985年版，丛书集成初编本，第1279—1280页。

父，在召礼官会问时，刘珙不至，秦桧因此怒而逐之。刘珙也在孝宗朝获得重用，跻身翰苑、宰辅。

肃清秦党、平反岳飞之后，朝堂风气为之一新，先前被破坏的士风得到了重振，士大夫展现出积极进取的政治面貌。朝臣对待战和守依然存在争议，但是偏安求和的阵营已经被削弱，积极北伐的主战派和加强自治以图恢复的主守派成为主流。这两种主张虽有不同，但基本都是出于对国家局势和前途的考虑。翰林学士基本分属主战派和主守派两个阵营，他们在建言献策之时也不忘提出强国备战之策，体现了孝宗朝翰林学士成熟的政治方略和爱国之心。

（三）立身刚正与秉持操守

孝宗朝翰林学士可谓人品与文品典范，他们以文名显于朝堂，品格气节亦无愧为士人垂范。他们在朝立身刚正不阿，展现了士大夫的刚毅品格。

孝宗朝近幸弄权的现象虽不算严重，但孝宗也有破格提拔近幸的行为，翰林学士们对此表现出了不妥协。翰林学士负责拟写任命诏书，本应遵照皇命进行拟写，但他们也会根据自己的政治判断而拒绝草诏。如孝宗即位初期，曾觌、龙大渊得幸，台谏纷纷弹劾。周必大违抗圣意拒绝草诏，因此开始了长达八年的奉祠，此事彰显了他刚正不阿的士大夫品格。

乾道八年（1172年）二月，在孝宗欲破格提拔张说、王之奇为签书枢密院事的事情中，集中展现了翰林学士之刚正气节。张说弄权枉法，娶了高宗吴皇后之妹，孝宗欲破格提拔，引发了诸多朝臣的不满。几位翰林学士都在此事中表现出坚决的抗议。刘珙首先为此愤然辞职。当时范成大在中书舍人任上，皇帝令其草拟诏书，他七日都未曾拟写，以此来阻拦此事，并直言劝谏，最终因此离朝奉祠。周必大因拒不草诏而被罢官，奉祠反省。而且众学士对提拔张说的反对并非出于私怨，或是党同伐异，而是出于对政治秩序的自觉维护。其中范成大与张说一度私交甚好，张说对范成大的反对相当不理解。

周必大表现出对近幸势力的坚决抗争，且在奏状中说明拒草诏并非因私怨，而是出于士大夫的责任感和使命感。"臣在隆兴初与说同侍殿陛，近又与之奇同在六部。情分颇熟，素无嫌隙。今非乐为仇怨，自取摈斥，盖义所当言，不得不劲论思之万一耳。昔唐元和间，白居易在翰林，奉宣草严绶江陵节度使、孟元阳右羽林统军制，皆奏请裁量，未敢便撰。本朝元祐中，师臣避免拜之礼，执政辞迁秩之命，苏轼当撰答诏，亦尝言其不可，卒如所请。今除用执政，非节度、统军、免拜迁秩比也。臣虽视居易轼无能为役，顾职守其可废哉？所有二人辞免不允诏书，臣未敢具草。取进止。"（《玉堂类稿》卷五《缴张说王之奇辞免西府奏》）翰林学士们的集体抗争，展现出他们立身朝堂的刚正品格。

除此，孝宗朝翰林学士也多有以刚正著称者。如汪应辰被《宋史》评价为"刚方正直，敢言不避"，洪遵也被称赞为"不附丽"。

（四）革除"西晋之风"与实干务实

乾淳之际，宋金维持了数十年的和平，经济、文化迅速发展，有"宋中兴以来之治莫盛于乾淳"之说。❶ 乾淳以来相对和平的政治局势，加之宋长久以来的文官政治，士大夫群体中空谈命理、不务实事的风气有所显露，报国之志也逐渐在承平的气氛之中消磨，取而代之的是空谈之风。孝宗意识到当时士大夫不务实的问题："士大夫好为高论而不务实……今士大夫微有西晋风，作王衍阿堵等语，岂知周礼言理财，易言理财，周公孔子未尝不以理财。"（《建炎以来朝野杂记》乙集卷三）为避免浮躁政风和空谈误国，孝宗倡导励精图治、务实进取。他批判空疏之风，倡导务实，并对士大夫微有"西晋之风"进行了批评，"近世书生，但务清谈，经纶实才，盖未之见……每有东晋之忧"❷。士大夫往往以文章为重，不愿从事农事、财务等事务，孝宗却意欲打破他们的这种观念，力图改变士大夫空疏、不务实的风气。

翰林学士本是清要风雅之职，然孝宗也意欲打破常规，令他们成为全面型人才。司农少卿缺人，魏南夫（杞）、蒋子礼（芾）奏以莫子齐（济）为之。蒋芾出身词科，是职掌文书的翰林学士，孝宗却要求他司农事，也足见孝宗对人才全面发展的要求。翰林学士中诸多学士并非只读经史而不

---

❶ 年溁《进乾道故事》，曾枣庄、刘琳主编《全宋文》第337册，上海辞书出版社2006年版，第283页。

❷ 徐自明撰、王瑞来校补《宋宰辅编年录校补》，中华书局1986年版，第199页。

务实之人，如洪遵对铸钱事非常留心，撰写了《泉志》，是钱币学家，而且他复置永平、永丰二钱监建议，实际解决了临安的钱币问题。再如刘珙也颇有才干。湖南李金作乱，孝宗令刘珙知潭州、湖南安抚使。刘珙连战破贼，改变了孝宗对书生多空谈的认识。上赐玺书曰："近世书生但务清谈……今卿既诛群盗，而功状翔实，诸将优劣，破贼先后，历历可观，宜益勉副朕意。"（《宋史》卷三八六）刘珙归朝后便除翰林学士知制诰。

在孝宗的大力倡导下，空疏之风有所遏制，翰苑学士多关心实务。宰相王淮说孝宗"总覆名实之政，身化臣下，顷年以来，士风为之一变，三馆两学之士出为郡守监，使无不留意财计，往往皆有能声，此圣主贵实之效"（《建炎以来朝野杂记》乙集卷三）。其虽有一定赞颂的成分，但也可看出务实之风有所提升。孝宗朝翰林学士在空谈的弊病上有所减少，无论是在朝堂还是在地方都表现出务实、进取、实干的风气。

第四节　崇儒礼贤与翰苑生态

在北宋崇文之风的影响下，翰林学士受到了极大的优待。翰林学士为皇帝的"机要秘书"，任职翰苑期间不乏单独面圣的机会，是皇帝最为亲近的文学侍从。自北宋太宗崇儒右文，词臣便受到优宠和重视。太宗对两制词臣尤为欣赏，曾感慨："词臣清美，朕恨不得为之。"❶ 其对翰林学士更是极为崇重："学士之职清要贵重，非他官可比，朕常恨不得为之。"（《宋史》卷二六七）孝宗好文，继承崇文祖制，翰林学士多由其亲自选定。孝宗曾亲谕周必大："学士宴见无时，最为亲近。"❷ 孝宗崇儒礼贤，学士常获孝宗的各种赠赐，可谓"书生荣遇"。这为学士创造了良好的翰苑生态，也为学

---

❶ 苏易简《续翰林志》，傅璇琮、施纯德编《翰学三书》，第二册，辽宁教育出版社2003年版，第60页。
❷ 周必大《玉堂杂记》，傅璇琮、施纯德编《翰学三书》卷十二，辽宁教育出版社2003年版，第125页。

士文学活动的开展提供了自由的环境。

一、崇儒礼士与翰苑荣誉

在崇儒右文政策之下，宋代文臣地位较高，尤其三馆学士更为皇帝所青睐。秘书省、学士院等机构被皇帝眷顾、恩赏，随着一系列制度的完善，馆阁翰苑等国家文史与中枢秘书机构的重要地位确立了。

宋代诸帝对词臣及学士院的崇重，主要体现在两个方面。

其一，对学士院的美称提升了学士地位。宋太宗时期首先开始了崇儒之举。太宗淳化二年，学士承旨苏易简上呈《续翰林志》二卷，太宗褒奖曰："诗意美卿居清华之地也。"❶ 由此"清华之地"成为学士院的美称。同时，太宗以"玉堂"榜赐学士院，成为翰苑一大盛事。《石林燕语》载，太宗飞白书，"玉堂之署"四字，淳化中以赐苏易简。"易简即肩鐍置堂上。每学士上事，始得一开视，最为翰林盛事。"❷ 苏易简更是感慨："自有翰林，未有如今日之荣也。"❸ 由此这一充满道家色彩的"玉堂"二字成为学士院的重要代称。学士院美称的获得逐步奠定了学士院的清要地位，学士也被誉为"神仙之职"。

对学士院的美称也成为崇儒的一个方式，为后世所延续效仿。政和五年，强渊明任学士承旨，徽宗御书"摛文堂"榜赐之（《宋史》卷三五六《强渊明传》），意为学士院乃"铺采摛文"之地，这是学士院又一件盛事。绍兴三十年（1160年），高宗御书"玉堂"赐学士周麟之，"以'玉堂'二字亲洒宸翰赐翰苑"❹，重申了学士院乃"神仙之所"。对学士院的美誉既是宋诸帝礼贤词臣的一种表现，也创造了翰林辉煌故事。这种荣耀也成为词

---

❶ 杨仲良撰、李之亮校点《皇宋通鉴长编纪事本末》卷十，第一册，黑龙江人民出版社2006年版，第119页。

❷ 洪遵《翰苑遗事》，傅璇琮、施纯德编《翰学三书》卷十一，辽宁教育出版社2003年版，第109页。

❸ 杨仲良撰、李之亮校点《皇宋通鉴长编纪事本末》卷十，第一册，黑龙江人民出版社2006年版，第119页。

❹ 洪遵《翰苑遗事》，傅璇琮、施纯德编《翰学三书》卷十一，辽宁教育出版社2003年版，第109页。

臣一职所伴随的一种符号，成为学士的一种共同精神体验。

其二，皇帝亲幸秘阁、学士院彰显了文治，营造了崇文气氛。太宗曾亲幸秘阁观书，"赐从臣及馆职饮，既罢又召马步军都虞侯傅潜等宴，纵观群书，欲使武将知文儒之盛"❶。太宗此举，一方面标举了其崇文的态度，另一方面也提高了馆职学士的地位。太宗亲至学士院，令学士深感荣耀。据沈括《梦溪笔谈》卷一：太宗夜间驾幸玉堂，当时学士苏易简已经就寝，听闻后迅速起床，因没有烛火供整理衣冠，于是宫嫔自窗格伸进烛火为其照明，窗格上有火燃处，之后也没有更换，这也成为玉堂的佳话。

南渡之后，此类故事依旧得到了延续。绍兴十四年（1144年），秘书省新建成，高宗亲幸秘书省，意在继承祖宗家法，大兴文治。"仰惟祖宗建开册府，凡累朝名世之士，由是以兴，而一代致治之原，盖出于此。朕嘉与学士大夫共宏斯道，乃一新史观，新御榜题，肆从望幸之忱，以示右文之意。"（《宋史》卷一一四）孝宗顺承高宗的理念，且更加崇儒礼贤。淳熙五年（1178年）九月，"孝宗幸秘书省，如绍兴十四年之仪"（《宋史》卷一一四）。此次巡幸主要是对高宗之举的追随，也是弘扬崇文国策的重要表现。加之淳熙年间，局势稳定，朝堂升平，孝宗此次巡幸秘书省活动更加隆重。《南宋馆阁续录》卷六记录了孝宗此次驾幸秘书省的始末："淳熙五年九月一日，诏十二日幸秘书省进早膳，应从驾臣僚逐幕次赐食。十二日，皇帝升辇，鸣鞭降东阶，出后殿门，至御厨南驻辇。乐人念致语口号，作乐进行，出北宫门。将至秘书省，提举国史院官并提举国史日历所官、秘书省国史院官、台官、右文殿修撰等、阁门舍人并迎驾常起居讫。皇帝入秘书省门。"孝宗还与群臣共饮，场面和乐，更与臣僚进行了亲切互动，作诗赐予群臣，在诗中直言"稽古右文惭菲德，礼贤下士法前王"（《比以秋日临幸秘书省因成近体诗一首赐丞相史浩以下》），表达了其崇儒礼贤的态度。此为秘书省之盛事，因翰林学士多出自秘书省，孝宗巡幸之时史浩、周必大亦在列，此举使他们感受到孝宗对词臣的重视。

---

❶ 李埴《皇宋十朝纲要》卷二，续修四库全书本。

二、赠赐御书与学士殊荣

翰林学士供职禁中，多近天颜，倍受优待。孝宗喜好书法，常以御书赠臣僚，翰林学士在御前获赐最多。这一方面塑造了孝宗崇儒礼贤的明君形象；另一方面也使学士倍获殊荣，为后世所艳羡。

以御书赠赐学士并非孝宗始创，北宋时便有此传统，是褒奖或优宠学士的一种方式，太宗、哲宗等均喜为之，且成为美谈。太宗以宋玉《大言赋》赐苏易简。哲宗以白居易《紫薇花》诗赐苏轼。仁宗也曾书"博学"二字赐翰林学士杨亿。孝宗书法精深，颇喜赠赐臣僚御书，尤其常亲书赐予学士，彰显与学士之亲近。

洪迈于乾道年间和淳熙年间两入翰苑，颇得孝宗赏识，数获孝宗赐书。乾道四年（1168年）正月，洪迈奉命经筵进讲，孝宗亲书白乐天诗于扇赐之。洪迈将此事记于《容斋随笔》："蒙上书此章于扇以赐，改'使臣'为'侍臣'云。"（《容斋随笔》卷一《青龙寺诗》）白居易的《和钱员外青龙寺上方望旧山》诗中有"共道使臣非俗吏，南山莫动北山文"句。孝宗将词修改，体现出对学士的重视。淳熙年间，洪迈再次进入学士院任职，成为孝宗身边重要的侍臣，获赐更为频繁。淳熙十二年（1185年）洪迈在禁林，孝宗亲书白居易诗两首赐之。《玉海》载："赐宸翰唐白居易诗二首。"淳熙十三年（1186年），孝宗亲书自己所作的《春昼即事》一诗和苏轼一诗并赐予洪迈。洪迈进献谢诗："四月辛亥，天笔俯和。"（《玉海》卷三四）孝宗再和谢诗，足见与洪迈之亲切。淳熙十四年（1187年）洪迈召对清华，孝宗于御榻之右取宸翰宋鲍照《舞鹤赋》一轴赐之。在洪迈致仕乡居后，孝宗仍为其居所题字："迈为内翰，有别墅曰野处，孝宗御书二字。"（《方舆胜览》卷十八）孝宗多番赠赐，令洪迈获得了极大的荣耀。

史浩、虞允文、梁克家、周必大等都历任翰林学士、宰相，为孝宗所倚重，他们在朝期间常获赐御书。《玉海》载："乾道七年正月八日癸未，御书郭熙《秋山平远》诗，赐宰臣虞允文等。十一日丙戌，赐左相允文《养生论》，右相臣克家《长笛赋》，皆太上真书。又赐克家御草书《古柏行》一轴。"（《洪迈年谱》）御赐内容包括诗、赋、文等。淳熙五年（1178

年）周必大夜值，孝宗宣召至选德殿，宣坐、赐茶，亲赐御书《七德舞》《七德歌》一轴；同年（1178年）赐周必大御书白居易诗一首。周必大云："乃遭遇圣明，发挥其语，光荣多矣。"（《省斋文稿》卷一四）史浩在朝期间获赐数量丰富，于是专门建阁来进行收藏。孝宗书"明良庆会之阁"赐史浩。另外，范成大以文为孝宗所欣赏，淳熙八年（1181年），孝宗御书苏轼四诗赐范成大。范成大退居石湖后，得孝宗亲笔御书"石湖"二字，后世传为美谈。孝宗对学士如此频繁赠赐，令他们感受到身为词臣的自豪，也体现了他们的宠眷优渥，可谓书生荣遇。

三、诗赋酬赠与恩数之盛

赠赐御诗也是孝宗宠眷词臣的一种方式。孝宗喜好作诗，翰林学士是文学侍臣，故而是酬赠的主要对象。御诗酬赠一般分为赠赐文臣群体和赠予学士个人两种不同类型。赠赐御诗是孝宗与学士间进行文学交流的重要方式，无论是传达圣意还是以示优宠都可以通过这一方式来实现。

其一，对文臣的群体赠赐，可借此表达一些施政理念，发挥一定的政治功能，这种方式更显亲切。如乾道四年（1168年）正月，孝宗赐蒋芾、洪迈等《春赋》一首，孝宗曰："人主不可不知民事。《七月》之诗歌，陈王业艰难。近尝作《春赋》，仿苏轼《赤壁赋》为之。大意言农事方典，要使无失其时。宰臣魏杞请窥圣作，故赐之。"❶ 孝宗通过赋文表达对农事的看法，希望大家体会到他的要求。

其二，专门赠赐学士个人的诗，更能体现孝宗的宠眷之意和学士的恩荣之盛，如孝宗曾为虞允文作送别诗。虞允文是孝宗朝最早的翰林学士，其文武兼备，后又晋升为相，是孝宗所仰赖的重臣。乾道八年（1172年）他前往四川任职，离朝前孝宗以诗《送虞丞相抚蜀》为其送别，诗云："风教已兴三蜀静，干戈载戢万方安。归来尚想终霖雨，未许乡人衣锦看。"（《建炎以来朝野杂记》乙集卷一三）除赠诗外，孝宗还"用李纲故事，御正衙，亲酌卮酒赐之"。虞允文得孝宗赠诗，又得皇帝酌酒，正如《建炎以

---

❶ 曾枣庄、吴洪泽《宋代文学编年史》第三册，凤凰出版社2010年版，第1729页。

来系年要录》所云："其恩数之盛，自渡江以来宰相去国所未有也。"洪迈在御诗跋文中赞颂孝宗堪比舜汤。可见孝宗堪为礼贤下士的典范。

史浩获赐御制诗歌更多。《玉海》卷三十载："五年十月，史浩除少傅，赐第城中，出御制长春花诗，酬和至再，示眷留之意。八年八月十一日又赐浩诗，浩丐归，于其行锡宴以赐之。十一年四月二十五日又制诗饯浩行。"史浩《跋御制东归送行诗》中亦记述了所获御赐："蒙赐宴秘殿，宣劝赒锡，恩意隆渥，且赐御书御制诗一首以宠其行。"（《鄮峰真隐漫录》卷三六）除了赠予史浩诗歌外，孝宗还曾为其作和诗。淳熙四年（1177年），史浩任侍读学士，夜值召对，孝宗命其作诗。史浩进呈古诗三十韵。孝宗作和诗，并对史浩极力称赞，诗云："归美见新诗，如卿能有几……亦屡引公卿，对此谈政理。虚心欲受人，忠言资逆耳……文章藉老手，直笔中兴纪。"孝宗大赞史浩之诗才、文才及政治才能，充分表达了对其之欣赏。孝宗在礼贤下士方面比北宋有过之而无不及，这些都为学士提供了良好的任职生态。

孝宗礼贤下士，关心文臣。御制诗书的频繁赠赐，充分展示了皇帝与学士之间的亲近，更彰显了孝宗一朝崇儒重文，这也是乾淳翰苑成为后世所追想之典范的原因之一。翰林学士在供职期间获得的极高恩赏和荣耀，使他们对担任此职充满自豪之感，更成为他们政治生涯中的辉煌记忆。这一宽松的政治文化环境，营造了乾淳时期朝堂间活跃的创作氛围。学士的创作自由度较高，由此催生了大量的应制诗和应制文。

第二章

宋孝宗朝翰林学士职能与述作

翰林学士兼具多重政治身份与文化角色,其中主要职任为草诏、奉和应制和顾问献策,除此也承担一些临时差遣,如充当使臣、编修书籍、知贡举或主持馆试等。有的为常规职掌,有的则与个人的地位和恩荣有关。翰林学士以文学见称,在各项职能的行使中,创作各类文学作品,在某种程度上对当朝文学、文化的发展产生了一定影响。学士在草诏中创作了大量的四六文,助推了乾淳时期四六文的中兴。出使激发了其文学创作,由此产生的使金作品,丰富了南宋文学的类型。编修书籍,保存了历史文化资料,一定程度上推动了孝宗朝的文化繁荣与发展。同时,学士有书写翰林笔记的自觉,尤其是承旨有上承下接整理记录翰苑文献的惯例。《翰苑群书》《玉堂杂记》《容斋随笔》等记载了翰林制度、典章名物、翰苑故事、学士任职经历,收录了一些文学作品,保存了宝贵的翰苑材料。此外,翰林学士在知贡举中积极作为,对南宋科举文化和时文的规范化也产生了一定影响。

第一节　职掌王言与制诏拟写

翰林学士掌制诰、诏、令等撰述之事，主要职能是草拟诏书诰命，撰写表笺公文。对于学士而言，制诰的写作能力和水平直接关乎能否进身翰苑或顺利担任此职。制诰文书的拟写颁布乃朝廷要事，因而草诏有严密而系统的流程。诏令也需要经过皇帝审阅才能正式颁布，因此皇帝的审美倾向和要求对学士的文书撰写影响颇多。鉴于皇帝的特殊身份、王言使用的严肃政治语境及诏令宣读欲达到的庄重效果，制诰文风以质古典正为尚，同时，孝宗更欣赏得体、温雅的制诰，这也成为学士草诏遵循的重要原则。

一、草诏名目及流程

翰林学士具体所作文书名目甚多，包括制、诰、赦、敕、国书及宫禁所用之文词。北宋翰林学士杨亿的《杨文公谈苑》之"学士草文"条对翰林学士具体撰写的文书名目进行了梳理："拜免公王将相妃主曰制，赐恩宥曰赦书、曰德音，处分事曰敕，榜文号令曰御札，赐五品官以上曰诏，六品以下曰敕书，批群臣表奏曰批答，赐外国曰蕃书，道醮曰青词，释门曰斋文，教坊宴会曰白语，土木兴建曰上梁文，宣劳锡赐曰口宣。此外更有祝文、祭文、诸王布政、榜号、簿队、名赞、佛文、疏语，复有别受诏旨作铭、碑、墓志、乐章、奏议之属。此外文表歌颂应制之作。"❶

翰林学士的文书写作类型中以代王言最为重要。所谓王言是皇帝下达

---

❶ 杨亿《杨文公谈苑》，上海古籍出版社1993年版，第7页。

的旨意命令。《史记·秦始皇本纪》中云："命为制，令为诏。"王言之体包括册、制、诏、诰、敕几种常见的文体。《新唐书》第三十七之《百官志》对王言作了详细说明：第一种是册书，是立皇后、皇太子、封诸王所用；第二种是制书，在大赏罚、赦宥虑囚、大除授等时用；第三种是慰劳制书，用以褒勉赞劳；第四种是发敕，在废置州县、增减官吏、发兵、除免官爵、授六品以上官时使用；第五种是敕旨，在百官奏请施行时使用；第六种是论事敕书，戒约臣下用之；第七种是敕牒，随事承制，不易于旧则用之。宋代将王言统称为诏："三代王言，见于书者有三：曰诏、曰誓、曰命。至秦改之曰诏，历代因之。"❶ 所以一般将制诏的拟写简称为草诏。

诏书拟写程序包括学士受命、草诏，再到上呈、宣读等。《文献通考》卷五四《职官八》中记载了从接收任务到草麻完毕、诏令发布的详细流程，大致情形为："凡国有大除拜，晚漏上，天子御内东门小殿，遣内侍召学士赐对，亲谕秘旨。对讫，学士归院，内侍锁院门，禁止出入。夜漏尽，写制进入。迟明，白麻出，阁门使引授中书，中书授舍人宣读。"

学士受命即皇帝给予词头，交代文书写作大意。词头的下达有两种方式：立储和命相之类的重要事件，由皇帝面谕学士；其他则由宰执商定之后，经皇帝批准，再遣内侍官传递中书熟状以告知学士。中书熟状为宰相商议所制定的政务方案，经皇帝签批之后便可施行。据蔡绦《铁围山丛谈》卷一，依宋代的制度，立后、建储、命相这样的重大事件须"天子亲御内东门小殿，召见翰林学士面谕旨意，乃锁院草制，付外施行"，其他除拜"但庙堂佥议进呈，事得允，然后中书入熟第，使御药院内侍一员，持中书熟状内降，封出宣押，当直学士院锁院竟，乃以内降付之，俾草制而已"。

孝宗朝依旧遵照上述流程。一般情况，命令的下达主要是以内侍将中书熟状送至学士院的方式。《玉堂杂记》中云："中兴后，凡除拜节钺以上，多由中书进熟状。"❷ 乾道六年（1170 年）十二月，周必大夜直玉堂，内侍霍汝弼持御笔来，令例外撰国书。其中御笔即为熟状。此外，命相这样的

---

❶ 吴讷《文章辨体序说》，人民文学出版社 1962 年版，第 35 页。
❷ 周必大《玉堂杂记》，傅璇琮、施纯德编《翰学三书》卷十二，辽宁教育出版社 2003 年版，第 132 页。

大事仍旧是皇帝亲谕。如，乾道八年（1172年）二月，周必大宿直召对，孝宗亲谕："虞允文可特进左丞相，梁克家可正奉大夫右丞相。"❶ 学士所写文书一般由内侍官传达进呈，但是对于机密性文书、重要的文书需要直接对皇帝负责。洪迈任翰林学士时曾因直接进呈诏书，得以七日内三次面见孝宗。据洪迈《容斋三笔·禁中文书》记载，淳熙十四年（1187年）十月，洪迈与吏部尚书一同面圣，结束后，洪迈被谕旨留身。孝宗对洪迈言欲令太子参决万几事宜，并告诫洪迈"进入文字须是密"，洪迈言："寻常只是公家文书传达，今则不可"。因为此次诏书的机密性，洪迈面呈的请求获准。

二、草诏尚敏捷

翰林学士以草诏为主要职掌，在选拔中亦是以文章才能为本。虽然翰林学士的文才是世所公认，但他们的草诏能力仍存在差异。正如《容斋三笔》中对中书舍人草诏速度差异的描述：敏捷者挥翰如飞，草制数十却谈笑自若，可谓很从容；但迟钝窘扰者，却是遍阅书册，至晚不能裁一言。在内外制的选拔中，行文敏捷是一个重要的考察因素。据周必大的《掖垣类稿序》载，参加外制选拔的文官，必然是秘书省中的精英之士。他们的文章水平毋庸置疑。"所以试者，观其敏也。盖政事堂本在禁中，宰执朝退，房吏得除目，以词头授词臣具草，录黄付吏部，诰院书印如式，乃进御，下阁门给焉。其付授经由皆有时刻，不容少缓"。外制已然如此，内制官对敏捷的要求只会更甚。倪思因思维敏捷为光宗所赞赏。"上欲试思能否，一夕并草除公师四制，训词精敏，在廷诵叹。"（《宋史》卷三九八《倪思传》）倪思长期供职孝宗、光宗两朝翰苑，成为重要的词臣，这与其草诏敏捷必然有一定关联。

翰林学士们对自己的草诏速度也颇为在意。翰林学士洪迈堪称草诏圣手，他对自己的写作速度津津乐道。淳熙十四年（1187年），洪迈在翰苑

---

❶ 周必大《玉堂杂记》，傅璇琮、施纯德编《翰学三书》卷十二，辽宁教育出版社2003年版，第122页。

中，恰逢宿直，一日从早至晚，视草二十篇有余，颇为兴奋。完毕后在园中遇到一位老者，累世为院吏，今八十岁，且认识元祐间诸学士。洪迈与之进行了一段颇有趣味的对话。老者云："闻今日文书甚多，学士必大劳神也。"洪迈喜其言，曰："今日草二十余制，皆已毕事矣。"老者复颂云："学士才思敏捷，真不多见。"洪迈矜之云："苏学士想亦不过如此速耳。"老者复首肯咨嗟曰："苏学士敏捷亦不过如此，但不曾检阅书册耳。"❶ 洪迈十分惭愧，自恨失言，常对他人提起如果当时有地缝，必当入矣。此事既说明了洪迈对于自己草诏之敏捷颇为得意，也从侧面反映了学士草诏参照前人范本的特点。学士在制诏拟写中往往会以前代文书为参考范本。北宋时期，陶穀在翰苑，认为学士俸禄微薄而请辞。结果太祖认为学士之职并不难做，只是"依样画葫芦"。故此，陶穀在其《题玉堂壁》一诗中曾自嘲："堪笑翰林陶学士，年年依样画葫芦。""依样画葫芦"成为对学士制诏拟写缺乏创新的一种否定。制诏的写作有一定固定格式，且要遵守词头中的意思，确实有一定的范式须循。孝宗时期，翰苑中也以白居易、苏轼的制诏为参考范本，但在具体的行文中还是会有自主性和创新性。

当然，并非所有的学士都对草诏感到得心应手。崔敦诗曾直学士院，且其文采也为孝宗所赞赏，然而其深感草制艰难。"谢后自贵妃册后，内廷文字颇多，崔非所长，苦思遂成瘵疾。临卒，有子尚幼，手书一纸戒其子无学属文，悉取其所为稿焚之。"（《西塘集耆旧续闻》卷五）文书数量太多，加之个人草诏不顺畅，因而深感其苦，甚至告诫其儿子莫再做此官，可见其对草诏的痛苦感受。

三、草诏须得体、温雅

学士之草诏为代王言。鉴于帝王的特殊身份、王言的严肃政治语境、便于宣读的需要和欲达到的庄重典雅效果，历代制诰文追求质古典正。除此，根据皇帝的特殊审美倾向及学士的写作特色，历代又有相对个性化的文风。北宋杨亿等人在翰苑期间，制诏文多喜用典故、文辞富丽。孝宗对

---

❶ 周密撰、黄益元校点《齐东野语》卷一〇，上海古籍出版社2012年版，第103页。

于制诏则要求以得体为先、温雅为佳,这是其选拔学士的重要标准,也是学士制诰书写的重要导向,最终塑造了乾淳学士制诏文的主体风格。

翰林学士所草制诏在正式颁布之前,皇帝会进行审阅,有时会基于自己的执政理念或文学素养对其进行文字上的修润或在文风上加以引导。孝宗文学造诣较高,常与学士谈及文章写作,对于制诏的创作他更是明确提出了"得体"的要求。周必大《玉堂杂记》载,"上于文字,尤欲得体,一览便见是非",并举乾道九年(1173年)孝宗修改诏书之例,说明了孝宗所强调的得体。"三更进草,其间云:'乾清坤夷,振四方之纲纪;星辉海润,兆百世之本支。玉厄每奉于亲闱,瑞节岁交于邻境',上改作'农扈屡丰,戎轩载戢。崇礼乐而四达,嘉风俗而再淳。玉厄每奉于亲闱,美化遂刑于海宇',仍批云'可改签抹者五句,意不近于郊祀'。其欲得体,大率如此。"❶

草诏需表述准确,不能有歧义。周必大记述了自己在学士院期间草诏被孝宗修改的经历。"某草太上辞尊号第一诰,其末云:'怡神闲燕,何力之有'。上曰:'此虽道太上语,毕竟自此起草送去。"何力之有"句不能无嫌'。某遂改作'无累于物'。"❷ 由此可见,语义含混或有歧义,不能准确表意的语句,则不能称为得体。

制诏之得体当褒贬有度、客观公允。罗大经的《鹤林玉露》云:"制诰诏令,贵于典重温雅,深厚恻怛,与寻常四六不同。今以寻常四六手为之,往往褒称过实,或似启事谀词,雕刻求工,又如宾筵乐语,失王言之体矣。""褒称过实""启事谀词""雕刻求工"都有失王言之体。翰林学士拟写诏书要求文意表述褒贬得当,不私美,也不寄怨,不能因个人的写作习惯、情感倾向或亲疏而过分地溢美和贬斥,应当客观公正,正所谓不可"假命令以快我之好恶"❸。孝宗格外强调褒贬得当。俞文豹《清夜录》载:"王夕郎信掌制诰,孝宗览之云'近日诰词,全似启事,溢美太甚'。"足见孝

---

❶ 周必大《玉堂杂记》,傅璇琮、施纯德编《翰学三书》卷十二,辽宁教育出版社2003年版,第117—118页。

❷ 周必大《玉堂杂记》,傅璇琮、施纯德编《翰学三书》卷十二,辽宁教育出版社2003年版,第117页。

❸ 周辉撰、刘永翔校注《清波杂志校注》卷九,中华书局1994年版,第411页。

宗对当下制诏溢美不满。制诏得体须是不偏不倚，正如晁迥云："所作文书无过褒，得王言之体。"(《宋史》卷三〇五）乾淳学士在草诏中对褒贬有度的把握也值得肯定。宰相汤思退因主和被罢免，朝臣对其多有不满，然洪适在其罢免诏书中却作平词，没有任何贬斥的言语。洪适最初由汤思退举荐，众人因此对洪适的态度有所不满，认为其是汤氏党羽。然孝宗认为此并非洪适徇私："朕令作平词，非其罪。"(《盘洲集》卷三十三《盘洲老人小传》)洪适所作诏书是代王言，是不应在其中掺杂个人情感的，既然孝宗令其不在其中贬斥汤思退，洪适就不存在偏私。

温润即温婉典雅，是制诏王言应追求的最佳风格。所谓"制诏皆王言，贵乎典雅温润，用字不可深僻，造语不可尖新，文武宗室，各得其宜，斯为善矣"❶，正是此类文体的应有之貌。吕祖谦曾云："历代诏书，或用散文，或用四六。散文以深纯温厚为本，四六须下语浑全，不可尚新奇华巧而失大体。"❷典雅温润、深纯温厚，是历代诏书的写作规范和审美倾向，更是孝宗及翰林学士对制诏写作的重要审美追求。

孝宗也提出文书须"雅正"，他在对学士的选拔上极其重视制词温雅，并将此作为任用的重要指标。周必大曾推荐庞佑甫、崔敦诗入翰苑，孝宗认为"庞之文不甚温润，崔之文颇为得体"(《贵耳集》卷上)，崔敦诗"文词温润，议论疏通，知大体，所陈对必剀切，上深许之"(《吴中人物志》卷十)，于是崔敦诗成为翰林权直的最终人选。学士院缺人，周必大举荐尤袤、倪思、莫济、陆游等人。孝宗选择了尤袤，尤袤请求以陆游自代，未能获得孝宗的允许。据《宋史·尤袤本传》，尤袤担任此职之后，所作制册，"人服其雅正"。制诏应当便于宣读，所以文采之外，以语言流畅、不艰涩为更佳，毕竟宣读无阻滞之感是达到温润的首要前提。孝宗曾对周必大言："杨之文太鳌牙，在御前读时生受，不若尤之文温润。"(《贵耳集》卷上)可见孝宗对尤袤文词温润的赞赏。熊克除学士院权直，孝宗曾赞赏其文，"甚工，且有体，自此燕闲可论治道"(《宋史》卷四三二)。足见孝宗对制诏之温润格外重视。

---

❶ 吴讷《文章辨体序说》，人民文学出版社1962年版，第36页。
❷ 吴讷《文章辨体序说》，人民文学出版社1962年版，第35页。

温润、得体是孝宗对制诰的要求,乾淳学士不仅将此内化为他们的创作导向,更作为一个审美标准,提升到理论的高度。周必大的《皇朝文鉴序》云,"典策诏诰则欲温厚而有体",体现了官方对历代典策诏诰收录选择的主要标准。温雅、浑厚、得体是朝廷官方文书区别于其他文章的重要特征,同时也是周必大创作中遵循的重要准则。倪思也认为文章尤其是王言的写作需以体制为先。王应麟《辞学指南》卷二中载倪思的论述:"文章以体制为先,精工次之。失其体制,虽浮声切响,抽黄对白,极其精工,不可谓之文矣。凡文皆然,而王言尤不可以不知体制。"

得体是孝宗朝学士制诰写作的宗旨,温雅更成为他们制诰的主体风格。翰林权直崔敦诗之作便"温润详雅,明白有体要"(《南涧甲乙稿》卷二一《中书舍人兼侍讲直学士崔公墓志铭》)。梁克家曾任职学士院,《宋史》对他的评价是"辞命尤温雅"。直学士院陈居仁被称作"文辞温润"(《攻媿集》卷八九《紫金光禄大夫陈公行状》)。翰林学士王淮也"吐词温雅"(《鄮峰真隐漫录》卷三一《辞两府王教授上执宰札子》)。翰林承旨周必大更是公认的"制命温雅"(《宋史》卷三九一《周必大传》)。由于学士以温润典雅作为创作标准和追求,最终形成了孝宗朝制诰的主体风格。

第二节　奉命使金与文学创作

奉命出使是翰林学士的一项临时差遣。对于翰林学士而言,使金这一临时差遣与他们清要尊贵的职务正好形成一个反差。在宋金地位不平等的情况下,执行一份带有一些屈辱色彩甚至身陷险境的任务,对于翰林学士这一大多由纯文臣组成的群体来说是一种挑战。翰林学士在使金的过程中,走出朝堂,离开临安,到达遥远的金朝,一路上视野得到开阔,经历得到丰富,旅途风光激发了创作灵感,故土之思也唤醒了内心情感,在此过程中的见闻与情感体悟使他们的文学创作更有艺术张力。翰林学士奉命出使造就了一批使金作品,既成为学士文学作品中的别样之作,也成为南宋文学作品中的一个特色。

一、翰林学士使金情况考察

宋金交往跨时百年，始于北宋徽宗政和七年（1117年），止于南宋宁宗嘉定十一年（1218年）。据《金史·交聘表》，北宋共向金遣使15次，南宋共遣使175次。南宋时期，宋金交往始于建炎二年（1128年）七月，赵构贬号称臣，宋遣使赴金奉表。后因金撕毁协议，宋金中断遣使，"隆兴和议"后，宋金恢复联系。绍兴十一年（1141年），宋金议和，签订"绍兴和议"，双方互遣使者成为定例，"每年皇帝生辰并正旦，遣使称贺不绝"（《金史》卷七十七《宗弼传》）。宋金互遣正旦使、生辰使为惯例。所谓正旦使，全称为"贺正旦国信使"，使命是向对方皇太后、皇帝、皇后恭贺正旦。生辰使，全称为"贺生辰国信使"，使命是恭贺对方皇太后、皇帝、皇后生辰。正旦使、生辰使每年均按定制互遣，除此之外还有告哀使、祭奠使、吊慰使、遗留使、告登位使、贺登位使、回谢使、册礼使、官告使、计议使、通问使、祈请使及因临时事项派遣的泛使等。

自北宋起，便有翰林学士充当出使使节的惯例。使金使者团一般由正使、副使、三节人组成，一般正使为文臣，"文臣择有出身才望学问人"（《续资治通鉴长编》卷一六一）。出使事宜关乎国体，所以使者的文化水平、口才、应变能力显得尤为重要。此外，出使往往还肩负着了解当地风土人情并撰写成文字的职责，所以也需要使者具备一定的文学才能。翰林学士学识广博、擅长言辞、文笔出众，是出使的绝佳人选。为了表现出使的诚意，出使官员的品级不宜太低，需要派遣官阶较高者，但是宰辅品级太高也不宜出使。翰林学士为正三品，品阶最为合适。但翰林学士毕竟人数有限，更是"天子私人"，所以除遣翰林学士出使之外，也有以他官假翰林学士出使的情况。所谓"借官出使"，是实际派出的使者官阶略低，假借更高的官职出使。

宋孝宗一朝曾奉命使金的翰林学士不在少数，刘珙、洪适、王之望、王曮、李巘、梁克家、胡元质、倪思、洪迈、范成大、郑闻都有使金的经历。其中洪适、王之望、王曮是在任翰林学士期间出使；梁克家、胡元质是假翰林学士身份出使；倪思为孝宗朝及光宗朝翰林学士，在光宗朝出使；洪迈则是在高宗朝假翰林学士身份出使；范成大、郑闻亦曾使金，也均有直学士院的经历，但并非以翰林学士的身份出使（见表2.1）。

表2.1 孝宗朝翰林学士使金

出使类别	姓名	职务	出使事由	时间
在翰苑任职期间使金	刘珙	中书舍人直学士院	告即位	绍兴二十三年七月
	王之望	直学士院	通问	隆兴元年十一月
	洪适	直学士院、假翰林学士	贺生辰	隆兴二年十二月
	王曮	权直学士院	贺生辰	绍兴二十年八月
	王曮	礼部尚书兼直学士院	贺生辰	乾道元年十二月
	李巘	直学士院	贺正旦	淳熙十三年九月
未入翰苑之前假翰林学士使金	洪迈	假翰林学士	贺登位	绍兴三十二年三月
	梁克家	假翰林学士	贺生辰	乾道二年
	胡元质	假翰林学士	贺万春节	乾道五年三月
未入翰苑之前曾出使	郑闻	工部尚书	贺正旦	乾道五年正月
	范成大	假资政殿大学士		乾道六年
	陈居仁	假吏部尚书		淳熙六年

其一，学士在翰苑任职期间奉命使金，包括王之望、洪氏兄弟、王曮等。孝宗隆兴元年（1163年）十一月，王之望兼直学士院，任通问使使金。隆兴二年（1164年）十二月，洪适任中书舍人兼直学士院，假礼部尚书使金。此次洪适以生辰使正使使金，龙大渊为副使。隆兴元年（1163年），张浚北伐失败，宋金议和，双方签订"隆兴和议"。洪适一行在乾道元年（1165年）三月至燕京，四月底左右回朝，归来后因顺利完成任务被正式擢升为翰林学士。由此也可以看出洪适在外交中发挥了重要作用，使金为其带来了升迁。洪氏家族一门四学士，使金者有三人。除洪适之外，其父洪皓、弟洪迈都曾使金。洪皓于建炎三年（1129年）使金，因不同意在金做官，被扣留金朝十四载，流放冷山。后洪皓全节而归，名声大振，被称为"当代苏武"。洪迈于绍兴三十二年（1162年）假翰林学士出使金朝，为贺登位使，恭贺金主登位，同时肩负着"欲令金称兄弟敌国而归河南地"的使命。由于此行任务艰巨且不切实际，虽然洪迈在金朝进行了不屈不挠的斗争，但未能完成使命，归国后被罢免官职。王曮是孝宗朝的翰林学士承旨，曾两次使金：第一次是绍兴二十

年（1150年），授起居舍人，权直学士院，为贺大金主生辰使；第二次是乾道元年（1165年），以礼部尚书兼直学士院，为贺生辰使。淳熙十三年（1186年）九月，李巘在直学士院期间以正旦使出使金朝。

其二，在任职之前假翰林学士出使，包括梁克家、胡元质二人。梁克家曾于乾道二年（1166年）假翰林学士充当贺生辰使出使金，乾道四年（1168年）才成为兼直院。"乾道五年……三月丁巳朔，宋遣翰林学士胡元质、保康军承宣使宋直温贺万春节。"（《金史详校》卷六）实际上，此时胡元质并非翰林学士，其于淳熙二年（1175年）二月至八月兼直院，此次使金是假翰林学士出使。

其三，在未入翰苑之前曾以他官出使，可称为有使金经历的翰林学士，包括陈居仁、郑闻、范成大三人。陈居仁，淳熙六年（1179年）曾假吏部尚书使金，还朝后迁起居郎，淳熙十四年（1187年）兼直学士院。"乾道五年，正月戊午朔，宋遣试工部尚书郑闻、明州观察使董诚贺正旦"（《金史详校》卷六），乾道六年（1170年）兼直院。乾道六年（1170年），范成大曾以起居郎假资政殿大学士使金，其身负重任，甚至抱着必死之心出使，终不负使命而归，成为使金朝士的重要代表。他于淳熙五年（1178年）三月至四月间有过一段兼直院的经历，也可以说是具有使金经历的学士。

二、翰林学士使金文学类型

翰林学士在执行使金这一差遣的过程中，出于自觉和职责要求，创作了不少文学作品，既有诗词，亦有日记体文学。其中使金诗数量多、思想性强、艺术成就高，成为宋诗中一种独特的类型。洪皓、洪适、范成大创作数量尤其多，洪皓、范成大更是以使金诗而名世。洪皓有使金诗九十一首。范成大创作了七十二首使金纪行诗。洪适有使金诗三十四首。洪迈仅有《邢台怀古》一首。王之望、陈居仁诗词创作数量较少，但王之望在出使中仍创作出《出疆次副使淮阴舟行》一首，陈居仁作出使词《水调歌头》。按照规定，使者应当将出使经过、沿途见闻、应对酬答等情况记录下来，用以汇报。所以翰林学士皆作有出使日记，如洪皓的《松漠纪闻》、范成大的《揽辔录》、楼钥的《北行日录》。这些使金作品助推了南宋日记体散文的繁荣。

翰林学士使金诗主要包括纪行诗、唱和诗、怀古咏史诗几种类型。纪行诗主要是记录使金途中的景色风貌和见闻，是使金诗中数量最多的一类。几乎所有记载旅途风貌及在金经历的诗均属纪行诗范畴，如洪适的《使虏道中次韵会亭》《过保州》《过谷熟》《次韵北使邀观常丰湖》等。《次韵北使邀观常丰湖》诗云："一派澄湖何处来，鸣榔渔子聚还开。主人甚顾他乡客，莫使归途欠一杯。"诗中记述了在金朝出使时，被邀请观赏风景、宴饮的经历。因洪适为贺生辰使，所以任务相对轻松。出使一般都有正副使两人同行，且历经数月，其间相互唱和是交往的一种方式。洪适出使期间，龙大渊为副使，二人酬唱颇多。龙大渊在途中购买了一些文物，其中有一方瓦砚，两次对此展开酬唱，洪适作《次韵得保州瓦砚》一诗。咏史怀古也是使金诗中常见的题材。使北过程中见到中原故土及一些具有历史文化典故的遗迹，难免怀古思今，以史为鉴。如洪皓在过讲武城时曾作《讲武城》一诗，抚今追昔："西陵寄遗恨，讲武存陈迹。"范成大亦有同题之作："阿瞒虓武盖刘孙，千古还将鬼蜮论。纵有周遭遗堞在，不如鱼复阵图尊。"洪适也作《次韵讲武城》："故城四壁存陈迹，荒冢千年断乐声。"这些都是围绕讲武城而作的怀古之作，在历史的兴亡中寄予了对当世的思考。

三、翰林学士使金诗思想内容

翰林学士使金诗的思想内容主要包括故国之思、爱国之情、遗民之苦等，学士使金诗对国土的沦陷原因进行反思，痛斥了奸佞贼子，对国事进行了深入思考。使金诗契合了南宋诗坛爱国的主旋律，弘扬了乾淳诗坛的爱国精神。

翰林学士出使至中原故土，深感神州陆沉、北地沦陷，将此付诸笔端，故而诗中饱含了爱国之思。看到战后饱受摧残的故土，家国之痛自然涌上心头。如洪适《次韵初望太行山》中云"可惜羊肠险，今包鼠穴羞。天心端有待，人力岂能谋。未老如凭轼，壶浆为曲留"，表现了对战后国土备受蹂躏的痛心。再如洪适《次韵梁门》："双垒依然柳作阴，故疆行尽倍伤心。时平且得无争战，苔上戈枪卧绿沈。"踏上故土，分外伤心，但因洪适出使之时，宋金局势相对稳定，所以也表达了对和平的赞颂。洪适另有《次韵赵州石桥》:"济远徒杠小,凭虚乱石牢。何时冠盖集,一变犬羊臊。"这亦表达了对国土沦陷的愤懑。范成大《宜春苑》对曾经的皇家园林一片衰颓的境况表达了悲痛。其《安肃军》也描绘了战后一片破败的景象:"从古铜门控朔方,南城烟火北城荒。"洪皓也曾作《都亭驿诗》,描绘了亭驿如今荒凉破败之景,引发了诗人的黍离之悲。王之望《出疆次副使淮阴舟行》云:"两淮经战争,万物皆憔悴……奋身徇主忧,图国忘私计。"其表达了对战争后万物荒凉的悲叹及愿奋身为国难的表白。学士在使金诗中对宋金战争的失败进行了反思。如范成大的《双庙》云"大梁襟带洪河险,谁遣神州陆地沉?"对故土沦陷发出质问,痛斥了误国的奸臣。

使金诗更对遗民悲苦生活状况予以关注。宋室南渡之后,淮河以北的百姓成为宋室遗民。这些遗民人心向背成为宋人关心的问题,因为南宋担心如若不能早日收复河山,北地遗民会忘记本为宋人。所以翰林学士在诗中表达了对北地遗民心态的格外关注。范成大的《州桥》是其中最为有影响力的一首:"州桥南北是天街,父老年年等驾回。忍泪失声询使者,几时真有六军来。"州桥指的是汴京城里横跨汴河的一座桥,诗中指代汴京的百姓。他们年年盼望南宋军队来收复失地。清人潘德舆《养一斋诗话》言之"沉痛不可多读。此则七绝至高之境,超大苏而配老杜者矣"。同时,诗人也是期望以此来激发南宋士气。钱锺书高度评价范成大诗的价值:"范成大诗里确确切切地传达了他们藏在心里的真正愿望。寥寥二十八个字里滤掉了渣滓,去掉了枝叶,干净直捷地表白了他们的爱国心来激发家里人的爱国行动。"❶ 实际上,据出使学士的记载,故土遗民确实也对宋情感深厚,期盼王师收复中原。楼钥《北行日录》曾描绘了汴京百姓见到使者后的激动心情:"都人列观,间有耆婆服饰甚异,戴白之老多叹息掩泣,或指副使曰:'此宣和官员也'!"❷ 范成大《揽辔录》亦载:"遗黎往往垂涕嗟啧,指使人云:'此中华佛国人也。'老妪跪拜者尤多。"❸ 此外,洪适也多次在诗中提到遗民之苦。如《过谷熟》云"遗民久厌腥膻苦,辟国谋乖负此

---

❶ 钱锺书《宋诗选注》,人民文学出版社1958年版,第225页。
❷ 楼钥《攻媿集》卷一一〇《北行日录》,四部丛刊本。
❸ 范成大《揽辔录》,中华书局1985年版,第3页。

心",《使虏道中次韵会亭》云"平野风烟阔,孤村父老存"。

对于翰林学士而言,他们在朝堂中的创作多为应制或酬唱之作,辞藻富丽、句法考究、喜用典故,且由于身份和职责的缘故,他们注重在诗中显露学问,形式考究重于情感表达。但使金诗却有很大的不同。使金的经历与翰林学士寻常工作、日常生活有极大的反差,行程中的见闻与情感激发了他们的创作热情,丰富了他们的诗歌题材内容。使金诗创作以情感的抒发为主,弱化了对技巧的讲究,呈现更加自然的语言风貌,表达更加真挚的情感。使金诗也扩大了一些翰林学士如洪皓、洪适、范成大等在诗坛的名气,堪称他们一生中颇具特色的作品。

第三节　书籍修撰与文化贡献

翰林学士兼有编修书籍的职能。孝宗对书籍编修格外重视,乾淳学士在编书修史中发挥了重要作用。孝宗继承有宋以来的崇文国策,施行文治。因南渡后的书籍之厄及文治的需求,大举编修成为必需。编书修史也是盛世偃武修文的重要体现。"隆兴和议"后政治局面相对稳定,孝宗一朝主持编修了为数不少的典籍。修撰前朝史书、帝纪等也是历代皇帝的必然举措。因史书的权威性,由官方主持修撰乃是必然。中央官修书主要由馆阁翰苑负责,翰林学士在其中承担了一定工作。

书籍编修作为孝宗朝文化事业的一个重要部分,助推了南宋文化的繁荣与发展。南宋王朝偏安江南,在与金、元的对峙中长期处于守势,但文化却蔚为大观,成为13世纪足以使"世界其他各地皆为化外之邦"的"世界首屈一指的国家"❶。书籍修撰在南宋文化事业建设中功不可没。

---

❶　谢和耐《蒙元入侵前夜的中国日常生活》,北京大学出版社2008年版,第239页。

一、书籍修撰的内在动因与外在因素

其一,军事挫败感的消解与信心重拾。南渡以来,经营多难。南宋在对金战场屡屡挫败,孝宗心怀恢复之志,锐意进取,但北伐仍然以失败告终,签订"隆兴和议",恢复故土失去可能。河山沦丧的创伤感难以凭武力抚平,其他方面的发展就更成为期待,振兴文化为宋人重拾自信心提供了重要途径。正如幽云十六州落入北方民族政权手中难以夺回,北宋初年太宗转而大兴文治,大举开科招募文才,修建三馆秘阁,编修《太平广记》《太平御览》与《文苑英华》三大部书。大力发展文化,从文化的兴盛中寻求自信,成为赵宋统治者的"心理代偿"。同样,在偏安的长久岁月中,诸帝也试图通过文化事业的发展,来消解军事上的挫败感,重拾自信。

"崇文重典"也是宋王朝自太祖以来形成的"祖宗家法",南宋诸帝决心重建官方文化资源,大力发展文化事业,传承中华民族文脉,以期重现北宋文化繁荣的风貌。《书林清话》云:"绍兴南渡,军事倥偬,而高宗乃殷殷垂意于此,宜乎南宋文学之盛,不减于元祐也。"❶ 南宋虽难以收复故土,但可以重振北宋文化,实现文化的复兴。恢复典籍可以全盘继承中华民族文化,并将其发扬光大,从而为南宋人树立稳固的内心支柱,以消解内心的沦丧之感和神州陆沉的悲痛,让南宋人在文化的兴盛中重拾自信。由是,国土沦丧逐渐内化为一种隐痛,文化的繁荣发展成为南宋人的"镇痛剂"。

其二,书籍之厄与恢复的迫切性。兵燹损毁等使大力进行书籍编修成为必然之举。书籍是人类文明的重要载体,尤其在科技水平有限的古代,书籍的数量和质量更是文明传衍最为鲜明的标志。国家在文学、法律、医药等诸多方面的文化成就都可以通过书籍得以展现,因此在南宋王朝的文化振兴之路上,典籍的完备必不可少。然离乱之后,三馆典藏狼藉泥中,"靖康之变"的兵祸中馆藏典籍遭到严重损毁,南宋在文化建设上面临着重建的迫切性。

---

❶ 叶德辉《书林清话》卷六,中华书局1987年版,第145页。

汴京陷落后，金兵对北宋馆阁进行了大肆的搜刮与抢掠：靖康元年（1126年）入国子监取官书❶；次年（1127年）又来搜刮三馆书籍和监本印版、文集，甚至掳走部分学士院待诏、国子监书库官、秘书省书库官❷。北宋百年积累的三馆秘阁书籍毁于一旦，如《宋会要辑稿》所载，"文书之厄，莫甚今日"❸，致使南宋伊始，"史院片纸不存"❹。这正是激发南宋官方着力进行书籍编修的根本动因。尤其是高宗、孝宗两朝，受命危难，肩负着恢复典籍的重要使命。

其三，宋代崇文国策为书籍修撰提供了政策支持。典籍完备是施行文治的首要条件和重要依托。北宋自开国初，欲以文化成天下，恢复唐季五代战乱毁弃的风化雅正，明确了以文治国的基本方针。书籍是朝廷进行教化所依赖的重要媒介，如太宗所言："夫教化之本，治乱之源，苟无书籍，何以取法？"❺ 宋朝廷大兴文治的一个重要表现便是重视读书、修书和刊印书籍。"宋朝以文为治，而书籍一事尤切用心，历世相承率加崇尚。"❻ 编修刊印书籍，成为宋朝偃武修文、以文化成天下的重要举措。

北宋立国之初，经籍文物，荡然流离。面对文化的"荒漠化"，宋初诸帝皆致力于书籍的搜访和编修出版，太宗认为"千古治乱之道，并在其中矣"❼。北宋诸帝致力于复兴经籍、访求群书、开三馆、选名儒，并刊印大型类书《太平广记》《太平御览》《文苑英华》《册府元龟》。经过宋初三朝的努力，三馆"文籍大备，粲然可观"❽。

南宋承袭赵宋立国以来的崇文国策，恢复典籍成为南渡后的一项重要任务。书籍编修这一文化事业，在南宋文治国策下获得了政策支持。南宋初，高宗、孝宗两朝尤为重视典籍的搜罗与编修。高宗自云"朕虽处干戈

---

❶ 汪藻撰、王志勇笺注《靖康要录笺注》，四川大学出版社2008年版，第1487页。
❷ 徐梦莘《三朝北盟会编》卷七十八，上海古籍出版社2008年版，第587页。
❸ 徐松辑、刘琳等校点《宋会要辑稿》，上海古籍出版社2014年版，第2828页。
❹ 李心传著、徐规点校《建炎以来朝野杂记》，中华书局2000年版，第109页。
❺ 李焘《续资治通鉴长编》卷十八，中华书局1992年版，第394页。
❻ 丘濬《大学衍义补》卷九十四，上海书店出版社2012年版，第105页。
❼ 程俱撰、张富祥校证《麟台故事校证》卷一，中华书局2000年版，第38页。
❽ 程俱撰、张富祥校证《麟台故事校证》卷一，中华书局2000年版，第230页。

之际，不忘典籍之求"❶，他极为重视典籍恢复，对国子监中的经籍缺失甚为关切，申令补充完备，"虽有所费，盖不惜也"❷。孝宗在位期间更是大举复古兴儒，诏令编修了若干种类的典籍。朝廷崇尚文治，是官方出版勃兴的根本依据。"隆兴和议"后，宋金对峙的局面下，形势较为稳定，更是大举编修书籍的重要时期。

二、翰林学士在书籍修撰中的贡献

翰林学士在书籍的编修中发挥了重要的作用。一些官方修撰的大型书籍皇帝会委任翰林学士主持。"修书是馆阁的主要'职业'，一些大型的类书、总集与史籍的纂修，都是由两制词臣与三馆学士为主参与完成的。"❸如北宋太宗时期所编修出版的《太平广记》《太平御览》《文苑英华》由翰林学士李昉、扈蒙主持。甚至为数不少的书籍编修是因为翰林学士的请求。孝宗朝翰林学士洪迈曾奏请修撰《钦宗实录》《九朝正史》等多部史书，并获准编修。孝宗朝翰林学士主要参与了实录与国史等史书的修撰及一些文学总集的编修工作，其中对史书的修撰贡献最为突出。

其一，翰林学士参与修撰史书数量繁多。翰林学士主要参与实录、会要、起居注、时政记、国史、正史等各类史籍的修撰。北宋时期已有翰林学士修撰国史的惯例，如欧阳修《论使馆日历状》载：国史"以宰相监修，学士修撰，又以两府之臣撰时政纪，选三馆之士当升擢者乃命修起居注"。元丰改制之后，常专设国史实录院，"以首相提举，翰林学士以上为修国史，余侍从官为同修国史，庶官为编修官"❹。设置国史院和实录院后，人员多从馆阁学士中抽调，翰林学士往往兼任修国史或实录院修撰等。洪迈曾以翰林学士兼任实录院同修撰。周必大也以翰林学士兼任同修国史、国史院编修官、实录院同修撰、实录院检讨官等职。

---

❶ 徐松辑、刘琳等校点《宋会要辑稿》，上海古籍出版社2014年版，第2828页。
❷ 李心传撰、徐规校点《建炎以来朝野杂记》甲集卷四，中华书局2006年版，第115页。
❸ 陈元锋《北宋馆阁翰苑与诗坛研究》，中华书局2005年版，第171页。
❹ 程俱《麟台故事》卷四，中华书局2000年版，第163页。

两宋修史之风盛行，其中对当代史的整理和修撰也有极大的自觉。尤其是南宋孝宗朝，会要、实录、国史的编修数量更是卓著。据《宋代修史制度研究》统计，孝宗朝编修会要五百卷、实录五百卷。整体上高宗、孝宗两朝远远超出北宋和南宋其他时期。因此，翰林学士频繁参与修书，几乎成为一些学士在任期间的重要职责。翰林学士所修史书包括记注、会要、帝纪、实录、国史、正史等，据统计编修有：唐代《同符贞观录》；孝宗朝《祥曦殿记注》和会要；实录类《哲宗实录》《徽宗实录》《钦宗实录》《高宗实录》；国史类《四朝国史》《九朝国史》等。孝宗朝翰林学士中参与史书修撰的有钱周材、洪迈、尤袤、周必大、王曮、王淮、李巘、倪思等人。

翰林学士修撰了前朝史书，供皇帝从中获得参考。如洪迈与王曮等人共同修编《同符贞观录》，"仅采贞观事迹，列为二十门，事为之说，件别以上"（《玉海》卷五八一《同符贞观录序》）。此书为皇帝采编贞观时事，使之在处理朝政时有先例可依。乾道三年（1167年）三月，《同符贞观录》编修完成。

编撰孝宗朝记注，详细记录帝王语录，也可为史书的编写留下重要的依据。乾道三年（1167年），洪迈奏请谨录圣语的《祥曦殿记注》，"仿前制，因今所御殿"（《玉海》卷四八《乾道祥曦殿记注》）。在侍臣进对之时，群臣百语仍探讨不果的事情，皇帝有时能以一言精辟论之，堪称经典的言语，洪迈请求令讲读官将每日所录圣语送来，从而将这些内容统一整理出来，获得孝宗允许。洪遵也负责了《祥曦殿记注》的编修工作，据《宋史》其本传载，《祥曦殿记注》即从洪遵开始编修。

实录是一种编年史，专门记录某皇帝之事，可谓该帝统治期间朝廷事务资料长编。实录的历史文献价值非常大。南宋李焘云，"修《正史》当据《实录》，《实录》倘差误不可据，则史官无以准凭下笔"[1]。孝宗朝学士参与编撰了《哲宗实录》《徽宗实录》《钦宗实录》《高宗实录》等，为实录文献的编纂保存作出了重要贡献。乾道初，翰林学士洪迈以同修国史的身份主持编修《哲宗实训》。绍兴七年（1137年），高宗诏修《徽宗实录》，乾道五年（1169年）孝宗下令再次重修。钱周材、王曮参与了修撰。乾道

---

[1] 毕沅《续资治通鉴》卷一四一，中华书局1987年版，第3766页。

三年（1167年），洪迈奏请一年为期限修撰《钦宗实录》，同时修成《钦宗帝纪》。"十二月十一日，请修《钦宗实录》，展限一年……兼有行下他处取索文字未能到齐，故请修成《帝纪》，一并择日投进。"（《宋会要辑稿》职官十八）参与修撰的学士还有蒋芾。淳熙十五年（1188年）洪迈又请修《高宗实录》，洪迈、楼钥、李巘参与修撰。

南宋国史的修撰以翰林学士为主体。孝宗乾道二年（1166年）胡元质上奏，在编修《钦宗实录》《钦宗帝纪》的基础上，合修《四朝国史》。翰林学士洪迈、周必大也参与了编修。淳熙十三年（1186年），洪迈又奏请修撰《九朝国史》，孝宗遂令开院修撰。尤袤也参与编修。但后因洪迈离开、尤袤请辞，《九朝国史》并未完成。

其二，翰林学士对改进史书的编修方式作出了一定贡献。翰林学士中参与修史书工作最多的是周必大和洪迈。淳熙五年（1178年）周必大奉命修《四朝正史》。其《论史事札子》对比分析了北宋和南渡后在国史编修中的不同，指出北宋时国史虽是由众人分撰的，但在当时有"案牍可以稽据，是非可以询问，贵成一手，不至讹舛"；南渡之后由于文籍残缺匮乏，"往往搜求散佚，考证同异，若非参合众智，深虑不相照应，抵牾者多"，因此各人撰述，每遇一志一传成篇，就在院官之间互相传阅、互相修润。这种众人分撰、相互编辑修改、最后再统一起来的方式比较科学合理。此举对史书修撰起到了很好的统筹作用。

洪迈在《四朝国史》的修撰中贡献最为突出。洪迈在主持《四朝国史》的过程中，提出了重要的建议，解决了史料不足难以推进的问题，使修撰进行得更为顺利。他根据了解到的情况，提出"依仿前代诸史体例，分类载述，不必人为一传。其内外臣僚，或有官虽贵显，而无事迹可书……悉行删去"（《宋会要辑稿·职官十八》）。《四朝国史》最终在洪迈手中完成，他为南宋史书的修撰做出了重要贡献。"《四朝正史》，始于李仁父，而终于洪景卢"❶。学士殚精竭虑，改进编修方式，为史传的发展作出了积极努力。

其三，翰林学士除了参与编修史书之外，对文集也进行了一系列的整理编修和校勘重刊工作。其中包括《皇朝文鉴》的编修、《文苑英华》的重

---

❶ 李心传《建炎以来朝野杂记》甲集卷四《四朝正史》，中华书局2000年版，第110页。

修及一些诗集的编撰等。《皇朝文鉴》是对北宋的文学作品进行的集中整理，展示了北宋诗、赋、文等各方面的成就。《皇朝文鉴》由吕祖谦负责编修，周必大作序。《文苑英华》是北宋太宗时期编修的三大类书之一。孝宗淳熙初年，曾令重新校勘。按周必大所载，孝宗最初属意于重刊《文海》，但周必大认为《文苑英华》错误较多，建议重刊。"臣因及《英华》虽秘阁有本，然舛误不可读。"（《平园序稿》卷一五）但是此次重修中"往往妄加涂注，缮写装饰，付之秘阁，后世遂将为定本"（《平园序稿》卷一五），校勘效果不佳，周必大对此深感遗憾。

翰林学士在朝中负责编修书籍，由此形成了修正典籍的使命感和编修校正的自觉意识，即便是离开翰苑之后也会主动进行书籍编修刊印工作。周必大对《文苑英华》的重新刊印就是一个体现。据《文苑英华》序，周必大曾云：太宗皇帝主持诏修三大类书《太平御览》《册府元龟》《文苑英华》。今二书闽蜀已刊，唯《文苑英华》士大夫家绝无而仅有。一方面出于对《文苑英华》中收录唐文重要价值的考虑，另一方面出于对上次重刊中不足的反思，周必大在致仕后决定对《文苑英华》进行重新校对刊印。此书卷帙浩繁，一人之力难及。嘉泰元年（1201年），周必大在致仕后联合友人一起开始了此书的校勘工作。周必大亲自进行校对，参考经史子集传注，甚至乐府释老小说，高质量地完成了重刊。周必大对《文苑英华》的重印对于唐代文学的保存与传播贡献匪浅。除此，周必大对于文集修撰的重要贡献便是进行了《欧阳文忠公集》的校勘工作。鉴于当时欧阳修文集版本虽多，但是海内无善本的状况，更出于对欧阳修的尊崇，周必大在乡居时期召集朋友和学生等进行了此书的重刊，自绍熙二年（1191年）到庆元二年（1196年）历时五年才完成了校勘工作。此举为当世欧阳修文章的传播作了重要贡献，也为后世留存了版本精良的古代文学典籍。周必大对于书籍校勘工作严谨的态度和责任意识均与其在翰苑期间从事书籍编修工作大为相关。

翰林学士在诗集的编修校勘中亦贡献良多。孝宗喜好诗歌，曾令翰林学士整理编撰诗集。孝宗令洪迈搜集编写唐人绝句。《四朝见闻录》"洪景卢编唐绝句"条载："孝宗从容清燕，洪公迈侍，上语以'宫中无事，则编唐人绝句以自娱，今已得六百余首'。公对曰：'以臣记忆，恐不止此。'上问有几，公以五千首对。上大惊：'若是多耶，烦卿为朕编集。'"❶洪迈经过数年的整理，编撰成诗集进献孝宗。此外，乾道四年（1168年）洪适另刻有《元氏长庆集》。据《容斋随笔》载："元稹《长庆集》一百卷，《小集》十卷。而传于今者，惟闽、蜀刻本，为六十卷，三馆所藏，独有《小集》。文惠公镇越，以其旧治，而文集盖缺，乃求而刻之。"❷足见由于馆阁修书的经历，翰林学士多形成了修缮典籍的责任意识，对文学作品的传承裨益良多。

三、大举编修下的文化繁荣

孝宗朝对书籍修撰格外重视，翰林学士院、秘书省、国子监等机构进行了大量的书籍编修刊印活动。这些书籍的刊印，保存了大量的历史文献资料，整理和传播了优秀的文学作品，丰富了历史文化宝库。修书活动几乎贯穿了翰林学士在翰苑期间的任职生涯。而且他们在此崇文气氛的影响之下，编书修书乃至刊印书籍成为他们的一种自觉行为。周必大、范成大、洪遵、洪适等在地方做官时皆进行了一些书籍出版，也带动了整个文人士大夫群体书籍编修的开展。当时著书立说气氛浓厚，《中兴馆阁续书目》载，"承平百载，遗书十出八九，著书立言之士又益众"❸，形成了从中央到地方到个人的书籍编修网络。"君臣上下，未尝顷刻不以文学为务，大而朝廷，微而草野，其所制作、讲说、纪述、赋咏，动成卷帙，累而数之，有非前代之所及也。"（《宋史》卷二百二）

书籍是文化得以传播的主要媒介，书籍的编修也是进行文化建设的重要途径。孝宗朝对书籍的编修，助推了文化的进步和繁荣，从而使南宋虽偏安一隅，却实现了文化的中兴，乾淳时期也成为宋文化发展的又一个高峰。同时，书籍作为文化成就的主要载体，彰显了南宋文化的极大繁荣。书籍的广泛传播，使南宋在当时的汉字文化圈中占据领先地位，"甚至对世

---

❶ 叶绍翁撰，沈锡麟、冯惠民点校《四朝闻见录》乙集，中华书局1989年版，第79、80页。
❷ 洪迈著，穆公校点《容斋随笔》，上海古籍出版社2015年版，第474页。
❸ 马端临《文献通考》卷一百七十四，中华书局2011年版，第5209页。

界文明发展链的走向产生重要影响"❶。宋文化的发展与广泛传播也奠定了南宋在中国历史发展进程中的重要地位,因此赢得了"华夏民族之文化,历数千载之演进,造极于赵宋之世"❷ 的极高评价。

第四节　承旨自觉与翰林笔记

笔记不受题材和体式的限制,写作形式灵活,篇幅长短不限,内容可以涉及天文地理、军国政治、典章故事、学术文学、社会生活、世情风俗、逸闻趣事等方面。正如《容斋随笔》卷首所云,"意之所之,随即记录"。笔记兴起于北宋中期,南宋时期取得繁荣发展,内容更加广泛,堪称百科全书式,且创作手法上集记录见闻和精准考据于一体,纪实性较高。南宋笔记一般分为杂史笔记、随笔杂感类笔记和笔记小说三类。孝宗朝翰林学士在笔记这一文体上颇有成就,随笔杂感类笔记的创作尤其多。此类笔记的特点为形式较随意、内容丰富。

翰林承旨有记录翰苑笔记的惯例。洪遵所编纂的《翰苑群书》和周必大所著的《玉堂杂记》是关于翰林典章制度的重要文献。此外,洪迈所著的《容斋随笔》中部分条目亦涉及翰林的相关制度。据《四库提要·玉堂杂记》载:"隆兴以后翰林故实,惟稍见于《馆阁续录》及洪迈《容斋随笔》中。"三部笔记中记载了学士院的典章名物、翰苑故事、学士任职经历及一些文学作品,是关于翰苑的重要材料,也是学士文学作品的补充,既有史料价值,又有文学价值。翰苑笔记由翰林承旨创作,历代承接,有一定的系统性,体现了对翰林文献的自觉保存意识,收录的大量翰苑历史文献资料,对于再现翰苑图景意义显著。

---

❶ 杨玲《宋代出版文化》,文物出版社 2012 年版,第 328 页。
❷ 陈寅恪《金明馆丛稿(二编)》,上海古籍出版社 1980 年版,第 245 页。

一、《翰苑群书》：翰林笔记的整合与续写

翰林承旨有保存整理翰林制度文献资料的自觉意识。较之于前代承旨，洪遵做了更加系统的整合和补充工作，汇总整理了由唐到宋的翰林典籍文献，补充编写了《国朝年表》《中兴题名》和《翰苑遗事》，最后汇编成为《翰苑群书》。洪遵的《翰苑群书题记》有云："曩尝粹《遗事》一编，揭来建邺，以家旧藏李肇、元稹、韦处厚、韦执谊、杨钜、丁居晦，洎我宋数公，凡有纪于此，并刊之木，仍以《国朝年表》《中兴题名》附。"

据《直斋书录解题》记载，洪遵辑录的《翰苑群书》共三卷，整合了自唐至宋的多部翰林笔记资料，"自李肇而下十一家及年表、中兴后题名共为一书。而以其所录遗事附其末"❶。《郡斋读书志》提要中有载：《翰苑群书》有三卷，第一卷自《翰林志》到《禁林宴会集》；第二卷是钱惟演的《金坡遗事》、晁迥的《别书金坡遗事》和李宗谔的《翰苑杂记》；第三卷为《翰林志》《次续翰林志》《翰苑遗事》。但是其中第二卷中的三本在清初已遗失。

《翰苑群书》汇集了自唐至宋的学士院建置、制度沿革、学士职掌、学士院重要活动、题名逸闻、学士年表等丰富的翰苑资料。《翰苑群书》所辑录的李肇《翰林志》是最早关于翰林制度的专门文献资料，写于唐代元和年间，四库馆臣评价云："其记载赅备，本末灿然，于一代词臣职掌最为详晰。"本书对洪遵《翰苑群书》内容梳理如下。李肇之书乃首部翰林笔记，是记录词臣职掌、翰林典故的重要文献。元稹为唐代长庆年间承旨，他所著《承旨学士院记》主要记录了从贞元到长庆年间十五位翰林学士的任职信息。韦处厚的《翰林学士记》仅为一篇文章，概述了自魏晋以后到唐贞元、元和时期的学士院情况。韦表微的《翰林学士新楼记》记录了长庆二年（822年）重新建设翰林学士院之事。韦执谊的《翰林院故事》写于贞元二年（786年），收录唐开元到元和以后的翰林学士人名和职名。杨钜的《翰林学士院旧规》则是关于唐代学士院各项制度，如儤直、草麻、草书、

---

❶ 马端临《文献通考·职官》，中华书局2011年版，第5805页。

请假等各项规定。丁居晦的《重修承旨学士壁记》主要统计开元至咸通年间的学士信息。李昉的《禁林宴会集》为五条，皆为玉堂盛事与宴会等。《续翰林志》为苏易简所作，文末云："充承旨之职，非才非望，益负愧惕。因视草之暇，集成此书，以继李公之作。"苏耆也是翰林承旨，《次续翰林志》乃是其在学士院时所作。以上笔记皆为承旨所作，上下相承，记录了唐宋翰林制度及学士任职情况。洪遵将这些篇章整理起来使之更加系统完善，且利于文献的保存。

在编纂汇总的基础上，洪遵也继续编写翰苑文献：《学士年表》收录了自建隆到治平年间的学士名单；《翰苑题名》记录自建炎元年到乾道九年的翰林学士任职情况；《翰苑遗事》是洪遵在各类文献、史书如《会要》《实录》及一些笔记中辑录的翰林制度和史实，主要记载了两宋时期学士院重要事件，既弥补了其他笔记之阙，也是对翰林文献的更新。《翰苑遗事》收录了一些翰苑故事，如"太宗飞白书'玉堂之署'四字以赐苏易简"（《翰苑群书》）。《翰苑遗事》还记载了翰林学士的迁除、学士院新旧制度沿革、两朝翰苑人事情况及一些重要史实，是翰林的重要基础文献。

二、《玉堂杂记》：宋代最翔实的翰林笔记

《玉堂杂记》堪称南宋翰林笔记之最，其内容丰富，记述也最为翔实。《四库提要·玉堂杂记》载："南渡后，玉堂旧典亦庶几乎厘然具矣。"周必大翰苑任职八载，位及翰林承旨，对保存当朝翰林文献也有着使命感，他将自己在翰苑期间的见闻记录下来，最终经过删减、厘定，编成了《玉堂杂记》。

《玉堂杂记》分为上、中、下三卷，分条记录，每条内容相对独立，且上下条无逻辑关联，最后整合在一起。篇幅较短的仅有寥寥几十个字，篇幅较长的有千余字。《玉堂杂记序》云："凡涉典故及见闻可纪者辄笔之。"此书是乾道、淳熙以来记述学士院各项内容最为全面丰富的笔记。南宋丁朝佐《玉堂杂记跋》有云："盖中兴以来，九重之德美、前辈之典刑、恩数之异同、典故之沿革，皆因事而见之。此尤不可不传也，乃手钞一通藏于家。"

《玉堂杂记》记述了南渡以来的学士院情况、翰林制度沿革、学士履职应制、学士院的见闻经历、诗词创作等。第一，其记录了翰林学士院的名物典章等。如描绘学士院的地理位置："今在行宫和宁门内，盖沿北门之制。地迫皇城，极为窄隘。"第二，其对孝宗朝的翰林制度沿革情况多有记述，如草诏流程、锁院制度、宿直制度、学士入院待遇及一些"翰苑故事"，翰林学士与馆阁学士聚会的惯例等。第三，其对于翰林学士草诏工作及应制文字记载颇多，如卷上记录了洪遵为郊祀大礼起草诏书，拟写《春端贴子》等。第四，其对学士和孝宗之间、学士之间的交往互动、诗词创作也有所记录。尤其是卷中篇幅最长的一条笔记记录了史浩入直召对，奉命进诗，孝宗作和诗，周必大再作和诗之事，并将诗歌全文记录下来。卷下也记载了周必大同程泰之在馆中诗词酬唱的趣事。

《玉堂杂记》对于南宋翰林资料的记载可谓最系统且丰富。关于学士院的基本概况，《宋史·职官志》有一定记载，但较为简略。关于南宋翰林制度的记录散见于《麟台故事》《翰苑遗事》中，但对南宋翰林学士院的记录最为详尽的当属《玉堂杂记》。

三、《容斋随笔》：翰苑文献的补充

洪迈的《容斋随笔》共五部分，分别为"随笔""续笔""三笔""四笔""五笔"，内容涉及文学思想、历史事件、典章制度等诸多方面，被称为"近世笔记之冠冕"❶。虽然此书不是专门的翰林笔记，但其中也记录了一些翰苑典章制度，可以视为翰林文献的一种补充。隆兴之后的部分翰林制度可见于此笔记。《容斋随笔》对两制有一定的记录，"侍从两制"介绍了翰林学士和中书舍人的职能与区别。"外制之难""内职命词"是对词臣职掌的记述。另有"学士中丞""免直学士院"等篇对学士院的任职情况进行记录。

《容斋随笔》中关于制诰典章的记述十分丰富，既收录了一些经典篇目，也记载了一些写作技巧。如"敕令格式"等对各种公文类型作了介绍。

---

❶ 史绳组《学斋占毕》卷四，丛书集成初编本，中华书局 1985 年版。

"吾家四六"收录了三洪在掌内外制期间的优秀作品。"四六名对"则整理了历代四六文经典名句。《容斋随笔》中对于四六文的记录和论述并不系统，而是分散于各部之中。后世将其中关于四六文的评论摘录编纂成为《容斋四六丛谈》，成为论述四六文作法的一部重要书籍，获得了极高的赞誉。对于《容斋四六丛谈》，《四库全书总目》有云："所论较王铚《四六话》、谢伋《四六尘谈》特为精核。"洪迈历任内外制学士，故对四六文的论述尤其精深。《容斋随笔》对制诰公文写作规范的总结及历代优秀四六文和四六文名对的整理，为后世掌制者提供了参考。

四、翰苑笔记的特点与不足

（一）连续性：翰林承旨薪火相传

翰林承旨在翰苑文献的收录整理上有一定的自觉性。洪遵、周必大均为孝宗朝翰林承旨，依据前代承旨上承下接的编写惯例，二人自觉地记录了翰林制度和翰苑史实等。周必大在《玉堂杂记序》中写道"或可附洪氏《翰苑群书》"，足见他延续洪遵翰林笔记编写的自觉意识。今人所编《翰学三书》将《玉堂杂记》附在《翰苑群书》之中，一并收录整理。

《翰苑群书》和《玉堂杂记》在前代翰林笔记的基础上续写而成，且较之前代有很大的进步。首先洪遵进行了系统的梳理工作，将前代八人的翰林笔记同自己所著的《翰苑遗事》整理为《翰苑群书》一部，使翰苑制度和学士的信息得到了极好的保存。《翰苑遗事》的篇幅有很大的增加，内容也更为丰富。《玉堂杂记》在内容上较《翰苑遗事》更为全面。在南宋的翰林笔记中，周必大此书堪称最为翔实。洪遵、周必大等翰林承旨承接创作翰苑笔记，形成了良好的传统，也为后世提供了参考。如明代黄佐也创作了《翰林记》。经过多朝翰林承旨的共同努力，翰林制度得以完善地保存，翰苑故事也得以更好地流传，为后世留下了宝贵的文献。

不仅翰林笔记的书写如此，翰林学士文书的辑录也有一定连续性。学士所写的书文涉及朝堂大事，意义深远。欧阳修曾说翰林学士的制诏，皆是朝堂中的大事："示于后世,则为王者之谟训;藏之有司,乃是本朝之故实。"❶ 欧阳修在任翰林承旨期间整理的《学士院草录》,已佚。洪遵编撰的翰苑文章总集《中兴以来玉堂制草》,收录整理了自建炎至绍兴末,也就是宋高宗时期翰林学士的制诏典章。"《中兴以来玉堂制草》六十四卷,同知枢密鄱阳洪遵景严编,起建炎,迄绍兴末。"❷ 此书虽现已佚,但在当时无疑是一个重要的翰苑文集。周必大任承旨后,续编了《续玉堂制草三十卷》。周必大自序:"继遵所编,复增召试馆职策问,合三十卷。"❸ 由此可见,翰林资料的整理保存在翰苑是件连续的事情。

(二) 真实性:实录见闻和辑录史书

《翰苑遗事》《玉堂杂记》《容斋随笔》中所记录的内容一般具有真实性,皆类似于史书的写法。如《玉堂杂记》将在翰苑期间经历的重要历史事件、翰林学士的日常任职经历均记录下来。这些笔记的写作在语言上并不讲求技巧,不似骈文一般拘泥于形式和文采,也不如小说一般注重趣味性,旨在随时将见闻记录下来。《翰苑遗事》中一些条目的内容出自史书和实录,如《国朝会要》《仁宗实录》《英宗实录》《徽宗实录》等。洪遵在馆阁期间奉命参与史书的编修,这些内容应当是其在编修史书的过程中抄录下来,因此其真实性毋庸置疑。总之,《翰苑遗事》《玉堂杂记》记录了翰苑的许多重要事件,展现了真实的翰苑图景,具有史料价值,是后世研究翰林制度及翰林学士的可靠文献。

(三) 严谨性:精于考据

《翰苑遗事》《玉堂杂记》《容斋随笔》都对翰苑的典章制度及沿革等进行了记述。在对前代文献的梳理整合中,洪遵、洪迈、周必大对历史材料去伪存真,尤其对典章制度的考证十分详细,显示了学者的严谨态度。经历馆阁编史修书及对大型丛书的校勘重刊,洪遵、洪迈、周必大皆练就了雄厚的文献功底,擅长校勘,以考据精深著称。

---

❶ 马端临《文献通考·总集》,中华书局2011年版,第6672页。
❷ 陈振孙《直斋书录解题》卷五,上海古籍出版社1987年版,第134页。
❸ 马端临《文献通考·总集》,中华书局2011年版,第6672页。

洪遵的《翰苑遗事》内容除了来源于史书，还有一些出自叶梦得的《石林燕语》《避暑录话》、欧阳修的《归田录》、苏轼的《六一居士集》、曾纡的《南游记旧》、王寓的《玉堂赐笔砚记》、朱胜非的《秀水现居录》、沈括的《梦溪笔谈》。书中条目多有出处，如出自史书、文集、笔记等各类书籍中，且在每条的末尾进行了标注，体现了严谨的风格。例如，其中对翰林学士赐仙花和鱼袋、学士院成为"玉堂之署"及孝宗朝旧制翰林学士宿直的要求和过程等内容均有详细考述。洪迈的《容斋随笔》也以考证广博著称，其中关于翰林制度和文书的记述同样有此特点。周必大对《玉堂杂记》的编撰也考据精深，力求准确。《玉堂杂记》在翰林学士讲筵、锁院、与馆阁聚食等方面除了记录孝宗朝内容，也对先前的历史情况进行了梳理整合。

（四）不足：缺乏系统性

《翰苑遗事》《玉堂杂记》《容斋随笔》也存在一定的不足之处，主要表现为对于各项内容的记述缺乏系统性，以独立段落条目的方式汇集成卷，典章制度与翰苑史实等混编混排，没有进行系统的归纳整理。相比之下，明代黄佐的《翰林记》在条目的编写上更为系统，如卷一的内容均为制度类，条目为"官制因革""列衔""职掌""公署""朝房""史馆""印信"等；卷九皆为学士的侍讲职能，"御前进读""讲章""经筵日讲""经筵月讲"等；卷二十中的条目大都为馆阁作品类，如"馆阁题咏"《赏花倡和》《杏园雅集》《公署题咏》。其内容不仅更加丰富全面，且分类清晰，更有系统性。可以看出，明代的翰林笔记在系统性方面较宋代笔记有很大的进步，但是不能因此忽略前代笔记的功劳，毕竟后世的重大进步是在对前代学习效仿的基础上进一步推进而得。

从整体上看，《翰苑遗事》《玉堂杂记》《容斋随笔》三部笔记，对翰苑典章制度进行了考据，对翰苑故事进行了书写，对学士任职情况进行了记录，对翰苑文学作品亦有所保存，是重要的翰苑文献资料，是研究翰林制度的宝贵史料。

第五节　知贡举的文学意义

　　翰林学士是一朝文官集团中的文化精英，与国家的文化事业有天然的联系。科举是为朝廷选拔人才的文化考试。宋代一贯施行以学士知贡举或权知贡举的制度。关于知贡举，《词林典故》载："宋自太祖、太宗以来，多用翰林学士。"❶孝宗朝学士中有多人曾知贡举，他们以敏锐的眼光发掘了人才并革除时文之弊，在规范文风方面发挥了积极作用。此外，在知贡举锁院时的诗词酬唱也是学士文化生活的一个特色。

一、学士知贡举情况考察

　　北宋以翰林学士知贡举的情况较多，占科举总次数的半数以上，南宋略有下降。南宋省试知贡举官员最初主要选用翰林学士和六部尚书，"南省以学士或尚书一员权知贡举"❷。孝宗朝隆兴元年（1163年），右正言周操云："所有知举官，欲望朝廷于翰苑、六部、两省官内选差。"❸孝宗采纳了建议，故孝宗朝翰林学士知贡举次数较多。在孝宗朝9次科举中，翰林学士知贡举6次，是南宋翰林学士知贡举比例最大的一朝。据《宋会要辑稿》，乾淳学士中参与知贡举者人数较多，具体详见表2.2。

表2.2　翰林学士知贡举情况

科举时间	知贡举学士	官职	同知贡举学士	官职
隆兴元年（1163年）	洪遵	翰林学士承旨		

---

　　❶ 鄂尔泰、张廷玉《词林典故》，傅璇琮、施纯德《翰学三书》，辽宁教育出版社2003年版，第42页。

　　❷ 李心传撰、徐规点校《建炎以来朝野杂记》甲集卷一三《南省试》，中华书局2000年版，第263页。

　　❸ 刘琳、刁忠民、舒大刚校点《宋会要辑稿》，第20册，中华书局1986年版，第5642页。

续表

科举时间	知贡举学士	官职	同知贡举学士	官职
乾道二年（1166年）	蒋芾	中书舍人、直学士院	梁克家	起居舍人
乾道五年（1169年）	汪应辰	吏部尚书、兼侍读、兼权翰林学士	梁克家、陈良祐	给事中，兼直学士院，右谏议大夫，兼侍讲
乾道八年（1172年）	王曮	翰林学士、知制诰、兼侍读		
淳熙二年（1175年）	王淮	翰林学士、知制诰、兼太子詹事、兼侍读	胡元质	给事中
淳熙五年（1178年）	范成大	礼部尚书	程大昌	尚书刑部侍郎，兼侍讲兼给事中
淳熙十四年（1187年）	洪迈	翰林学士、知制诰、兼侍讲、兼修国史	葛邲	权刑部尚书兼侍讲，兼太子詹事

洪遵、蒋芾、汪应辰、王曮、王淮、洪迈六人皆以翰林学士知贡举。梁克家曾以兼直学士院同知贡举。范成大也曾知贡举，但并非在翰林任上。陈良祐、胡元质、程大昌也曾以他职同知贡举。此表将翰林学士知贡举的所有情况都统计在内。淳熙八年（1181年）、淳熙十一年（1184年）的两次科举中无翰林学士参与，故不统计。

二、文学意义：规范时文，引导文风

翰林学士身为文人中的官方权威，有规范时文，引导文风的使命感和责任感。科举关乎一朝人才的选拔和后进人才的培养，所以翰林学士对举子的文章格外重视，并借此革除时文弊端、弘扬官方所倡导的文风。北宋翰林学士如苏易简、欧阳修、苏轼等通过知贡举，不仅对科举制度起到了规范作用，甚至对北宋文风产生了重要的影响。

乾淳学士在知贡举中对文章事业也多有作为。淳熙十四年（1187年）洪迈知贡举，敏锐地觉察到当朝文风的弊病，指出了举子在诗文写作中的一些问题："诗赋类多空疏不工。至于论策，徒有泛滥之辞，而不切于理，以文求士，失实已多。"洪迈提出了应对建议："是当精加考校，取其语显而意深，辞简而理到，有渊源之学而无空浮之病者，使居前列。"（《宋会要辑稿·选举五》）洪迈的建议得到了皇帝的肯定。

洪迈对举子程文流弊问题格外关注，科举结束后，继续上奏文章之弊。他列举了科考举子时文积弊："祖宗事实，载在国史……而举子左掠右取……以为场屋之备，牵强引用，类多讹舛……虽非所当，亦无忌避……唯务贪多，累牍连篇，无由精好。所谓怪僻者……皆异端鄙俗……递相蹈袭，恬不知悟……而满场多然……不可胜黜。"（《宋会要辑稿·选举五》）可见举子时文存在较为严重的问题，在引用史书时牵强附会，甚至是错引典籍、编造错误词汇等。对此，洪迈与同知贡举葛邲上奏请求革除弊风，"揭示士人，一洗前弊。专读经书史子，三场之文，各遵体格，以反浑醇，而新士气"（《宋会要辑稿·选举五》）。洪迈等人的上奏得到了准许。洪迈此举对于科场文风起到重要规范作用。文风的变革虽非一朝一夕之事，但是经由翰林学士对时文的引导，加之科举对文人创作方向的强大约束力，必然能够在一定程度上纠正文风之弊，对于文风变革带来正面影响。

三、文学意义：慧眼识英才

在知贡举中翰林学士能够通过自己的才学与判断对人才进行识别，且他们具有顾问的职能，能够在皇帝对人才的拔擢中提供建议。翰林学士敏锐的识才眼光和公正的态度，为朝廷选拔了一批优秀人才，其中不乏在政治和文学上成就卓著者。

学士在知贡举中能够积极发挥作用为朝廷选拔优秀的人才。隆兴元年（1163年）洪遵以学士承旨知贡举，洪遵在此次知贡举中推荐了多名人才。"一士赋擅场，又有对策剀切，皆傍犯名讳，公为取旨，许降等奏名。前二人，林光朝、楼钥也。陈自修试词科，拟制一语聱牙被黜，公荐其才学，特与教官。其爱惜士，类如此。"[1]《宋史·楼钥传》中亦载："策偶犯旧讳，知贡举洪遵奏，得旨以冠末等。考官胡铨称之曰：'此翰林才也。'"楼

---

[1] 徐逸龙《永嘉状元木待问》，线装书局2019年版，第311页。

钥在考试中因犯避讳而落选，幸而洪遵赏其才学，为其请旨。楼钥不负所望，成为光宗、宁宗朝的翰林学士，在朝堂及文坛均有声名。淳熙二年（1175年）王淮在翰林学士任上知贡举。"公荐郑伯熊、李焘、程叔达，后皆擢用。"（《诚斋集》卷一二〇）他们皆成为政坛、文坛较为有影响力的人物，其中程叔达也成为翰林学士。

翰林学士的学识在识人选才中也发挥了作用。淳熙十四年（1187年）洪迈任职翰林学士期间知贡举。《困学纪闻》卷一九载："淳熙中省试《人主之势重万钧》赋，第一联有用'洪钟'二字者，考官哂之。洪文敏迈贡举，闻之曰：'张平子《西京赋》，洪钟万钧，此必该洽之士。'遂预选。"举子在文章中使用张衡《西京赋》中的词语，考官未能识得，但洪迈却能够认出这一典故，更对举子的恰当使用大加赞赏，使其通过预选。这也反映出学士博古通今，能够在知贡举中辨识人才。此外，洪迈以文采推荐的人物还有危稹。《宋史·危稹传》有云："旧名科，淳熙十四年举进士，孝宗更名稹。时洪迈得稹文，为之赏激。"总之，翰林学士作为考官以敏锐的识人眼光，为朝廷选拔了诸多人才，也能够明察微末，避免了人才的流失，在知贡举中功不可没。

四、文学意义：诗词唱和，文坛佳话

宋代贡举有锁院制度，锁院时间有时长达一月。翰林学士一般与馆阁学士同知贡举，在命题、阅卷等事务之余，也会游戏笔墨打发时光。由此产生的知贡举锁院诗词酬唱，成为宋代文人文化生活的一个特色。尤其是北宋嘉祐二年（1057年），欧阳修知贡举，在锁院时与三馆学士展开了一次大规模的唱和。《归田录》卷二载："凡锁院五十日，六人者相与唱和，为古律歌诗一百七十余篇。"此事成一时之佳话。此后元祐三年（1088年），苏轼知贡举时，与黄庭坚等同僚也进行了一次锁院唱和活动。

孝宗朝学士在知贡举锁院过程中虽没有大型的诗歌酬唱活动，但是也有一些小范围的诗歌互动，延续了知贡举唱和这一传统。范成大在淳熙五年（1178年）的省试中知贡举，作《次韵季陵贡院新晴》诗一首："锁闱令严深复深，五星帘幕晴若阴。澹云微月漫清夜，短檠政自关人心。看灯作晕生睡色，江南行处梦不隔。觉来快读新晴篇，恍然置我莺花前。径欲觞公后堂酒，倘烦春衫小垂手。"由此可见贡举锁院制度十分严格，诗文互动成为其中一件令人愉悦的事情。洪迈于淳熙十四年（1187年）知贡举中亦作有一诗《与叶晦叔同考校诸生锁宿贡院作》："沈沈广厦清如水，市声人声不到耳。一闲十日岂天赐，惭愧纷纷白袍子。相逢更得金玉人，久矣眼中无此士。连床夜语不成寐，往往鸡声忽惊起。是中差乐真难名，昔者相过安得此。"（《容斋三笔》卷九）由诗可知锁院十日，作者履职之余比较清闲，于是与同僚诗词酬唱。或许因南宋知贡举的人数不及北宋多，所以锁院的唱和活动未能再现北宋的盛况，但还是保留了这种文学活动。

第三章

宋孝宗朝翰林学士家族与文学

宋代不乏以家族大显于世者。"在宋朝以文章名世,父子、兄弟齐名者甚众。"(《明贤氏族言行类稿》卷三十四)从家族取得声名的主要社会活动来看,可分为政治家族、文学家族、经济家族、军功家族等几个类型。[1]孝宗一朝翰林学士中,洪氏父子相继,汪氏舅甥同朝,两大家族成为一个特色。鄱阳洪氏家族是学士家族的典型,洪皓及其三子洪适、洪遵、洪迈皆入翰苑,有"一门四学士"之称。他们文名显赫,更以政治声誉显于世,既是文学家族亦属政治家族之列。此外,洪氏三兄弟皆经由博学鸿词科进入朝堂,其文学成就和政声的获得与词科密切相关,亦堪称词科家族的代表。此外,汪大猷与陈居仁、楼钥舅甥三人也曾先后任职学士,被称为"一舅二甥三学士"。他们均是家族影响下的翰林学士群体案例。通过对学士家族翰苑之路的分析,可以更好地考察家族因素在他们的政治与文学生涯中的重要作用。

---

[1] 张剑等《宋代家族与文学研究》,中国社会科学出版社2009年版,第25页。

第一节　父子相承：洪氏家学与翰苑之路

南宋前期，鄱阳的洪氏父子四人都曾任翰林学士，如洪迈所述："父子相承，四上銮坡之直；弟兄在望，三陪凤阁之游。"❶ 其中洪适、洪遵、洪迈兄弟三人同在孝宗朝入学士院，被誉为当朝翰苑盛景、儒林荣观。同为鄱阳人士的张世南在《游宦纪闻》中写道："三洪兄弟连中词科，相距首尾二十二年，实为本朝儒林荣观之盛。"❷ 三洪更是以政治声誉和文学才能在政坛和文坛名声大显，洪适、洪遵跻身宰辅，洪迈文学水平最高，如《宋史·洪皓传》所言："文名满天下，适位极台辅，而迈文学尤高，立朝议论最多。"❸

一、洪皓的影响与洪氏家风

洪氏三兄弟同朝入銮坡与其家学、家风有重要联系，其父洪皓、其母沈氏、其舅沈松年均对他们产生诸多影响。三洪能够成为职掌翰墨的人才，其父洪皓影响最为深远。洪皓不仅博学多才，政治声望颇高，更以气节名世，曾在高宗朝直学士院，为其三子做了表率。

洪皓的刚正气节与极高的声誉是影响三洪的首要因素。洪皓，字光弼，生于元祐三年（1088年），政和五年（1115年）中进士。洪皓的祖父洪士

---

❶ 洪迈《容斋随笔》，中华书局2005年版，第206页。
❷ 张世南《游宦纪闻》卷二，中华书局1981年版，第11页。
❸ 脱脱《宋史》，中华书局1985年版，第11565页。

良颇重气节,伯父洪彦升为官刚正,洪皓自幼便受到一定影响,被赞为"少有奇节,慷慨有经略四方志"(《宋史》卷三百七十三)。洪皓在高宗朝获得了极高的名声,被誉为"洪佛子""当代苏武"。洪皓一向关心民生,为官期间心系百姓。据《宋史·洪皓传》载,洪皓在秀州为司录时遇水患,粮食短缺。洪皓请往赈灾,并开创了以青白旗明码标价的方式控制米价,整顿了风气。在粮食仍然不足以对抗灾情的情况下,浙东运往京城的纲米(御用)途经秀州,洪皓拦截了纲米分给百姓,并称"愿以一身易十万人命",最终拯救数万人。百姓称为"洪佛子"。秀军叛乱,四处抢掠,却在经过洪皓的门前时说:"此洪佛子家也。不敢犯。"建炎三年(1129年),朝廷准备遣使使金。当时形势十分严峻,洪皓自告奋勇前往。高宗大悦并称赞其熟晓史传,是出使最恰当的人选,于是遣洪皓假礼部尚书使金。洪皓出使中,在太原被扣留了一年。金朝权臣粘罕逼迫他对伪齐刘裕称臣。洪皓"不愿偷生鼠狗间"(《宋史》卷三百七十三),坚决地拒绝了。因惹怒了粘罕,他被流放冷山,困厄十年。在回到燕京后,金主打算任命洪皓为翰林学士,洪皓仍然拒绝。绍兴十二年(1142年)洪皓结束了十余年的出使生涯。高宗赞赏他"忠贯日月,虽苏武不能过。"(《宋史》卷三百七十三)由此,洪皓也有了"当代苏武"之美誉。

洪皓的刚正不阿给其子树立了极好的榜样。洪适撰写的《先君述》记述了高宗对洪皓的赞誉:"洪某学有本源,气存刚大。惟知忠,力以卫上,不顾险夷之在前,御君命以于征,厄海滨而不悔,诚贯白日,声震朔方,义重于生。"(《盘洲文集》卷七四)洪氏兄弟也在洪皓的言传身教中获益良多,"先君刚直,言不诚不发。虽与人尺牍,无一字过誉。有胆略,遇大事敢为。平居慷慨,有经略四方之志。常语诸子曰:'在北方久,料之熟矣。今其势日削,可以凭轼取之'"。这些对三洪都有一定鞭策作用。

三洪仕途的通达与坎坷最初与其父密切相关。洪皓在金期间,三洪曾因洪皓出使之恩得到一些官职,据《宋史》载,"洪适字景伯,皓长子也。幼敏悟,日诵三千言。皓使朔方,适年甫十三,能任家事。以皓出使恩,补修职郎"。三洪在通过词科考试后崭露头角,洪适、洪遵能够得到高宗的特殊对待与洪皓出使金朝和素有忠义之名有着重要关系。"(绍兴)初,洪遵入中等,洪适入下等。高宗览其文,叹曰:'此洪皓子邪?父在远,能自立，忠义报也。'即以遵为秘书省正字，适为枢密院编修官。词科即入馆自遵始。后三岁，洪迈继之。"可见洪适、洪遵以词科入选后，直接进入秘书省，与其父的名声是分不开的。据《盘洲文集》载，高宗曾说洪皓被困于金朝，仍然能够心系国家，可谓忠孝，值得嘉奖，洪适、洪遵得以通过词科乃是洪皓的"忠孝之报"，并且感慨"士大夫苟能崇尚节义，天必祐之"。但洪皓获罪于秦桧也影响了三洪的仕途。洪皓使金归国后，因国是之争忤秦桧。秦桧命人弹劾洪皓不回乡侍奉母亲，加之当时高宗对金求和，所以令洪皓出知饶州。洪适同样也受到了影响，被贬往台州任通判。秦桧死后，高宗对洪皓有愧疚之意，下令召回，但久病的洪皓终究未能返京。高宗为弥补洪皓，对其三子另眼相看。

"文学家族成员们往往嗜学且博学，如此身体力行，潜移默化，家族遂易养成优良的学习风气。"❶ 洪皓的好学多著营造了良好家风，给洪氏兄弟树立了榜样。如洪适所言，"先君天性强记，书无所不读。虽食，不释卷"。三洪自幼在良好家庭环境的熏染之下，也养成了读书写作的习惯，为他们的文章写作打下一定的基础。洪皓在困居北地的艰苦环境中依然坚持读书，"在冷山摘褒贬微旨，作诗千篇"（《盘洲文集》卷七四《先君述》）。流放冷山时，环境恶劣，即便病痛缠身，洪皓依然坚持"翻阅书策，早暮不置"（《容斋五笔》卷三《先公诗词》），这种精神也对三洪起到了鼓励的作用。此外，洪皓在金期间创作了大量的使金诗，同时写成的《松漠纪闻》也是研究北方的重要资料文献。在洪皓的精神鼓舞和影响下，三洪勤勉好学，熟读经史，除了擅长文章写作外，还能够精于其他门类的研究，如金石、钱币等，这也是洪氏家学的一个特色。

洪皓在典章的写作方面给予了三洪直接的指导。洪皓还朝后曾权直学士院。"制曰：'苏武持汉节而归，大节无亏，多言不宥，遂解禁林之直。'"（《盘洲文集》卷七四《先君述》）虽然洪皓做翰林学士的时间非常短，但也堪为三子表率。洪皓博闻强识，在公文的写作中对三洪进行了潜移默化的教导。《容斋随笔》载：洪皓从金回来后，得高宗赏赐，需进献谢恩的札子，于是令洪迈代为书写。洪皓提示了一个主题句"以为死别，偶遂生

---

❶ 张剑等《宋代家族与文学研究》，中国社会科学出版社2009年版，第35页。

还",告诫洪迈在文书的写作中不要拘泥于典故引用,应有所依据,并且说明了这句话的出处。苏轼在《到昌化军谢表》中曾云:"子孙恸哭于江边,已为死别。"此外,杜甫的《羌村》一诗亦云:"世乱遭飘荡,生还偶然遂。"洪皓的主旨句,正用其语。通过此事洪皓教导了洪迈在表的写作中,最好语出有典,更要善于剪裁化用。

在三洪的成长成才过程中,母亲沈氏也发挥了重要作用。在洪皓滞留金朝时中,沈氏肩负起对他们的教育工作。三洪幼时家中艰难,其母在饮食所需之外,依然不忘为"诸子买书",并且时常教诲他们:"尔父以儒学起家,尔曹能一人趾美,我不恨。"(《盘洲文集》卷七十七《慈茔石表》)如此才保证了洪氏兄弟在艰难的环境中依然读书不辍。

三洪进入翰苑的前提是通过了博学宏词科。选择这条入仕途径,其舅沈松年发挥了重要作用。沈松年是进士,累官至太学博士。仲舅沈松年在奉旨到无锡为三洪母亲沈氏办丧仪时,读到洪适所作谢表,对其中句子大加赞赏,并建议其参加词科考试。正是从此时起,洪适才与洪遵一起研习,焚膏继晷苦学一年有余,顺利通过博学宏词科考试。沈松年建议洪氏兄弟参加词科考试,一方面是出于对他们文采的肯定,另一方面或因词科是便捷的入仕途径,无须像进士考试一样经过解试、省试和殿试,只要通过一次考试,便可以赐进士出身,且是跻身秘书省和学士院的最佳渠道。

家风、学风及恩荫制度等是造就学士家族的重要因素。三洪成为翰林学士与其家风、家学有必然的联系。其父洪皓的政治声名和仕宦经历都对他们产生了最直接的影响,其母的敦促和其舅的指引也是他们成功道路上必不可少的助力。

二、词科与三洪的翰苑之路

三洪皆由博学宏词科入仕。相继登词科使他们名声始振。其中洪适、洪遵先中,待洪迈通过考试后,"三洪文名满天下"❶。之后,他们先后进入秘书省任职,可谓跻身翰苑的准备阶段。

---

❶ 脱脱等《宋史》,中华书局1985年版,第11565页。

洪适、洪遵与洪迈于绍兴十二年（1142年）一同参加了词科考试。据《建炎以来系年要录》卷一四四，在此次词科考试中，洪适、洪遵同时通过，洪遵排名第一，洪适排名第三，洪迈落选。"右承务郎洪遵、敕赐进士出身沈介、右从政郎洪适，并合格。"当三人的文章被呈于高宗之时，高宗赞誉洪遵之文最佳，随即任命其为秘书省正字，沈介和洪适为枢密院编修官。刚通过词科考试便直接进入秘书省，洪遵是第一人。正如前文所述，因其为洪皓之子，高宗出于对忠义之士的嘉奖，所以才破例拔擢。次年（1143年）二月，"左宣教郎洪适……为秘书正字"（《建炎以来系年要录》卷一四八）。洪适也正式成为秘书官。

在洪适、洪遵通过词科考试三年后，绍兴十五年（1145年）洪迈也通过了词科考试。据《续宋编年资治通鉴》卷六，同榜还有汤思退、王曮，洪迈排名第三，并赐进士出身。此次词科选拔出的三人在朝堂均成就颇高，汤思退跻身宰辅，王曮亦登翰林承旨，洪迈成为翰林学士，这也印证了词科是两制、两府取才的重要途径。但洪迈进入朝堂的时机并不佳，虽及第后授左承务郎，却受到洪皓的牵连，出任福州教授。至此洪氏父子皆远离朝堂，在外任职数年。

十年后三洪逐渐回朝任职。高宗在行在召见洪遵与洪迈，洪氏兄弟再次获得高宗的重用。洪迈除秘书省校书郎。绍兴二十九年（1159年）洪遵以中书舍人兼权直学士院，始入翰林，次年（1160年）迁翰林学士。只可惜洪遵因在写汤思退罢相诏书中作平词，被弹劾，绍兴三十年（1160年）十二月便离开翰苑。

三洪真正平步青云，实现"三陪凤阁之游"，大显于朝堂，是在孝宗朝。选拔自词科的三洪本就是朝廷内外制的储备人才，加之在高宗朝经过了秘书省的任职，三人成为孝宗朝翰苑的主力。宋孝宗即位后，洪遵再次入学士院，拜学士承旨，成为孝宗朝的第一位翰长。承旨的设置始于唐代，一般由翰林学士中最具资历的人担任。宋代翰林学士承旨人数并不多，在整个孝宗朝也只有洪遵、王曮、周必大三人。如崔敦诗之言，"班高地近，事重职清，曾崇朝而并除，乃旷代而罕见"❶，足见当朝承旨荣耀之盛、清

---

❶ 崔敦诗《崔舍人玉堂类稿》卷六，中华书局1985年版，第41页。

华显宠。隆兴二年（1164年），洪遵任承旨之后，洪适相继入院，首先为权直学士院，履行学士职能，后于乾道元年（1165年）正式成为翰林学士。乾道二年（1166年），洪迈也以权直学士院进入翰苑。洪迈在其《辞免直学士院状》中表达了直院显贵，恐难以担当的惶恐之意："宠数荐降，兼官愈优；受恩已多，拊己难称。窃以代言之任，最切于翰林；直院之名，实临于学士。臣之孤陋，众所鄙夷。未至预荣，方幸摄官而承乏；序升过分，未能满岁以为真。"（《事文类聚新集》卷二十）乾道三年（1167年），洪迈"直院落权字"，除中书舍人兼直院❶；淳熙十三年（1186年），正式迁除翰林学士。整体上三洪在翰苑任职情况如下：洪适于隆兴二年（1164年）二月到乾道元年（1165年）六月在学士院一年零五个月。洪遵二入翰苑，首次在高宗绍兴三十年（1160年）八月到十二月，再入是绍兴三十二年（1162年）五月至隆兴元年（1163年）五月。洪迈，两入翰苑，首次是乾道年间，第二次是淳熙年间，共历时三载。

三、位及宰辅与三洪大显于朝

翰林学士虽以文词为职，但有很多参与朝廷政事的机会，是两府的储备人才，跻身于两府者不在少数。"（词科）所得鸿笔丽藻之士，多有至卿相、翰苑者。"❷ 洪遵、洪适也是如此。三洪先后任翰林学士，其中洪适、洪遵皆升迁两府。洪适曾获孝宗赞誉，"文词有用，论事皆可行"（《盘洲集》卷三十三）。他深得孝宗器重，也参与了许多军政大事。"上谕参政钱端礼、虞允文曰：'三省事与洪适商量。'东西府始同班奏事。"❸ 此时，洪适相当于发挥了宰辅的职能，最后洪适位及宰相。此外，洪遵也位及宰执，周必大曾称赞洪遵："虽以文进，政术自高。"（《平园续稿》卷三十）洪遵也曾任翰林学士承旨，"为翰林学士承旨者，鲜有不登宰辅"❹。隆兴元年（1163年）洪遵任同知枢密院事。三洪经由词科入翰苑，最后晋身宰辅，他

---

❶ 洪迈《夷坚志·王铁面》，中华书局2006年版，第510页。
❷ 马端临《文献通考·贤良方正》，中华书局2011年版，第955页。
❸ 徐自明《宋宰辅编年录校补·乾道元年》，中华书局1986年版，第1181页。
❹ 《续资治通鉴长编》卷441，第18册，中华书局2004年第二版，第10617页。

们的晋升途径是词科取士的重要范式。

同在孝宗朝任翰林学士，洪氏兄弟三人倍感荣耀。据洪迈《容斋随笔》所载其谢表云："父子相承，四上銮坡之直；弟兄在望，三陪凤阁之游。"❶ 这也是洪迈对其与父兄同入翰苑的辉煌经历的精要总结。洪遵的《翰苑群书题记》中亦云："苑秩清地禁，沿唐迄今，为荐绅荣。遵世蒙国恩，父子兄弟接武而进，实为千载幸遇。"他们三人在政坛获得了极高的声誉："迈兄弟俱入西省，无上荣光，时竟传为美谈。"❷ 魏了翁在《三洪制稿序》中极言洪氏之盛："中兴以来，学士之再入者十有六人，而洪氏之兄弟与焉。自绍圣立宏博科，迄于淳熙之季，所得不下七十人，而至宰执、至翰苑者仅三十人，洪氏之兄弟又与焉。呜呼，何其盛与！"❸

第二节　兄弟同气：出入翰苑与三洪的文学

三洪的翰苑任职经历，无论在体裁、内容、创作技法还是艺术特色上，都对他们的文学创作产生了重要影响。一方面，共同进退的任职经历与荣辱与共的情谊在三洪诗歌中体现较多。而且在久作骈俪和应制诗的影响下，馆阁气象也成为他们诗歌的一个显著特色。另一方面，因备试词科与职掌典章制诏，三洪以四六文名于世，跻身南宋四六文四大家之列。此外，三洪尤以笔记成就突出，其中《翰苑群书》和《容斋随笔》的编写与禁中任职密切相关。

一、出入翰苑与赋诗抒怀

在诗歌创作方面，洪适的诗数量最多。洪遵存世的诗歌仅有十九首，

---

❶ 洪迈《容斋随笔》，中华书局2005年版，第206页。
❷ 凌郁之《洪迈年谱》，上海世纪出版股份有限公司2006年版，第233页。
❸ 魏了翁《三洪制稿序》，祝尚书编《宋集序跋汇编》，中华书局2010年版，第1393页。

其中十二首为同题组诗。洪迈存世的诗仅有二十余首。兄弟三人在朝堂共同进退，守望相助，他们之间情义格外深厚，因此酬唱诗数量非常多。与此同时，翰林学士之职清贵，于其中养成的富贵文人的闲雅趣味逐渐内化为他们自身的审美倾向，他们在任职期间和致仕乡居时期的诗歌思想内容深受影响，在三人频繁的酬唱中更见闲适的心境。

（一）酬唱赠答：宦海浮沉中的情谊

洪氏三人一同准备词科，相继入秘书省，又同遭贬黜，又相继回朝任翰林学士，最终达到仕途的顶峰。他们在朝堂中荣辱一体，守望相助。虽洪氏兄弟有八人，但他们三人最为密切，常有诗书往来。尤其是洪适所作诗中，五十余首诗皆是赠予洪遵、洪迈二人。

三洪之间常以诗歌联络情感，互通消息。洪氏兄弟在入洛阳考试之前一直在一起读书，洪适、洪遵通过词科之后在秘书省做官，绍兴十三年（1143年）因父被贬黜之事受牵连被贬谪外任，分别通判台州、常州，用以互通消息和表达亲情的诗词大多始于此时。绍兴十五年（1145年），洪迈通过博学宏词科考试，洪适在台州得此消息颇为激动，作诗一首《得二弟消息》："消息三州远，尘埃两地忙。鹊声传近喜，鸿影忆初行。"洪适、洪遵二人正在外任职，正所谓"两地忙"，但听闻洪迈通过了词科，甚是欣喜，更是为家族带来了新的希望。绍兴十六年（1146年），洪适在收到洪遵的家书后作诗《得景严弟书》："往年同入洛，此日各监州。惯见浮云改，相思野水流。"诗中追忆二人同到洛阳考试、做官，而今分隔两地，感慨良多，体现出兄弟间的深厚情谊。在洪迈为数不多的诗作中也有一首表达了对兄长的思念之情，即《有怀大兄正字》："今日思兄弟，江东望浙东。别离无奈久，书札且频通。"洪氏兄弟入仕途不久便遭到打击，在外任职十年，历经坎坷才得以还朝。感慨仕途坎坷成为洪适诗作的一个主旋律。洪适《除夜怀景严弟并寄景卢》云："耿耿胸中事，纷纷眼底尘。"此诗是洪适在除夕思念洪遵、洪迈所作，他追忆起过往，心绪难平。再如《道中怀景卢》诗云："宦路多暌别，春游隔弟兄。"《送景卢》又云："涉世难防犬吠声。"父兄遭人陷害，仕途中也难免不称意，洪适对此感叹。可见在三洪任职早期，三人被贬黜天各一方的感慨，兄弟间的思念之情以及不平之感是诗歌中的主要内容。

兄弟三人同入翰苑，荣光无限，他们在诗中对此更是多有感慨。文章事业与麟省任职常是洪适笔下的话题，如《答景卢》："台省向来非独冷，身名此日已俱荣。"再如《答景严》："北门西府仍班缀，后雁前鸿愧宠荣。"洪适在乡居之时，依然会怀念起三人同在翰苑任职的经历。如《答景卢怀旧》："虚名长愧称三凤，旧事休怀判五花。""凤"代指翰林学士。兄弟三人相继进入鳌坡之后，洪迈在《谢表》中曾云"弟兄在望，三陪凤阁之游"，世人对洪氏兄弟亦有"三凤"之美誉。

（二）咏物抒怀：富贵文人的闲适心境

相对人生的其他阶段，三洪在任翰林学士期间，甚至是在朝为官期间的诗歌作品较少，且以应制、唱和等功能性较强的诗为主。尤其洪适，大量诗歌创作于致仕后。虽然创作于乡居时期的作品看似与翰林任职关系不密切，但乡居时的心态和创作无不深受任职经历的影响，是在感受荣光后的一种沉淀，也是在远离政事后的一种反思。

三洪退出朝堂的乡居期间，更多关注生活中的闲适雅趣，所作诗歌几乎不涉及时事。亭台楼阁、奇花异木是他们吟咏的主要对象。这些题材的选择和三洪的馆阁翰苑生涯密不可分。在秘书省和翰苑之时，学士便有赏花览景、诗词唱和的雅趣，这一文人雅好在学士群体中成为一种典型。三洪在学士院多年，此审美趣味已经深刻地影响了他们的内心。

乡居时期是三洪的创作高峰阶段。兄弟三人之中，洪遵最早还乡。隆兴二年（1164年）洪遵回到饶州，开始乡居生活。在历任翰林学士、承旨、同知枢密院事之后，洪遵以祠禄官归乡，远离官场，修建了"小隐园"，并自号"小隐"。白居易《中隐》中提到三种隐逸境界：大隐住朝市，小隐入丘樊。不如作中隐。洪遵虽自称"小隐"，但实际上他也并非真正隐于山林。奉祠的优厚待遇和任便居住的条件，加上远离朝廷的纷争，都使他的"小隐"更加惬意。洪适同样在经历了仕途的辉煌期之后，于乾道四年（1168年）奉祠归乡。他修建了盘洲别墅，自号"盘洲老人"。"盘"有蛰伏和娱乐之义。洪适自此乡居十六载，一直到去世。此年六月，洪迈也辞去了学士院中的职务返乡，在盘洲别墅之北修建了个人的庭院，并自号

"野处"。这一阶段三洪围绕闲居生活中的景物、事物作诗尤多,洪迈称"与兄丞相适酬唱觞咏于林壑甚适"(《四朝见闻录》)。

洪适写流连山林和自家庭院的诗有三百余首。最具特色的当属组诗《盘洲杂韵》。如其中描写各类植物的有《绣橘》《脆橙》《金橘》《牡丹》《芍药》《丹桂》《瑞香》《白山茶》《水桅》《重杏》《木兰》《紫薇》《荼蘼》《玉珑松》《山茶》《黄蔷薇》《红蕉》《豆蔻花》《绣带》《海仙》《丽春》《长春》《水仙》《剪春罗》《鸡冠》《石竹》等,诗题如同"百科全书"条目。这些景物之中,有一种特殊的花木令洪适追忆起兄弟三人秘书省和翰苑生活,那便是紫薇。其诗《盘洲杂韵上·紫薇》云:"十年三雁序,接翅紫微垣。花下哦前什,难酬明主恩。"紫薇花的音同紫微省,也就是秘书省,令他回想起身在词垣的经历,花下吟咏,不禁感念皇恩。

别墅闲居,令三洪格外欣喜,楼亭花木皆是他们诗中吟咏的对象。这一点与白居易格外相似。白居易晚年隐于履道里,常吟咏院中景物,创作了大量的闲适诗,尤其是对于院中池塘格外偏好,作诗数十篇。三洪在这一时期心境与白居易颇为相近,所作诗歌也颇为闲逸,如洪迈《野处亭》中所云"弟兄丘壑平生事,付与鸣琴一再行",大有一番历经人生浮沉后的平淡之感。三洪之间的唱和也多围绕闲居生活和别墅中的楼台、花木等景物。洪适、洪遵曾围绕牡丹花进行唱和,洪遵作《洛花不望而至次相兄韵》:"多谢吴中客,移花五亩园。灰心劳远梦,茧足蹈前言。定是黄金蕊,真须白玉尊。从今付幽赏,不用赋招魂。"其中洛花便是牡丹花。洪适也作《次韵景卢喜得安州牡丹》。此外洪适与二位兄弟就园中其他花木展开了酬唱,如《酬景卢赋圃中种橘移花》《和景严咏冬开木犀》《和景严咏新得葡萄》等,此类诗歌不胜枚举。洪适诗歌题材可谓是无所不包,生活中的小事皆可成为诗材,如《景严送冬杏》《景卢送瑞香》《喜小隐新得山茶》《和景严送方蒂柿》《答景卢报月台将毕工》等。整体上看,洪氏兄弟闲居于鄱阳期间的诗歌,在题材内容上多以园中景物和生活琐事为主。

在经历了仕途的显达之后,洪适在诗中表达了归隐田园的惬意。如"谁人知我归欤乐"(《登芝榭见景卢所增月台》),足见其功成身退的安逸心境。洪适尽享隐居生活之乐,其诗也大有效仿陶渊明的意味,如"地偏不接市尘声"(《次韵景卢野处解嘲之什》)化用陶渊明诗"心远地自偏"。

"地近篮舆便,心清俗事稀"(《喜景卢有落成琼楼之约》)亦是类似陶诗境界。再如《景卢约赏朝天菊不克往》中对菊花的吟咏:"朝天虽有菊,向日不如葵。久旱千株槁,深秋百草萎。吾衰亦相类,饮兴谢东篱。"洪适也亲自耕种体验农民的生活,如"种秫无多子"(《种秫仓》)令人想起陶渊明"草盛豆苗稀"的农耕体验。洪适并非真的归田,只是借此感受田园之乐,"代耕荒幼学,投老乐归田"(《西畴》)。乡居生活也使洪适更加关心百姓疾苦。

但洪氏兄弟毕竟与陶渊明的仕宦经历不同,陶渊明没有通达的仕途,是真正的隐士,而三洪则是功成身退后的一种自适的归隐。他们以祠禄官归乡有着丰厚的俸禄,生活优渥,心情畅逸,更接近白居易的"中隐"。如洪适《题王氏秀野堂》云:"饱闻居处好,远意快心胸。树接高低影,山分朝暮容。佳时能自适,闲客几相从。勿讶题诗晚,新来百事慵。"

(三) 馆阁气象:三洪诗歌的艺术特色

诗人的见闻经历是影响其创作题材、内容的核心元素,同时其品位爱好也是影响因素。对三洪而言影响最为深刻的是馆阁翰苑的任职生涯。他们的诗歌作品无论在题材还是艺术风貌上都不可避免地受到了馆阁诗风的影响。

洪适诗歌的常见意象具有典型的馆阁特色,如诗中出现频率最高的风、花、云、雨、山、月、水、玉、竹、书、酒、雪、石等,无不体现了富贵文人的审美雅趣。此外,洪适诗歌用语中也有馆阁之风。如《荼蘼》:"青条散蛟螭,素艳欺琼玖。体薰尘外香,骨醉壶中酒。"无论是题材内容,还是语言风格,该诗都有馆阁之气。虽然洪适在诗歌创作中早年受江西诗派影响,晚年又学习陶渊明和白居易的自然流利,但由于长期的翰苑浸润,仍然无法脱离辞藻富丽的馆阁诗风。

三洪博览古今,具备创作高水平诗歌的文人素质。但三洪一生中在朝任职时间居多,埋首于书卷的时间更多,远离了山川湖海带来的刺激与灵感,加之生活过于优渥与"诗穷而后工"的创作理论相悖,因此在一定程度上,仕宦的通达反而成为他们诗歌创作的限制。

二、备试词科与文章大成

三洪身为翰林学士,掌朝廷制诏典章,首要才能是文章写作。三人以文章成就大显于世，获得了极高的声誉："父子以文章为一代礼乐诗书宗主，中兴人物之首也。"（《氏族大全》卷一"诗书宗主"）三洪文备众体，四六文创作水平尤高，被誉为南宋四六文四大家之一。三洪的文章写作成就得益于备试词科的知识储备、习作锻炼和翰苑期间大量的制诏拟写。

三洪之中，四六文创作数量最多的为洪迈，其次为洪遵、洪适。据《三洪制稿》可大概知晓当时三人的四六文创作数量：洪适著有十四卷，洪遵著有二十卷，洪迈著有二十八卷。就现存四六文的数量而言，洪适的最多。洪适的《盘洲集》保存较好，仍存世八十余卷，其中卷一一到卷二四均为其作于内外两制期间的四六文，所占比重很大。今人整理的《鄱阳三洪集》收录洪适内制四六文九卷，外制六卷，词科习稿二卷；洪遵内制、外制共二卷；洪迈内制、外制共一卷。洪适现存四六文数量远超于洪遵、洪迈。然而就三人在南宋的四六水平而言应是洪迈较高（《宋史》本传云"迈文学尤高"）。其中所言文学当是指应用文章。韩淲《涧泉日记》云："淳熙以来……典章洪迈、周必大。"由此可见，洪迈在四六文方面的成就与周必大齐名，在中兴文坛占有一席之地。史浩也赞洪迈"词气森严，学术淹贯"（史浩《鄮峰真隐漫录》卷三一）。此外，洪迈《辞免兼侍讲状》曾云："臣一介书生，见识污下，仅能骈四俪六，缀辑华藻，以事区区应用之词章。"但无论是在南宋时期还是当下，往往将三洪并举。

博学宏词科不仅是三洪得以进入学士院的重要阶梯，更是他们文章写作才能获得提升的关键。博学宏词科的设置初衷是为朝廷选拔文书写作人才。三洪所参加的考试科目主要为制、诰、诏、表等十二体。参加词科考试对于应试者的基本要求是学问渊博、词采华茂。三洪为参加词科考试做了极为充分的准备，这为日后的文章写作奠定了深厚的基本功。

王言四六以典雅为尚，语言多出自经、史、诗等典籍，词科对举子的要求便是博学多才。三洪备考期间焚膏继晷，在熟读典籍的同时还进行了编题、编语。编题需要先阅读之前的程文，把握命题特点，然后在经史子集中选取有可能成为题目的文章，或是可以用来引用的重要典故，辑录整理成册。《辞学指南》载："经、史、诸子悉用，遍观其间可以出题、引用，并随手抄写。"在此过程中三洪通读经、史、子、集，并有重点地抄写辑录。编语，即将古籍中可以缀编入四六文之中的语句抄录下来，以便以后用以剪裁组缀，写入四六文之中，使语言有来历，达到制诰文章重典的要求。洪迈编纂了《经子法语》《史记法语》《左传法语》《西汉法语》《后汉精语》《三国精语》《晋书精语》《南史精语》等数部书籍。《四库全书总目》载："此书（《经子法语》）盖即摘经子新颖字句以备程试之用者。"洪迈所编写的这些精语、法语几乎涵盖了经、史、子、集等各类典籍，这种精读和摘录的方式为其四六文写作奠定了坚实的基础。

词科前的习作是三洪文章写作的集中锻炼。在参加词科考试之前有一个纳卷的程序。纳卷的内容是考试科目中的所有文体，每种文体两篇，其中制、诏、表、露布、檄文必须以四六文写作。《盘洲文集》中所录二十七、二十八两卷即为洪适的纳卷文章。此外，文集中有两卷"词科习稿"，是考前的练笔之作。三洪均通过了词科考试，在举子中影响力很大，其四六文在南宋成为士子学习的典范。《三洪制稿》收录了三人所有的四六文作品，并且成为南宋举子考试前学习的"教材"。而且据《容斋随笔》卷九记载，洪迈进入秘书省之后也曾为词科命题，足见三洪是这方面的专家。

此外，三洪在秘书省参与编修史书和前代文集，进一步扩展了视野，增加了积累。在翰苑任职期间更是拟写了大量的制诰文章，多方面的因素最终使三洪的写作趋于成熟，取得了非凡的文章成就。

第三节　舅甥学士：汪大猷、陈居仁与楼钥

南宋前期著名的"一舅二甥三学士"——汪大猷、陈居仁与楼钥，是典型外姓姻亲学士家族代表。舅甥三人同列孝宗朝堂，以文词显名，是值得关注的学士家族。三学士以鄞县为活动中心，世居于此，形成了关系紧密的文人群体。

一、家族荣耀："一舅二甥三学士"

"一舅二甥三学士"之说来自楼钥之述。楼钥在其亡母汪夫人的行状中

曾云，其仲舅乃汪大猷，其姨母之子乃陈居仁，皆为学士，乡里人将其三人并称，"里有'一舅二甥三学士'之语"❶。在其为陈居仁作的行状《陈公行状》中又云："钥亦汪出，与公俱生长外家，公见老母及舅氏尚书，每兴如存之感，待中外诸表俱厚。钥既奉祠，无时不过舅家。闻公之归，谓当春容里社，乡人已有'一舅二甥三学士'之谣。"❷ 由此可见，陈居仁系楼钥表兄，二人感情深厚，且均与外祖家关系亲睦。舅甥三人先后成为学士，因此被誉为"三学士"。

"一舅"汪大猷为敷文阁直学士，"二甥"之一的陈居仁为孝宗朝翰林学士，另一甥楼钥为光宗朝学士。

汪大猷（1120—1200），字仲嘉，绍兴十五年（1145年）中进士。汪大猷进敷文阁直学士，是其晚年重要的职任。

陈居仁（1129—1197），字安行，人称菊坡先生，绍兴二十一年（1151年）中进士。陈居仁曾在徽州、鄂州、建宁、镇江、福州等多地为官或主政，颇有政绩，也曾在京中多处为吏。词臣是其仕宦道路上的重要转折。陈居仁于淳熙十四年（1187年）正月至淳熙十五年（1188年）五月兼直学士院，任职翰苑一年零五个月。

楼钥（1137—1213），字大防，隆兴元年（1163年）进士。其在光宗、宁宗两朝任职学士院。其中在光宗朝为兼直学士院，光宗的内禅诏书便是由他起草。诏书中有"虽丧纪自行于宫中，而礼文难示于天下"（《宋史》卷一百五十四）一句广为传诵，显示了其高超的制诏写作水平。其正式除翰林学士之时已经年逾七十，但是依然思虑敏捷，"精敏绝人，词头下，立进草，院吏惊诧"（《宋史》卷一百五十四）。据上文可知学士草诏以敏捷为尚，由此可见楼钥不愧是优秀的学士。

此外，陈居仁与陈卓人称"父子西掖"。陈卓，字立道，南宋乾道三年（1167年）生。陈卓系陈居仁第五子。西掖，中书或中书省的别称。因陈居仁、陈卓父子先后任职中书，故有"父子西掖"之称。

---

　　❶ 楼钥《攻媿集》卷八五，曾枣庄、刘琳主编《全宋文》卷五九七六，第265册，上海辞书出版社2006年版，第135-136页。

　　❷ 楼钥《攻媿集》卷八九，曾枣庄、刘琳主编《全宋文》卷五九八一，第265册，上海辞书出版社2006年版，第203-204页。

二、优良家风：汪氏家学之共源

汪氏家族重视读书、追求学问的传统，为汪大猷、陈居仁和楼钥在仕进之路上朝着文臣乃至词臣发展提供了重要支撑。陈居仁与楼钥均与外祖家关系亲睦，也是汪氏家风得以传承的重要基础。

陈居仁早年丧父，多居外祖父汪家。陈母（后封赠新平郡夫人）系四明汪思温次女。汪思温是两宋之交的文士，政和二年（1112年）举进士，生四子：大雅、大猷、大有、大定；又有二女，长女为楼璩之妻，楼钥之母；次女嫁陈膏，为陈居仁之母。汪、楼两家通婚，汪家女儿嫁给了楼璩，而楼璩的姊妹也嫁与汪大猷，两家有多重亲戚关系。因此，汪大猷为陈居仁和楼钥之舅，陈、楼二人系从母兄弟，陈长于楼。

陈居仁和楼钥二人情谊深厚。陈居仁去世后，楼钥为他撰写了篇幅很长的行状，自言"知公之详，无如钥者"，且在文中痛哭"天乎，何夺吾表兄之遽也"。陈居仁、楼钥与外祖家和仲舅汪大猷也关系亲睦，对于汪家的认同感很强。

舅甥关系是古时重要的人伦关系之一。《诗经》中即有《秦风·渭阳》写外甥送别舅氏，后世因有"渭阳之情"以表舅甥深厚情谊。历代文人的成长，多有借助外家及舅氏者。研究认为，舅甥关系是六朝时家庭关系中重要的一面，"有些外甥在失去父亲后依养于外亲，舅氏的支持对外甥的成长非常重要"❶；唐代有颇为普遍的"依养外亲型家庭"，"直到宋代，父系血缘才真正成为了个体家庭和家族的唯一划分标准"❷。尽管从中国家庭发展的整体格局看，南宋之时，外祖家的影响已不如前，但作为尤为强调家庭伦理、重视血缘关系的时代，外家和母族兄弟姊妹的作用仍然明显。譬如北宋名臣蔡襄，童年时期受到外祖父的严格教育，对其成才裨益甚大。外祖家是母族，也是父族势力的有力补充，这种作用在其人失怙后就更加

---

❶ 王仁磊《魏晋南北朝家庭关系研究》,中州古籍出版社2013年版,第199页。
❷ 叶凌编《中国"人伦家教"研究》,南京大学出版社2012年版,第91页。

凸显。因此，陈居仁"甫十四而孤"，其母"挈以依外氏"❶，成为情理之中的事。楼钥则是由于家境困难依附外祖家，据其自己所述，家中房屋毁于兵火之中，加之其父在仕宦方面没有长进，家中生计十分窘困，于是"多寓外家"❷。

家族对于他们带来的影响不仅限于自身认同，还在于外界将他们视为一体的态度。譬如孝宗欲重用陈居仁，重要原因之一即是他与汪大猷一般可靠：

"方欲用卿，乃遽求去，卿其清省狱讼，尽心民事，政成当召。"又谓大臣曰："陈某论事明练，貌类汪大猷。"曾丞相曰："是其甥也。"❸

皇帝的推测从丞相那里得到了证实，也使其更加放心。这是对汪大猷、陈居仁二人的信任和赞赏，可以说也是对其家学养成的素养即"论事明练"的认可。

汪家有着优良的家学。汪大猷之祖父汪洙是北宋著名文臣。汪洙，字德温，元符三年（1100年）进士，官至观文殿大学士。自幼聪慧，九岁能诗，号称神童。后世所行著名的蒙学范本《神童诗》据传是其作。其父汪元吉，曾在家乡为吏，受王安石青睐。汪洙的重要贡献即其对于家学的缔造和传播。尽管《神童诗》一般认为是后人根据汪洙作品改编而成，但汪洙的作品无疑是其中的精华。如楼钥《攻媿集》卷八八所言，"今汪氏所在众多，几如王谢家"。汪大猷家有传统家学。楼钥自外祖家长大，汪大猷对楼钥有重要教导，曾携其出使金朝。这些都对楼钥产生了重要影响。陈居仁依养外家，"外祖少师、外祖母王夫人扶爱如己子"，外祖家的养育和教育对其成才也起到了不容忽视的作用。由此可见，汪大猷、陈居仁、楼钥三人的共同家学渊源来自汪氏重视学养的家风。这是舅甥三学士这一文学现象产生的重要的家族原因。

---

❶ 楼钥《攻媿集》卷八九，曾枣庄、刘琳主编《全宋文》卷五九八一，第265册，上海辞书出版社2006年版，第189页。

❷ 楼钥《攻媿集》卷八九，曾枣庄、刘琳主编《全宋文》卷五九八一，第265册，上海辞书出版社2006年版，第134页。

❸ 楼钥《攻媿集》卷八九，曾枣庄、刘琳主编《全宋文》卷五九八一，第265册，上海辞书出版社2006年版，第191页。

三、会社：三学士文学活动平台

汪大猷、陈居仁、楼钥身为学士，文化修养是士人中的翘楚，文学成就自然也是较高的。三人在文学上也各有所长，以楼钥文学成就最高。

学士学识渊博，兼具文士、官吏及乡贤等多重身份于一身。在地方，文人往往追随他们从而形成文学活动群体。学士也常被奉为中心人物。如汪大猷因"首创仪门，闻者不约而趋，黉舍一新，冠于东南。冬至岁旦序拜有规，主盟斯事，少长以礼……矜式凡里中义事，率自公倡之"（《攻媿集》卷八十八），在当地颇具威望，"居然三达尊，后生愿影随"（《攻媿集》卷六）。楼钥《士颖弟作真率会次适斋韵》所道："舅甥巾屦频相接，兄弟樽罍喜更同。参座幸容攻媿子，主盟全赖适斋翁。"汪大猷俨然被奉为文人群体的"盟主"。

鄞县的名门望族结成怡老社，成为文人集合和文学活动的重要平台。汪氏、楼氏及陈氏中有功名的子弟亦是其中的重要成员。怡老社通过推动乡饮酒礼、设置义庄以及讲学兴学办书院等文化活动凝聚人心。❶ 楼钥曾对其乡里的文人会社有所描述，譬如五老会："吾乡旧有五老会，宗正少卿王公珩、朝议蒋公璇、郎中顾公文、衡州薛公朋龟、太府少卿汪公思温，外祖也，皆太学旧人，宦游略相上下，归老于乡，俱年七十余，最为盛事。"（《攻媿集》卷七十五）

学士以会社为重要的平台，进行文学文化活动。这种行为实际上契合了宋代文人群体活动的大势。学士作为士林楷模，政治地位高、文学涵养深，自然成为会社文学活动中的核心人物。舅甥三学士的会社文学活动，综合了家族文化因素、制度文化因素和地域文化因素等，是交织合力促成的文化现象典例。

---

❶ 陈小辉《宋代诗社研究》，江西人民出版社2014年版，第161-166页。

第四章

周必大供职翰苑的文学意义

周必大一生两入学士院,久居词垣,职掌禁林,是孝宗朝词臣的典范和一代名儒。周必大的文学成就及政治地位颇高,被赞誉为南渡后台阁之冠。因政治地位和职能的需求,周必大重视诗与文章写作,词、小说等其他文体创作较少。其创作于翰苑期间的诗歌多为同僚唱和及应制奉和等题材,喜用典故、对仗考究,风格上雍容典雅。数载銮坡掌制,周必大四六文成就尤高,被誉为南宋四六文四大家之一。周必大更凭政治地位与文学声名,以道德与文章一时主盟文坛,并对乾淳文学的发展作出了重要贡献,因此他是孝宗朝翰林学士研究的重要个案。

第一节　两入翰苑：周必大的词臣之路

周必大（1126—1204年），字子充，一字洪道，自号平园老叟，祖籍管城，祖父时迁居吉州庐陵，生于北宋末靖康元年（1126年），绍兴二十一年（1151年）进士，绍兴二十七年（1157年）中词科。周必大一生中两次进入学士院，历任权直、直院、翰林学士及承旨，"为一时词臣之冠"[1]。他经由词科与馆试，进入馆阁担任秘书官，进而跻身翰苑，更因其政治与文学才能荣登承旨，成为孝宗朝词垣最具影响力的人物。

周必大在翰苑期间遍历翰林学士各职，"内制之官有四：曰权直院，曰直院，曰翰林学士，曰承旨。或正或兼，前后十年而遍为之"（周必大《玉堂类稿》）。乾道六年（1170年）七月，周必大以权兼直院供职学士院两载，乾道八年（1172年）二月奉祠离朝。淳熙二年（1175年）八月，周必大以直学士院再入翰苑，开启了长达六年的内制词臣生涯。其中淳熙三年（1176年）九月正式除翰林学士之职，淳熙六年（1179年）十一月成为承旨。翰林学士职清地近，周必大也因此获得了极高的荣耀："世莫荣于两制，儒者视之蓬瀛泛海，而公平步，逡巡十载。世莫尊于两地，昔人譬之垣极丽天，而公迭居首尾十年。"（周必大《文忠集》附录卷一）翰林学士又称"内相"，此职给了周必大许多与皇帝独对的机会，论思献策，屡有机会表达政见思想。其气节高尚、学问博洽、制词温雅得到了孝宗的赏识，最终官至右丞相、左丞相，达到了其政治生涯的巅峰，确立了他在政坛的

---

[1] 脱脱等《宋史》卷三九一《周必大传》，中华书局1985年版，第11968页。

重要地位。周必大更因其翰苑经历，在孝宗朝政坛和文坛中都占据重要的一席。

周必大的家庭环境与少时的读书经历为其掌制奠定了基础。周必大出身于仕宦家庭、书香门第。其虽幼年丧父，辗转度日，但母亲王氏依然督促他读书学习、属对赋诗，后寄养伯父周立见家中，与堂兄弟一同读书。周必大转益多师，分别跟从梁克道、李洪、陈持、钟岳等读书学习。陈持学问博洽、贤名远播，钟岳清贫廉洁，诸位良师对周必大影响深远。自绍兴初到绍兴二十年（1150年）间，周必大一直往来于虔州与庐陵之间读书、游学，这也为其博洽学问的养成提供了条件。周必大生长于庐陵，深受庐陵文化的影响，其同乡先贤欧阳修的文章道德也为其所学习效仿。他曾言"所慕者，陆贽、欧阳修"（《文忠集》附录卷二《行状》），二人为其人生道路及文章作出了指引。

参加博学宏词科与馆试是周必大进入翰苑的重要途径。周必大于绍兴二十一年（1151年）中进士。真正开始为其词臣生涯奠定基础的，是绍兴二十七年（1157年）三月参加词科考试。词科考试是为弥补科举不足，为两制储备人才而设置，难度非常大，从高宗朝恢复此试到光宗朝，并非每年都举办，而且录取的人数也很少，但通过者多至位通显，周必大堪称其中翘楚。《容斋随笔》载："自乙卯至绍熙癸丑二十榜，或二人，或一人，并之二十三人……然擢用者，唯周益公至宰相"❶。馆试是进入秘书省的主要途径，秘书省是两制用人的取才之所。绍兴三十年（1160年）九月，周必大参加了馆职考试，经由此试开始任秘书省正字之职。周必大由此崭露头角，高宗称其"他日可掌制。"（《文忠集》附录四《神道碑》）高宗读其策，十分欣赏，赞其为"掌制手"（《宋史》卷三九一《周必大传》）。经由馆试进入秘书省，为其进入翰苑铺垫了道路。

周必大在翰苑发挥才能、显耀于词垣是在孝宗朝。孝宗即位后，周必大迁为左奉议郎，在此期间拟写了《岳飞叙复元官制》以及追封岳飞妻儿的制诰和一些其他诏书，展现了其才华。《岳飞叙复元官制》堪称其代表作

---

❶ 洪迈《容斋三笔》卷十，孔凡礼点校《容斋随笔》下册，历代笔记史料丛刊本，中华书局2005年版，第540页。

之一，后世赞誉"此南宋快事，亦益公快文，读之令人鼓舞"❶。绍兴三十二年（1162年）八月，周必大出任起居郎，九月兼中书舍人、兼给事中等，自此周必大开启了词臣生涯。周必大在中书舍人任上，向孝宗上奏表达了"自治以图恢复"的政治观点，且借助经筵讲台向孝宗表达其各种为政之策，逐渐取得孝宗的认可。可惜在他刚崭露头角不久，却因为反对近幸势力而获罪。曾觌和龙大渊得到孝宗的偏私，台谏进行了弹劾，周必大拒绝草诏，且上奏直言："欲罢则罢，欲贬则贬。"（《宋史》卷三九一《周必大传》）这一行为体现了周必大刚正不阿的士大夫品格，但也因此开始了长达八年的奉祠。

周必大首次入翰苑是在乾道年间，任职共两载。乾道六年（1170年）周必大获孝宗垂见，被任命为兼直院。峻直銮坡，职清地邃，翰林学士向来是文官向往之职。奉祠归来再入朝堂的周必大得授兼直院，惶惑不安，其《辞免秘书少监兼直学士院奏状》有云："窃以贰职仙蓬，摄官禁苑，俱为清选，专用名儒……然薄技无堪，恐难禁林之直。"周必大的请辞未获准许，而且还得到了孝宗的赞赏："卿学术精深，记问博洽，所蕴可见，当日夕与卿论文。"（《文忠集》卷五《神道碑》）翰苑任职给周必大提供了阐述其治国策略的平台。周必大在翰苑期间多次上奏表达了自己安邦兴国的治国方针。但周必大此次任职仅持续了两年，乾道八年（1172年）二月，因孝宗欲破格提拔张说、王之奇为签书枢密院事，周必大与近幸势力斗争，因拒不草诏而被罢官，奉祠反省。此举也展现了他刚正不阿的气节，故而"天下愈高之"（《文忠集》卷五《神道碑》）。

淳熙元年（1174年）周必大被诏还朝任职。周必大在谢表中表达其再入馆阁的心情。（《谢右文殿修撰表》）"遁迹山林，久隔阙庭之望……重念臣周旋三馆，首尾三年。逮兹新渥之鼎来，恍若旧游之梦到。"淳熙二年（1175年）八月周必大兼直学士院。此次进入翰苑，周必大开启了长达六年的内制词臣生涯，其仕途也从此平步青云。任翰林学士期间，周必大屡次召对，向孝宗表达了他的政治策略文化方针，获得了孝宗"持重、不迎合、不附丽"（《文忠集》附录四《神道碑》）的赞赏。

❶ 高步瀛《唐宋文举要》乙编卷四，中华书局1959年版，第1671页。

周必大于淳熙三年（1176年）九月除翰林学士，直至淳熙七年（1180年）升副相，其间均在翰苑任职。这也是周必大获得恩荣较多的一个时期。周必大在翰苑多年，是孝宗最为欣赏的词臣之一。淳熙六年（1179年）十一月，周必大升翰林学士承旨。翰林学士承旨不常授，孝宗朝一朝仅有三人。至此，周必大成为首席翰林学士。

在任承旨之后，周必大又继续走向政治生涯的顶峰。周必大跻身宰辅与任翰林学士有必然联系。宋制两府阙人，多取之于两制。前文已述，由翰林学士进身宰相，是宋朝官员选拔的惯例。周必大也曾云：宋代掌制，多致位二府。尤其周必大是承旨，作为翰林之首，更是宰辅之选。周必大除翰林学士承旨的次年，淳熙七年（1180年）迁参知政事，相当于副宰相之职，十二年（1185年）四月拜右丞相，十六年（1189年）正月拜左丞相。孝宗在位期间共任用十五位宰相，楼钥也给予周必大很高的评价："求其相为始终，全德备福，未有如益国周文忠公者。"（《攻媿集》卷九四）

第二节　翰苑内外：周必大的诗歌创作

在翰苑任职的影响下，周必大诗歌风格多雍容典雅，堪称宫廷文人审美风尚的代表。其翰苑期间的作品以应制、酬唱为主，发挥了诗歌的应制和交往功能，展现了翰林学士的任职风貌与生活旨趣。这些作品辞藻富丽、典故丰富、对仗考究，充分展示了周必大的广博学识。然而周必大在远离朝堂时所作的诗歌，则不注重显露学问才华，尤其是奉祠或乡居期间，不乏清新随意、浅白流利的诗作。

周必大翰苑诗歌典型特色的形成与其职能行使、履职环境、写作惯性和审美倾向有直接关系。翰林学士作为御用文人，承载着歌颂圣政、粉饰太平的重要职责，其作品需要实现特定文化目标，同时翰苑的生活环境也限定了诗歌的内容。此外，惯于书写以典雅为尚的制诏典章，诗歌创作也难免陷入追求雍容典丽的写作惯性之中。诗人的创作风格是动态的，并非一成不变，故而周必大在离开翰苑后也能够基于不同的生活环境和心境进行相应风格的作品创作。

一、内容差异：出入翰苑的不同书写

周必大的《省斋文稿》存诗600余首，其中应制、唱和、送别、挽悼类占据主体，这与他多年馆阁翰苑任职大有关联。其创作于翰苑期间的诗歌以恭和应制、酬唱赠答等类型为主，内容多为赏花观景、聚合从游、宫廷游宴、拜谢御赐等。这些作品记述了翰苑生活的悠游惬意，展现了御用文人的文化旨趣，表达了供职翰苑的复杂心境。

馆阁翰苑乃文人聚集之所。周必大在翰苑任职期间的诗歌，题材、内容多围绕馆中细琐的话题，如赏花赏雪、同僚赠别、升迁恭贺等。自周必大成为馆臣，诗歌内容已然有此倾向。馆阁以修书为职，有着浓厚的文化氛围，且与翰苑联系密切。绍兴三十年（1160年）周必大初入秘书省，便与三洪、范成大、陆游、程大昌、王十朋等学士开展了唱和活动。绍兴三十一年（1161年）正月，又与程大昌、洪景卢、王龟龄围绕雪、梅等进行唱和，周必大作有《次韵程泰之正字奉祠惠照院咏雪五首》《次韵韵史院洪景卢检详馆中红梅》《次韵王龟龄大著省中黄梅》等。绍兴三十二年（1162年）二月，周必大与馆阁同僚共赏海棠，与陆游、范成大、邹德章、林黄中、周必正、程泰之等人酬唱，此次活动规模较大，堪称海棠盛会。周必大作有《次韵邹德章监簿官舍芙蓉芭蕉》《奉常林黄中博士以黄甘食陆务观司直陆赋长句林邀予次韵》《以红碧二色桃花送务观》《许陆务观馆中海棠未与而诗来次韵》《范至能以诗求二色桃再次韵二首》等诗，从题目可见唱和话题。

周必大进入翰苑后，与同僚的交游唱和有增无减。乾道六年（1170年），周必大开始了他的内制词臣生涯。这一时期，与三馆同僚的交游唱和仍是其诗歌的主要类型。如重阳节周必大与馆阁学士同僚相约登高，作诗《重阳预约三馆同舍登高于真珠园，前数日李梓伯秘丞除殿院》。淳熙三年（1176年），周必大兼直学士院期间与同僚程大昌游园赏花，作诗《闻西省赏酴醾芍药，戏成小诗奉简泰之，侍讲舍人年兄并以丁香橄榄百枚助筵，却求残花数枝》："群玉园中作主人，紫薇花底会嘉宾。风光总属程夫子，好念文昌寂寞春。满架冰肌合碧云，翻阶翠袖映红裙。""玉堂只有金沙在，伴直明朝又属君。"诗写了在秘书省中聚会赏花的场景，此处芍药等花草繁茂，翠绿相映，联想到学士院中目前只有金沙，明日宿直大概只有此花相伴。作品同时以西省的热闹场面对照了学士院的清净寂寞。赏花唱和是学士馆阁翰苑生活的一部分，展现了宫廷文人的生活风貌。

奉诏应制是翰林学士的重要职能之一。奉诏应制、宫廷游宴、拜谢御赐等也是周必大翰苑诗的重要组成部分。翰林学士与皇帝亲近，侍驾机会较多。孝宗颇有诗才，喜好与学士唱和。淳熙四年（1177年）周必大宿直召对，孝宗令周必大和其诗，并言"此学士职也"[1]。淳熙年间，宋金局势相对稳定，朝堂太平，孝宗多与文臣曲宴同游，周必大的应制诗创作也集中在这一时期。淳熙四年（1177年）九月周必大作《九月二十二日曲宴御诗》。淳熙五年（1178年）孝宗幸秘书省，赐宴右文殿，周必大以翰林学士身份出席宴会并作《恭和御制秘书省》。此外，周必大作有恭和太子的应召诗，淳熙四年（1177年）八月，周必大作诗和韵东宫《东宫出示和御制秋怀诗恭和二首》。

翰苑的履职生活与任职心态也是周必大诗歌吟咏的重要内容。学士的主要职责是拟写制诏，周诗对此亦有所涉及。周必大曾在离京奉祠时与范成大同游石湖，淳熙六年（1179年），范成大再次邀周必大，此时周必大却因学士院草诏繁忙未能赴约，其诗云："闻道丹青忆贤佐，白麻早晚从天来。"（《次范至能忆同游石湖韵》）可见学士草诏任务十分繁忙，令其无法抽身。翰林之职，是文人最向往的，学士也倍感荣耀，诗中亦有吐露。乾道六年（1170年），周必大首入翰苑，曾在诗中表达自己初登玉堂的志忑和激动："我游麟省宠光新。"（《文忠集》卷五《邦衡侍郎再惠春字韵诗次韵怀旧叙谢且致登庸之祝》）周必大深得圣眷的激动心情在《入直召对选德殿赐茶而退》一诗中得到了集中展现。乾道七年（1171年）周必大夜值召对，其提议得到孝宗的赞赏。据《四朝见闻录》载，周必大获金卮赐酒、玉盘贮枣的待遇。回到学士院后他激动地赋诗一首："绿槐夹道集昏鸦，敕使催

---

[1] 周必大《玉堂杂记》，傅璇琮、施纯德编《翰学三书》卷十二，辽宁教育出版社2003年版，第125页。

宣坐赐茶。归到玉堂清不寐，月钩初上紫薇花。"（《文忠集》卷五）寓直銮坡是周必大辉煌的任职经历，乾道九年（1173年）周必大在奉祠期间也曾追忆昔日荣耀。其诗《胡邦衡赋琉璃灯帘诗次韵》中言"鳌禁曾迎金炬莲"，应是忆起在学士院获赐金莲烛的待遇。

诗人的境遇与诗歌内容、风格息息相关。周必大在入翰苑之前、归乡奉祠及晚年乡居时期的诗歌创作与身居銮坡期间是不同的，这些时期诗歌内容更加丰富、情感表达更加多元，诗歌酬唱的对象不限于馆阁同僚，更加广泛。乾道元年（1165年），周必大拜访了同样奉祠在家的胡邦衡，二人从此开始了长达十余年的唱和。乾道二年（1166年）周必大奉祠期间与道士罗尚简进行唱和，周必大作《青衣道人罗尚简论予命宜退不宜进甚契鄙心连日求诗为赋一首》。此外，山水风光丰富了其诗歌内容，成为其诗歌创作的"江山之助"，如《游庐山吊大林》便是游览之作。且这些时期的诗歌所展现出的心境与禁中所作有很大差异。周必大两次峻直銮坡中间，有一次奉祠的经历。其诗《奉祠还家侄绎以诗相迎次韵》云："金马玉堂辞汉殿，桃花流水访秦人。"（《文忠集》卷五）虽然创作主题仍是友朋唱和，但所关注的内容转向自然风景，同时流露出远离朝市，寻求世外桃源，告别纷扰俗事，寻求闲逸的恬淡旨趣。再如乾道九年（1173年）作《舣舟清江镇从任子严（诏）运使求菊》："陶令思归未得归，黄花想见绕东篱。满头需插何容易，且向盘中乞一枝。"（《文忠集》卷五）可见，在周必大远离朝堂的时期，诗歌内容更加丰富，游览山河、访亲问友等都付诸笔端，甚至是隐退之意、山林之思也流露笔下。所以，在不同的人生阶段，周必大的诗歌思想内容是不同的。周必大的翰苑经历对其诗歌创作影响很多，但并不能概括周必大的整体创作风貌。

二、艺术风貌：雍容典雅和言辞富丽

周必大作于翰苑期间的诗歌长于议论、擅用典故，有雍容典雅之风，尤其是应制之作重学问、逞才气、喜用典。他曾在与孙奕论诗时主张："须要有警策就题著句，不可泛泛。"（《履斋示儿编》卷一〇）翰林学士皆是饱学之士，创作讲求学问，奉和应制崇尚典雅，同僚唱和往往斗才。周必大在多年翰苑环境熏染下,其诗歌在创作手法上喜用典故、对仗精巧、讲究句法。但周必大又能避免传统馆阁诗典故堆砌、生涩空泛的弊病,有所超越,呈现出典雅自然的特点。

学士院的环境给予周必大精于对仗的充分条件。周必大在与同年程大昌的酬唱诗中有句"学士策询学士策,秘书官试秘书官"(《文忠集》卷五),是全诗的亮点:内容上追忆了周必大曾与程大昌同试馆职的经历,也点明了当下周必大以秘书官的身份主持馆试;形式上,其对仗可谓是精妙绝伦。且诗歌虽然对仗精工,但无生涩之感,非常浑融流利、明白如话、清新自然。

博学逞才、喜用典故是周必大翰苑诗歌的重要特点。周必大学问渊博,进入三馆之后,以修书为业,对历史典故和孝宗朝典实广泛涉猎,通晓古今。进入翰苑后,大量的奉和应制创作更为其展现学问提供了契机。如,孝宗幸秘书省,周必大作《恭和御制幸秘书省诗二首》:"群玉西昆富典章,二星东壁粲辉光。秋花迎仗千丛后,法曲传觞九奏长。虎将纵观修旧事,豸冠陪侍仰明王。政修即是安边策,狁狁残衺岂足襄。"诗中"群玉西昆"典出《山海经》《穆天子传》,以显示秘书省藏书丰富。"东壁"代指秘书省,典故出自《晋书》:"东壁二星,主文章,天下图书之秘府也。"❶诗中其他的词语也是语出有典,彰显了其学问才识。应制诗"大抵不出于典实富艳尔"(《韵语阳秋》卷二),"应制诗无出于典丽富艳"(《古今事文类聚》前集卷七《英公应制诗》)。应制诗的典型特点为语言典雅、辞藻富丽,周必大的众多应制诗基本都合乎这个特点,这也体现了周必大作为文学侍从的专业素养。

三、诗法渊源:从初学黄庭坚到师法白居易

周必大的诗在雍容典雅之余,相比一些宫廷文人的诗作,呈现出难得的浅易自然,这与其对白居易的追慕和师法大有关联。正如《周必大研究》中所言:"周必大诗歌初学黄庭坚,后学白居易。"❷ 其晚年诗作通俗自然、

---

❶ 房玄龄等《晋书·天文志上》卷一一,中华书局1974年版,第301页。
❷ 李光生《周必大研究》,中国社会科学出版社2015年版,第2页。

清新淡雅。❶《宋诗钞》评价周必大"诗格淡雅,由白傅而溯源浣花者也"。周必大成长在南宋初年江西诗派盛极一时的环境中,初学习江西,后逐渐在扬弃的过程中找到了自己的创作道路。

由初学黄庭坚到追慕白居易的转变中,周必大的翰林学士身份起到了关键作用。周必大对白居易的学习,一是来自翰林学士身份的认同。白居易曾为唐元和年间翰林学士,是宪宗、穆宗两朝重要的词臣。周必大从白居易身上找到精神契合点,对学士身份的认同,成为他慕白学白的内在动因。二是由于审美旨趣的接近。白居易诗歌的平淡之风与宋代文人内敛沉静的性格相契合,周必大性格沉稳,因而白诗也符合其审美趣味。三是因为帝王喜好的促进。孝宗喜爱白诗,客观上对周必大的慕白也起到了推动作用。此外,白居易诗才出众,周必大追奉其翰墨文采。

周必大喜乐天诗,曾言"予按白乐天诗,心实慕之"。周必大常常效仿白乐天作诗,作有《读乐天诗戏效其体》《己丑二月七日雨中读汉元帝纪效乐天体》等诗。由于文人以诗讽谏的传统,周必大初以效仿白居易讽喻诗为主,尤其是在翰苑期间,为发挥侍臣的劝谏作用,周必大更倾向于学习白诗之讽谏,其《己丑二月七日雨中读汉元帝纪效乐天体》便是一首借古讽今之作。然而在周必大奉祠及晚年闲居的时光中,白居易的闲适诗又为其提供了精神的归依,白居易知足饱和、清闲适意的情调与平淡浅易的创作风格都影响了周必大。学习白居易的通俗淡雅之风格,是周必大突破以黄庭坚为代表的江西诗派风格后的重要创作方向。

第三节　词章典范:周必大的四六成就

周必大銮坡草诏数载,制词水平尤高,"词章为一时之冠"❷,有"掌制手"之美誉。其四六文成就卓著,创作上以尊体为先,风格温纯雅正,代

---

❶ 李光生《周必大研究》,中国社会科学出版社2015年版,第216页。
❷ 陈鹄撰,孔凡礼点校《西塘集耆旧续闻》卷六,中华书局2006年版,第347页。

表了当朝官方的审美标准。他取法翰林学士先贤，博采众长，承王安石之谨守法度，融苏轼之流利畅达，得陆贽之深切实事，终自成一家，堪称南宋四六文创作的典范。

宋代官方文书皆用四六，洪迈有云："上自朝廷命令诏册，下而缙绅之间笺书祝疏，无所不用。"❶ 周必大历任内外制词臣，四六文是其创作数量最多的文体，《庐陵周益国文忠公集》中有近三分之一的文章为四六文，其中《玉堂类稿》为其任内制词臣时所作，内容涉及王言、制诰、诏令、赦文、表、笺等多种体式。周必大的制诏典章写作才能曾获得高宗、孝宗的赞誉，其《玉堂类稿序》有云："始事光尧皇帝，对馆职策偶合圣意，明谕辅臣，他日当令掌制。及事今皇帝，面谕以'顷在潜邸读卿词科文字，知卿有掌诰才'。"周必大曾任承旨，专门负责朝廷大制诰的拟写，时高文大册，多出其手，其四六堪称孝宗朝的官方审美代表。"润色训诰，发挥丝纶，辞章德业，当代一人"。(《文忠集》附录一)

由于多年翰苑掌制的经历及官方四六文的规范要求，周必大四六文创作以尊体为先，风格温纯雅正，打破了传统四六文因典密而产生的生涩之感，明白畅达、浑融有味。周必大四六文是南宋四六文高水平的代表，也因其翰苑地位从而对乾淳学士的四六文创作乃至当朝四六文的积极发展产生了一定推动作用。

一、以尊体为先的创作手法

翰林学士职掌王言，草拟诏制。王言四六需要准确表达帝王的态度和观点，保持客观的立场，褒贬得当，以"得体"为先。翰林学士倪思有云："王言尤不可以不知体制。"(《辞学指南》卷二) 周必大掌内外制十载有余，其四六以制诏王言为重，"得体"堪称其首要特点。

周必之大四六文注重"得体"与其翰林学士的经历及孝宗喜好有关系。

---

❶ 洪迈《容斋随笔·三笔》卷八，"四六名对"条，上海古籍出版社1998年版，第505页。

孝宗尤其重视制诏"得体"，"上于文字，尤欲得体"。❶周必大得以掌内外制多年，原因之一便是其制诏深得孝宗之意。乾道七年（1171年）南宋遣使使金，周必大拟写的国书，内容得体，不卑不亢，打击了金朝的气焰，周必大也因此名声大振。孝宗褒奖曰："朕未尝谕国书之意，而卿能道朕心中事。"（《文忠集》附录四）

周必大四六文的尊体同样体现在他的制、诏、口宣等均严格遵守四六文创作句式规范，少有不规整者。如《尚书省赐宰执以下喜雪御筵口宣》："隆寒在候，瑞雪应时。眷嗣岁之将临，喜丰年之有望。宜同宴乐，以洽欢娱。"（《玉堂类稿》卷一一）句式相当规范。周必大的表、启等也同样遵守体制，其中一个典型表现是规范使用套语。《齐东野语》有云："今臣僚上表，所称'惟诚惶诚恐'，及'诚欢诚喜''顿首稽首'者……东坡、荆公，多不失此体。近时周益公为相，《谢复封表》云：……臣诚惶诚恐……公答之正如此。"❷可见周必大对套语的规范使用是出于对四六体制的自觉遵照。周必大在翰苑期间作了一些谢表及辞免奏状，皆准确使用套语。如《代中书舍人谢除翰林学士表》："臣某言：凤掖演纶，久俟黜幽之典；鳌坡裁诏，误叨儤直之荣……臣某诚惶诚恐，顿首顿首，谨言。"（《词科旧稿》卷一）首尾皆有谢表中的套语，符合谢表写作规范。

周必大制诰之得体被同朝学士认可，倪思有云"益公号为得体制"（《辞学指南》卷二）。经由数年鳌坡草诏的熏染，"得体"也逐渐内化为周必大自身的四六文创作主张，他曾在序文中赞誉杜牧"制诰得王言之体"（周必大《文忠集》卷五二），从中可见其审美倾向。周必大在奉行尊体的四六创作原则的同时，也以承旨的身份为乾淳学士树立了典范，使尊体成为南宋王言四六的创作规范。

---

❶ 周必大《玉堂杂记》，傅璇琮、施纯德编《翰学三书》卷十二，辽宁教育出版社2003年版，第117页。

❷ 周密撰、黄益元校点《齐东野语》卷十三，上海古籍出版社2012年版，第134-135页。

二、温纯雅正的艺术风格

周必大四六文的典型特色为温纯雅正。孝宗曾称赞其所草诏书"温纯典雅"(《文忠集》附录四),《谥诰》中称之为"温纯典丽"(《文忠集》附录三),《行状》中誉其文"温纯雅正"(《文忠集》附录三)。其四六之温雅的形成得益于其多年掌制诰。《鹤林玉露》中云:"制诰诏令,贵于典重温雅,深厚恻怛,与寻常四六不同。"❶可见内外制四六用典格外注重温雅。周必大亦曾赞王安中:"其诏制表章诗文,大率雅重温润。"(《平园续稿》卷一三)这也体现了他追求温雅的审美趣味。

周必大自幼饱读诗书、博闻强识,多年供职馆阁翰苑,读书、校书、修书等使其博学多识,熟知经史典籍及历朝典故。其四六语言多来自经史,且能融会贯通,既显庄重,亦能浑融,用典精切自然,具体体现在其四六文广引经史,且对偶工整。其诏书曾获孝宗称赞:"谓数句用经语,该括明备,非卿不能为,真大手笔也。"❷《玉堂杂记》载:"其颂太上皇帝云:'以德行仁,本性诚之固有;修文偃武,合经纬之自然。'"文中"以德行仁"句乃是取自于《孟子·公孙丑上》:"以德行仁者王,王不待大。汤以七十里,文王以百里。""修文偃武"句是化用《周书·武成第五》:"乃偃武修文,归马于华山之阳,放牛于桃林之野,示天下弗服。"这两句皆来源于经典,且以经语对经语,对仗工整,古为今用,非常妥帖,足见周必大学识之广与剪裁之妙。

周必大之制、诏、册、国书、表、笺等各类体式四六文均用典精切。拜相、封后、立储所使用的制书为朝廷大事,此类四六更须庄重典雅。如为改元为所作制书《改乾道元年制》,此篇制书所颁布事宜关乎国祚,语言古雅,风格雍容典丽,其中词语更是多出于《尚书》《韩非子》《诗经》《尔雅》《新唐书》等。

---

❶ 罗大经《鹤林玉露》甲编卷四,上海古籍出版社2012年版,第37页。
❷ 周必大《玉堂杂记》,傅璇琮、施纯德编《翰学三书》卷十二,辽宁教育出版社2003年版,第117页。

周必大之四六文亦有温润的特色，尤其是表、笺类不似制、诏类拘谨，更多了一些自然、流利。如《礼部尚书兼翰林学士谢表》："臣窃考自古俊英之才，旋观当今文学之士，或抑淹草茅之下，或陆沉州县之中。瞻城南尺五之天，致身无路；想玉阶方寸之地，通籍几人？况乎出入禁严，周旋侍从，论思献纳，日迩清光，被衣服乘，岁叨徽数。"此文句式丰富，情感充沛，明白畅达。再如《翰林学士知制诰谢表》："佐铨南省，已辱超迁；裁诏北门，更膺宣召。丝纶宠甚，簪笏荣之。臣某中谢。伏念臣名习艺文，实疏学业……窥陈编而盗窃，惧干圣主之诛；奏薄技以精思，愧忝从官之内。敢期宸渥，真践禁扉。"谢表既工整典雅，又不生涩难解，用以陈情，言辞恳切。

三、取法先贤，自成一家

周必大的四六文创作以翰林学士先贤为楷模，体式风格上承袭荆公（王安石）之谨守法度、融汇欧苏之宏肆，内容上得陆贽之深切实事，并在融会贯通之中形成了自己独特的风格，从而成为南宋四六典范。

在四六文的发展进程中，北宋四六以唐为依归，夏竦、王珪等学习燕许（张说、苏颋），西昆派师法樊南，至欧阳修以古文的气势注入骈文，破除骈文之浮艳卑弱，形成了颇具特色的宋四六。"至欧公创为古文，而骈体一变其格。"❶而后苏轼、王安石承接欧阳修，形成了各自的风格。杨囦道《云庄四六余话》云："皇朝四六，荆公谨守法度，东坡雄深浩博，出于准绳之外，由是分为两派。近时汪浮溪（藻）、周益公诸人类荆公。"❷南宋四六分别以苏轼、王安石为典范，周必大基本承袭荆公一派。周必大四六文创作以体制为先，得荆公之严守法度，又能有所突破，将苏轼四六的散文笔法融汇其中，避免了典故过于密集而导致的凑泊生硬的弊病，取得了浑融畅达的风格。周必大教导杨万里之子创作时言："四六特拘对耳，其立意

---

❶ 孙梅著、李金松校点《四六丛话》卷三三，人民文学出版社2010年版，第675页。
❷ 杨囦道《云庄四六余话》，丛书集成初编本，商务印书馆1939年版，第30页。

措词贵浑融有味,与散文同。"❶ 这也体现了他的审美倾向。

四六文一般强调形式,多辞藻富丽,容易造成内容空泛、流于形式的弊病。周必大师法陆贽,讲求文章的实用功效。陆贽"论深切于事情,言不离于道德"❷。周必大初任翰林学士时曾说:"最可慕者,陆贽、欧阳修而已。"(《文忠集》卷一四〇)其中陆贽四六最为周必大所效仿。周必大曾称赞陆贽"具在方策"。通过对陆贽的师法,周必大四六言之有物,力图避免空泛之弊。

周必大四六得体、温雅,成就颇高,获得了同代人及后世的赞誉。韩淲《涧泉日记》云:"先公常谈崔德符诗,又称王荆公四六好,范至能字画、陆务观诗歌、周洪道四六、洪景卢文章。"❸《瀛奎律髓》称:"周益公丞相之四六,杨诚斋秘监之诗,俱名天下。"❹ 彭元瑞《宋四六选序》云:"洎乎渡江之初……平园之制作高幕中。"(《宋四六选序》)今著《两宋文学史》更是给予周必大四六极高的评价:"汪藻、孙觌、三洪、周必大号称南宋前期四六四大家。"❺

词臣为学者之师,学士四六文必然对当朝文风影响重大。苏轼云:"文章之变,与时盛衰。譬如八音,可以观政。而况诰命之出,学者所师。"❻ 作为南宋中兴时期翰林承旨,周必大更是当朝士林效仿的中心。"前辈制词,惟王初寮、汪龙溪、周益公最为可法。"(《辞学指南》卷一)周必大四六文以温雅得体、浑融畅达,对南宋四六文的发展起到了重大影响,也引领南宋四六文走向更加完善与成熟的道路。

---

❶ 罗大经《鹤林玉露》甲编卷二,上海古籍出版社2012年版,第18页。
❷ 苏轼著,孔凡礼点校《苏轼文集》卷三二,中华书局1986年版,第1012页。
❸ 韩淲《涧泉日记》,上海古籍出版社1993年版,第38页。
❹ 方回选评,李庆甲集评校点《瀛奎律髓汇评》,上海古籍出版社2005年版,第309页。
❺ 程千帆、吴新雷《两宋文学史》,《程千帆全集》第13卷,河北教育出版社2000年版,第545-546页。
❻ 苏轼《林希中书舍人》,孔凡礼点校《苏轼文集》卷三十九,中华书局1986年版,第1129页。

第四节　主盟倡文：周必大的文学贡献

周必大以翰林承旨、文坛盟主肩负起为士林树立典范、倡导馆阁翰苑文学观念、提振文风的使命。他借助翰苑这一官方平台对文坛的创作风气进行了一系列的引导。周必大为文强调学养，提出文人重视学问的养成，他意图一改文坛浮躁之风，体现出对文坛的关怀，更倡导刚大之风，意在一改萎靡之气。欧阳修、苏轼是北宋主盟文坛的文学家，都曾任翰林学士。周必大以欧苏为典范，对元祐时期以苏轼为首的翰苑盛况充满怀想。有宋以来，文坛盟主的旗帜在翰林学士中承续相传，周必大身为翰林学士承旨，以先贤为榜样，也成为继承文坛正统、主盟文坛的重要人物。

一、在继承中发扬：追慕欧阳修道德文章

周必大崇尚欧阳修的道德文章，致力于传播欧文，扩大了欧阳修在当朝文坛的影响力。他更在追慕中继承发扬欧公道德文章，成为当朝文坛堪与欧公并举的文坛巨擘。

欧阳修是北宋仁宗时期的翰林学士，任职翰苑多年，开一代文风，为一时文坛领袖，也是周必大最崇尚的翰林学士先贤。周必大在继承欧文并大力推广弘扬中功不可没。周必大与欧阳修同为庐陵人，自幼受到了一定的熏陶。任翰林学士后，周必大更是以欧阳修为楷模。周必大曾云"所慕者惟陆宣公、欧阳文忠公"❶。然陆贽虽才高却不遇时，而欧阳修却恰逢明主，才华得以施展，正是周必大愿仿效的人物。周必大曾言："此臣所以既慕其人又愿学之也。"❷

周必大对欧阳修道德文章的评价极高，曾云："欧阳公道德文章，百世

---

❶ 周必大《文忠集》附录卷四，四库全书本。
❷ 周必大《文忠集》卷一四〇《自叙札子》，四库全书本。

之师表也。"❶ 与此同时，周必大更着重推崇欧阳修在文坛的地位，认为其无愧一代文宗："庐陵郡自欧阳文忠公以文章续韩文公正传，遂为本朝文宗。"❷ 元虞集《庐陵刘桂隐存稿序》称，"若益公之温雅，近出于庐陵"❸。周必大整理并出版了《欧阳文忠公全集》，加速了欧文的传播，为文坛崇欧风尚起到了推动作用。

在对欧阳修的追奉中，周必大继承六一风神"续庐陵神清之碑"❹。倪思云："公生庐陵，继六一公。"❺ 周必大俨然成为当朝文人心中可与北宋文豪欧阳修并立的人物。《平园续稿序》中赞誉："二公（欧阳修、周必大）屹然并著于六七十年之内。"❻

二、翰林承旨的使命：追踵苏轼与元祐怀想

周必大对苏轼推崇备至。北宋元祐年间，苏轼三入翰苑，任翰林学士、学士承旨。苏轼在翰苑期间，周围聚集了以"四学士""六君子"为首的馆阁文人，馆阁翰苑盛极一时。苏轼继承欧阳修的文章事业，成为元祐文坛盟主。一时人才之鼎盛，文坛之繁荣为后世所追想，其个人也成为后世翰林学士的崇高楷模。

周必大对苏轼的追慕与其学士院经历密切相关。追慕苏轼是乾淳时期翰苑的风尚，这一风尚也是来自孝宗对元祐盛世文治的向往。北宋元祐文治的表现之一即为重视文臣，尤其是"优待词臣，异乎他官"❼。学士与皇帝颇为亲近，苏轼在翰苑时曾获赐御书《紫薇花》。淳熙五年（1178年），周必大在宿直召对之时获赐孝宗御书《七德舞》《七德歌》一轴。御书赐学士是孝宗效法哲宗，施行文治的一种表现。此事令周必大感到荣耀堪比苏

---

❶ 周必大《文忠集》卷一五，四库全书本。
❷ 周必大《平园续稿》卷一五，清道光刻本《庐陵周益国文忠公集》。
❸ 虞集《道园学古录》卷三三，第281页，四部丛刊初编本。
❹ 周必大《文忠集》附录卷一《奏议郎新差通判黎州军州事邓从谏》，四库全书本。
❺ 周必大《文忠集》附录卷一《中大夫知建宁军府事倪思》，四库全书本。
❻ 周必大《平园续稿》，清道光刻本《庐陵周益国文忠公集》。
❼ 周必大《庐陵周益国文忠公集》附录卷二，清道光刻本。

轼，其《谢御书札子》云："今臣荣遇，殆且过之。"苏轼在获赐后曾献谢御书绝句一首，周必大也效法，进《进谢御书古诗》："允文元祐词臣轼，劲节名章世无敌。御前曾赐紫薇诗，袖里骊珠光的烁。小臣谬直白玉堂，也纡皇眷摛云章。"周必大将此次获赠御书比拟苏轼在翰苑之荣遇。由于孝宗的这种导向，以及苏轼在宋代文坛的极大影响力，周必大更坚定了以苏轼气节文章为榜样的决心。

宋代文人讲究人品与文品的统一，苏轼之文章的巨大影响力与其个人气节更是相得益彰。周必大赞颂苏轼之文与气："龙章凤姿，挥斥八极。天心月胁，照应万物。孟子之气，庄周之文。"❶ 周必大赞誉苏轼文章："六一先生之后，文章莫如东坡，时人或得一语，终身荣之。"❷ 淳熙五年（1178年）十二月，周必大被任命为礼部尚书，仍然兼翰林学士之职。周必大在辞免奏状中写道："元祐中，独苏轼文章学问称此两职……臣未敢祗受。"❸ 足见苏轼在周必大心中的地位。此外在职权的行使中周必大也以苏轼为范式。乾道八年（1172年）二月，孝宗欲破格提拔张说、王之奇二近信为签书枢密院事，引发了诸多朝臣的不满。几位翰林学士都坚决抗议。周必大此时直学士院，拒不草诏而被罢官。元祐年间，苏轼在做翰林学士时曾拒绝草诏，周必大从苏轼那里找到了范式，其辞免状云："臣虽视居易、轼无能为役，顾职守其可废哉？"❹ 周必大以苏轼之刚正为榜样，表现了对翰林学士节操的坚持。

由于政治家与文学家的双重身份，周必大对孝宗朝文坛昌茂、人才鼎盛充满期许，尤其对以苏轼为首的元祐文坛充满艳羡。其多次感慨，"本朝人物至元祐而盛"；"惟本朝元祐以来人才盛矣"❺。学习元祐成为文坛的一种风尚，实则也是源自政坛的风气。孝宗立朝以来，欲恢复元祐盛况，终有"小元祐"❻之称。元祐文坛，苏轼正是代表人物。乾道九年（1173

---

❶ 周必大《文忠集》卷四五《东坡像李伯时作曾无疑藏之命予赞之》，四库全书本。
❷ 周必大《平园续稿》卷一四，清道光刻本《庐陵周益国文忠公集》。
❸ 周必大《文忠集》卷一百二十四《辞免礼书兼翰苑奏状》，四库全书本。
❹ 王应麟《困学纪闻》，上海古籍出版社2015年版，第453页。
❺ 周必大《平园续稿》卷一四，清道光刻本《庐陵周益国文忠公集》。
❻ 周密《武林旧事》原序，中华书局1991年版。

年），孝宗追封苏轼太师，称颂苏轼为"一代文章之宗"。帝王喜好是素有"天子私人"之称的翰林学士行动的风向标。因此，周必大自然扛起了弘扬苏轼文学的大旗。

周必大对苏轼的推崇，更是由于翰林承旨这一共同身份下的认同。元祐翰苑人才渊薮，实力雄厚，苏轼为翰林学士承旨，既是翰苑的盛事，也是文坛的盛事。元祐元年（1086年），苏轼进入学士院。苏门四学士相继进入馆阁翰苑，由此形成了以苏轼为中心的馆阁文人群体。惠洪《跋三学士帖》有云："秦少游、张文潜、晁无咎，元祐间俱在馆中，与黄鲁直居四学士，而东坡方为翰林，一时文物之盛，自汉唐以来，未有也！"这正是周必大最慕元祐的缘故。身为孝宗朝翰苑承旨，职掌学士院，周必大也希望本朝翰苑能够达到元祐盛况。

周必大对以苏轼为代表的元祐文坛的追想，体现出周必大以政治家与文学家双重身份，对人才鼎盛、文坛昌茂的一种期许，也体现了一代翰林学士承旨对文坛的使命感。

三、政治身份的延伸：以翰林承旨主盟文坛

周必大在翰苑多年，跻身宰辅，以道德文章名世，俨然当朝儒者之宗、士林楷模。倪思云："公于是时，蔚为儒宗。"❶ 赵师择言："惟公学为儒宗，道觉民先；文足经世，德可格天。"❷ 胡元衡云："国朝元老，当代一人；儒者宗师，四海一身。"❸ 邓从谏云："道德四朝之老，文章百世之师。"❹ 周必大以其翰林承旨的政治身份及道德文章确立了在文坛的地位。

周必大在文坛继承韩愈、欧阳修之文统，已成为共识："六一主盟，追

---

❶ 周必大《周文忠公集》附录卷一《中大夫知建宁军府事倪思》，四库全书本。
❷ 曾枣庄、刘琳主编《全宋文》卷六四一二，上海辞书出版社2006年版，第282册。
❸ 周必大《文忠集》附录卷一《奏议郎权发遣吉州军州事胡元衡》，四库全书本。
❹ 周必大《周文忠公集》附录卷一《奏议郎新差通判黎州军州事邓从谏》，四库全书本。

逐孔昭。惟公杰出，实继前轨。"❶ 同代刘崇之亦将周必大赞为文坛继韩愈、欧阳修后的重要人物："斯文命脉，关运兴亡……越二百载，笃生欧阳……复生我公，蓍龟栋梁，经邦术业，命代文章。"❷ 足见周必大在同代人心中的地位。从中也可知，周必大之所以获得如此高的成就，与他跻身两制、独步词场大有关联。周必大主盟文坛一方面取决于其政治身份，另一方面取决于其高超的文章水平，以文章翰墨彰显于世。

周必大被奉为继承韩、欧正统，在乾淳时期主盟文坛的人物，与其翰林学士的身份密不可分。有宋以来，历朝以翰林学士主盟斯文，周必大身为翰林学士承旨，以先贤为榜样，因此有着主盟文坛的自我期待。周必大为王安中所作《初寮先生前后集序》中写道："一代文章必有宗，惟名世者得其传……斯文一传为太宗，翰林王公元之出焉；再传为真宗，杨公大年出焉……然后异才充满中外，其杰出如欧阳文忠公……惟东坡苏公崛起西蜀。"历代文坛盟主一直由翰林学士担任。孝宗朝文坛同样呼吁"文宗"引领文风，主持文坛。

周必大主盟文坛与翰林学士的职能以及与诸多文人密切交往大有关联。南宋惯例由翰林学士来主持贡举和馆职考试。周必大在翰苑供职十数年，多次召试馆职，与诸多文人形成了密切的联系。与此同时，周必大交往广泛，与当朝重要的文人陆游、范成大、杨万里、尤袤、三洪、胡铨、吕祖谦等均交往密切，其中与范成大、陆游、胡铨可谓是挚友。此外，周必大在朝也举荐诸多人才，在翰林学士任时，曾举荐陆游、尤袤、吕祖谦等。且周必大官至宰执，凭借政坛的地位，也扩大了其在文坛的影响力和号召力。

四、审美风尚的倡导："学"与"气"的张扬

翰林学士乃士林典范，肩负规范文坛创作、引导文风的使命。翰苑是践行和传达官方文学思想的重要平台和媒介，周必大身为翰林承旨，更是

---

❶ 周必大《文忠集》附录一《乡贡进士许凌、彭叔夏、葛玢、杨洽、刘元之》，四库全书本。

❷ 周必大《文忠集》附录一《朝议大夫权成都府路提点刑狱刘崇之》，四库全书本。

在对当朝文坛的创作规范及风气的倡导中发挥了重要作用。在多年馆阁翰苑任职的影响下，周必大为文强调学养，引导文人多研读典籍，戒浮躁之气；倡导为文以"刚大之气"，提振文风，一扫文坛浮靡之风；以馆阁翰苑之学引导文坛风尚。周必大的文学观念可见于各类文集序中，且经由翰苑官方渠道及其个人在文坛的影响力潜移默化地推及当朝文坛。

周必大强调"学"与"气"在文章创作中的重要性。所谓"学"是指一个人学问的养成。周必大学识广博，在馆阁翰苑浸润多年，熟知历朝典实，孝宗曾称其"学术精深，记问该博"❶，胡元衡亦称其"博浩乎无涯，贯穿六经，错综百家"❷。强调学养既是周必大自身的为文宗旨，也是对当朝文人的一种导向，意在一改文坛浮躁之风。所谓"气"是指气质或精神状态。周必大所弘扬的"气"，是贯穿文章的"刚大之气"，这既是他个人的审美倾向，更是来自官方的呼吁，意在扫除南渡以来文坛的萎靡之气，重振文坛风气。

周必大曾多次在其序文中提及"学"与"气"二者在文章创作中的关键作用。其《王元渤洋右史文集序》中云："文章以学为车，以气为驭。车不攻，积中固败矣；气不盛，吾何以行之哉?"（《省斋文稿》卷二〇）周必大认为学养是行文的基础，文章以刚健之气贯穿才可以形成优秀的文章。他在《王致君司业文集序》中强调："志气不强，不足以言文；学问不博，不足以言文。"（《平园续稿》卷一二）其《曾南夫提举文集序》中云："学不富则辞不典，气不充则辞不壮。"（《平园续稿》卷一二）其将学与气视作为文的关键。

周必大反复强调学养在文章写作中的基础地位，意在鼓励文人研读各类典籍，提高文学素养。周必大在《跋杨廷秀石人峰长篇》中云："今时士子见诚斋大篇短章，七步而成，一字不改……抑未知公由志学至从心，上归虞载之歌，刻意风雅颂之什，下逮左氏庄骚秦汉魏晋南北朝隋唐以及本朝凡名人杰作，无不推求其词源，择用其句法，五六十年之间，岁锻月炼，朝思夕维，然后大彻大悟，笔端有口，句中有眼，夫岂一日之功哉?"（《平

---

❶ 周必大《文忠集》附录卷四《神道碑》，四库全书本。
❷ 周必大《文忠集》附录卷一《奏议郎权发遣吉州军州事胡元衡》，四库全书本。

园续稿》卷九）时人以为杨万里乃天才，殊不知当归功于他博览古今之缘故。周必大为文强调学养，与自身经历大有关联，他自幼读书颇丰，入馆阁翰苑，为词臣十数年，在厚重的文化氛围中深受影响，对于各类典籍阅读甚广，且在翰苑文章创作中强调典实。出于这种审美倾向，周必大也呼吁当朝文士皆能够潜心读书，避免为文浅浮。

周必大为文强调"气"的重要性。魏晋时期曹丕曾提出"文以气为主"（《典论·论文》）的观点。唐代韩愈言"气盛则言之短长与声之高下者皆宜"❶，此处的气是指精神和气势，与周必大所言之气意同。周必大在为文中推崇的是"刚大之气"和"雄健之气"。这既是周必大的审美倾向，也契合官方的审美旨趣。周必大作为馆阁翰苑文臣，也通过修书编纂这一官方渠道，对此进行倡导。《宋文鉴》乃孝宗授命馆阁翰苑编修出版的诗文集。淳熙六年（1179年），周必大为《宋文鉴》作序，"引以敷达圣意"（《文忠集》卷一〇四《缴进文鉴序札子》），借此来表达官方的文学观点，以达到规范文坛之效。序文强调了"气"之与文章盛衰的重要性："臣闻文之盛衰主乎气……刚大之不充，而委靡之习胜。"（《文忠集》卷一〇四《皇朝文鉴序》）南渡以来，文坛虽言中兴，实则充斥着萎靡之气。对"刚大之气"的倡导既是出于政治局势的需要也是出于孝宗的导向。孝宗心系恢复，试图使主旨精神再造，改变南渡以来的羸弱局面，以达到家国的中兴。文坛的风气关乎士气的提振，所以"雄健之气""刚大之美"契合了政治局势的需要。孝宗给予苏轼"气高天下"的赞誉，且《苏轼赠太师制》中亦云："苏轼，养其气以刚大。"周必大曾赞王安中"挟之以刚大之气"（《省斋文稿》卷二〇），同样希望当朝文坛能够重振"刚健之气"。翰林学士须以皇帝的审美旨趣为导向，故而对"刚大之气"的大力弘扬也是当时翰苑的共识。翰苑为士林所效仿的中心，学士的文学观念也往往能够推及整个文坛。周必大对为文强调学养以及对刚大之气的倡导也借助翰苑这一平台扩展到整个文坛。

总之，周必大以其制词成就独步词场，更以其政治地位及道德文章主

---

❶ 韩愈《答李翊书》，马其昶校注、马茂元整理《韩昌黎文集校注》，上海古籍出版社2014年版，第191页。

盟当朝文坛。其文学成就虽不及前代翰林学士欧阳修、苏轼等全面、显赫，但在孝宗朝特定的历史背景下也堪称文坛大家。四库馆臣言："必大以文章受知孝宗，其制命温雅，文体昌博，为南渡后台阁之冠。"（《影印文渊阁四库全书》）。周必大追踵欧苏，追想元祐，体现出身为学士承旨对人才渊薮、文坛昌盛的希冀。他也以其道德文章为士林所追崇，成为一时间文坛所追奉之盟主，甚至被赞誉为南宋文坛继承韩愈、欧阳修文学正统的人物。周必大更肩负起为士林典范，倡导馆阁翰苑文学观念，提振文风的使命。他为文强调学养，倡导文人重视学问养成，扫除文坛浮躁之气，倡导刚大之风，一改萎靡之气，体现出翰林学士关怀文坛的自觉。对周必大孝宗朝文学的发展起到了重要作用。

第五章

翰林学士之翰苑叙事与赋咏唱和

翰林学士创作于翰苑期间的诗歌主要包括宿直诗、应制诗和唱和诗三个典型类别。其一，宿直诗，是指创作于宿直中或书写宿直的诗，呈现了宿直制度下翰林学士的公共空间和个人空间的双重维度，书写了学士在政治空间中的权力行使及任职心态，即作为"皇帝私人"的重荷与荣耀；记述了学士在私人领域下的个人化行为及玉堂夜直清冷寂寥的情感体悟；寄寓了学士对跻身宰辅的仕宦追求以及人生浮沉的深沉思索。其二，应制诗，翰林学士的本职是为朝廷润色鸿业，奉和应制诗也是学士之职的要求。这一类诗包括奉旨作诗、与皇帝酬唱以及根据特定制度主动进呈几种类别，内容上多以歌功颂德、赞颂升平为主。淳熙以来，局势稳定，孝宗崇文重儒、礼贤下士，与词臣们诗词互娱的文化活动增多，学士应制之作也逐渐增多。翰林应制诗反映了学士之宠眷优渥，营造了良好的崇文气氛，在学士与皇帝的亲密互动中也彰显中兴时期的升平气象。其三，唱和诗，翰林学士与馆阁学士的诗词酬唱被称为翰苑美谈。孝宗朝翰林学士之间或与秘书省同僚之间亦不乏赏景品鉴、登临游览等交往活动，交游之乐、翰苑生活的雅趣皆呈现于诗词酬唱中；诗词亦是学士与同僚之间交往的重要方式，展现了文人士大夫的文化生活风貌；此外，唱和诗亦是学士之间联络情谊的重要载体，同僚之谊、斗才之趣等皆可见诸其中。通过对三类诗歌的分析我们可以大致了解翰林学士的履职情况与翰苑生活的真实风貌。

第一节　宿直诗：权力空间与私人领域的书写

宿直，亦可称为夜直，意为朝臣夜间宿于供职机构，从而能够及时处理政务或者以备皇帝召对顾问。两制词臣负责朝廷文书的起草，皆有宿直的惯例。翰林学士奉旨拟写制诏，更有顾问献纳的职责，为方便皇帝宣召及完成草诏，故而"分日递直，夜入宿"❶。在宿直的时间方面，据北宋旧制，草诏的任务在双日下达，学士受命后当夜在翰苑中起草，次日离开，即"每双日夜直，只日下直"❷。南宋沿袭北宋，也是双日宿直，此外在宿直的学士员额方面进行了调整。隆兴元年（1163年），宿直的人数首次被孝宗明确为每晚二人，"学士院及经筵官日轮二员直宿"❸。乾道八年（1172年），宿直人数又改为每晚一人。因如若两人同值，召对之时，则会议论难定，较为麻烦，于是"只命一员递宿"❹，且诏令"以后遵依"，南宋自此皆沿用此制。

宿直虽为翰林的一项工作制度，但在方便翰林学士书写行政文书之余，客观上促进了其文学创作，尤其是诗歌创作。玉堂封闭、独处的环境为学士独立思考和从容写作提供绝佳的外部条件；宿直的体验成为他们诗歌写

---

❶ 洪遵《翰苑遗事》，傅璇琮、施纯德编《翰学三书》卷十一，辽宁教育出版社2003年版，第104页。

❷ 苏易简《续翰林志》上，傅璇琮、施纯德编《翰学三书》卷八，辽宁教育出版社2003年版，第60页。

❸ 徐松辑《宋会要辑稿》，中华书局1957年版，第2525页。

❹ 周必大《玉堂杂记》，傅璇琮、施纯德编《翰学三书》卷十二，辽宁教育出版社2003年版，第131页。

作的"内驱力";草拟制诰、召对进言、奉和应制等职事也为作诗提供了话题和缘由。因而写于宿直期间或书写宿直之事的诗在翰林学士的文学创作中占据一定比重,此类诗可称为宿直诗。

宿直时翰林学士权力的行使以及与皇权的交互,履职之余学士院中个人化的行为及心态,都是宿直诗的主要题材。因此宿直诗堪称翰林学士权力空间和私人领域的双重书写。人的空间属性包括物质和精神两个维度,物质性便是客观占据的物理空间,精神性则是指思想意识,是具有隐蔽性、外界难以入侵的封闭空间。❶ 宿直诗中对权力空间的展现也包括两个层面。一是物理空间,权力的行使要处于一定的物理空间中,也就是政治空间。对于翰林学士而言,其政治空间,主要是学士院以及君臣议事的内殿等。二是抽象空间。宿直诗中抽象的权力空间,则比较广义,翰林学士职权行使中所获得的心理反应,职务本身带来的情感体悟,均属于这一范畴。宿直诗对翰林学士私人领域的呈现也分为具体和抽象。学士在宿直时有一定独立的私人空间。物理空间维度是指在学士院中,草诏工作之余从事个人化的活动。抽象空间维度上是指个人精神层面的活动。宿直诗记述了学士履职和休憩两种生活状态,展现了权力空间及私人空间中的不同心境:作为"皇帝私人"荣耀之感,夜值清冷寥寂的心境,对仕宦乃至人生的深沉思索等。孝宗朝周必大、范成大、史浩、洪迈、程大昌等任职翰苑时都作了一些典型的宿直诗,诗意地呈现了翰林学士的客观生存状态与主观精神状态。

一、职能与荣耀:翰林学士的权力空间

对翰林学士而言,宿直的首要职能是随时待命草拟制诰、召对咨政、奉和应制等。在政治职能的行使中,不可避免地涉及个人权力和君权之间的交互。作于宿直期间的诗歌,或出于学士的创作的主观自觉或由于客观命令,都会书写职能的行使过程中伴随的情感体悟。宿直诗在一定程度上呈现了学士在禁中任职的权力空间。宿直诗对权力空间的书写可分为两个

---

❶ 周安平《私人空间与公共空间漫谈》,《浙江社会科学》2017年版,第5期,第148-150页。

维度，一是物理层面，叙述职务行使的政治空间以及与皇帝相对的公共空间；二是抽象层面，学士权力与君权交互下的心态以及对翰林学士身份的认同和自豪。

其一，草麻是宿直诗的主要题材。繁重的草诏任务下，学士感受到的强大压力或笔墨酣畅下的自足之感均在诗中有所体现。翰林学士宿直的首要任务是草诏。因学士制诏"皆用白麻"❶，故而草诏亦称"草麻"。翰林学士以文章为业，制诏写作才能可谓他们的立身之本。孝宗朝翰林学士中周必大、洪氏三兄弟、尤袤、崔敦诗等人皆为草诏高手。学士们草诏的速度与个人感受是存在差异的。正如洪迈在《容斋三笔》中对草诏迟缓差异的描述，敏捷者可以做到一夕十数篇，挥翰如飞，谈笑自若，但迟钝者，一晚上翻阅参考书籍，尚不能写出一句。洪迈《宣锁》是较有代表性的作品："禁门深锁寂无哗，浓墨淋漓两相麻。唱彻五更天未晓，一池月浸紫薇花。"❷ 此诗描述了洪迈兼直学士院期间锁院草诏的畅快经历。起草如封后、立储、拜除宰相等重要诏书之时，为保证文书的机密性，学士院需要由内侍关闭院门，是为锁院制度。

学士院的草诏工作十分繁重，一夕草数十制的情况不在少数。洪迈在宿直期间，"自早至晡，凡视二十余草"❸。且乾道以来，翰林学士宿直改为一人独直，草诏任务更是难以应对。有时内制工作由翰林学士一人难以承担，甚至需要外制中书舍人来协助。周必大供职翰苑八载，曾言独员之日居多，一些诏书拟写工作"乃委中书舍人，如此再三，遂为定例"。周必大亦有诗云："两制空烦舍人样。"❹ 程大昌也曾表达宿直草诏的辛苦："銮坡寓宿非其地，莲烛操文自有真。"❺ 崔敦诗文书写作才能也为孝宗所赞赏，然而其深感草制艰难，宿直之苦，竟至焚毁自己的书稿，令其子不得为此

---

❶ 欧阳修、宋祁《新唐书》卷四十六《百官一》，中华书局1975年版，第1183-1184页。
❷ 洪适、洪遵、洪迈撰，凌郁之辑校《鄱阳三洪集》下册，江西人民出版社2011年版，第818页。
❸ 周密撰、张茂鹏点校《齐东野语》卷十，中华书局1983年版，第184页。
❹ 周必大《省斋文稿》卷六，《庐陵周益国文忠公集》，清道光刻本。
❺ 周必大《玉堂杂记》，傅璇琮、施纯德编《翰学三书》卷十二，辽宁教育出版社2003年版，第124页。

职："内廷文字颇多，崔非所长，苦思遂成瘵疾。临卒，有子尚幼，手书一纸戒其子无学属文，悉取其所为稿焚之。"❶ 足见草诏的工作对他来说是何等辛苦。

其二，召对咨政，表达政见，获得皇帝的赏赐，是翰林学士之职的特权与荣耀的集中体现，更是诗中乐于展现的内容。学士宿直以备宣引咨访，是翰林学士政治权力的重要体现，召对之时"往往赐酒留款"❷，堪称一项殊荣，为翰林学士所乐道。乾道七年（1171年），周必大任职翰苑，夜直召对，得到了孝宗的褒奖，并获得赐茶、酒的待遇。据《宋史》卷三九一《周必大传》："诏同王之奇、陈良翰对选德殿……上嘉之。"《四朝见闻录》对此事亦有记载，其中提到了"金卮赐酒""玉盘贮枣"的待遇。周必大作《入直》诗云："绿槐夹道集昏鸦，敕使催宣坐赐茶。归到玉堂清不寐，月钩初上紫薇花。"❸ 足见召对赐茶之事令周必大颇为激动。范成大诗《寓直玉堂拜赐御酒》同样记叙玉堂宿直召对获赐酒之事："惭愧君恩来甲夜，殿头宣劝紫金杯。"❹ 此诗与周诗较为相近，堪称学士夜直召对、荣获君恩的实录，体现了翰林学士宿直召对所获的荣耀。皇帝独召可谓臣子得蒙圣恩的重要体现，翰林学士居清要之位，宿直常蒙皇帝召见，身在銮坡的自豪之感也多源于此。

二、清冷孤寂与仕宦思索：銮坡寓宿的私人领域

"顾瞻玉堂，如在天上"❺，翰林学士职清地近，为其他文士所向往。宋太宗曾感慨学士院是"清华之地"，赞叹"词臣乃神仙之职"❻。士林故此

---

❶ 陈鹄撰、郑世刚校点《西塘集耆旧续闻》卷五，上海古籍出版社2012年版，第341页。

❷ 周必大《玉堂杂记》，傅璇琮、施纯德编《翰学三书》卷十二，辽宁教育出版社2003年版，第131页。

❸ 刘克庄、谢枋得编选，杨万里等评注《千家诗》，上海古籍出版社2012年版，第76页。

❹ 范成大著、富寿荪校《范石湖集》，上海古籍出版社2006年版，第136页。

❺ 欧阳修著、李之亮笺注《欧阳修集编年笺注》第3册，巴蜀书社2007年版，第194页。

❻ 苏易简《续翰林志》，傅璇琮、施纯德编《翰学三书》卷十二，辽宁教育出版社2003年版，第61页。

对学士的翰苑生活乃至宿直充满了艳羡和想象。宿直诗这一文学载体,从某种程度上揭开了学士翰苑生活的神秘面纱,使人可一窥翰林学士这一文人群体的真实生活风貌及精神世界。

人与人之间的空间关系包括相互排斥和重叠两种情况,其中相互重叠的为公共空间,相互排斥的为私人空间,即为私人领域。人的空间属性包括物质层面和精神层面,故对宿直诗中私人领域的考察也可从物理空间和精神空间两个维度进行。宿直中,学士院充当了物理层面的私人领域。严格来说,学士院并不能成为私人领域,它是行使权力的严肃性的政治空间,但由于学士院的封闭性、免干扰性和学士履职之余的相对自由性,为学士开展个人化的活动提供了条件,所以在某种程度上可以看作学士的私人空间。精神领域是不可约束的自由存在,所以学士的精神世界构成了宿直诗中最具个性化的表达。宿直诗中对私人领域的展现与深层剖析主要体现在:玉堂夜直个人活动的书写;孤寂清冷心境的展现;仕宦思索、人生体悟的寄寓。

宿直诗记述了翰林学士履职之余在翰苑之中的个人活动。无须召对、草诏时,翰林学士们往往以读诗、怀友、写诗来消磨时光,正如苏轼宿直时曾"暂借好诗消永夜"。❶ 周必大曾夜直赏读文章,并作诗《夜直玉堂读王仲行正字文编用入馆新诗韵》。范成大也曾在宿直之时题诗、怀友,"题诗弄笔北窗下,将此工夫报答凉"❷。乾道五年(1169年)中秋,范成大宿直时恰闻友人在张园赏月,而自己却无缘共赏,以诗寄托:"夜长来伴玉堂宿,天近似闻丹桂香……遥知胜绝西园会,也忆车公对举觞。"❸

张孝祥词《清平系·殿庐有作》和其诗《殿庐偶成》表达了相似的内容。《清平乐·殿庐有作》词云:"光尘扑扑。宫柳低迷绿。斗鸭阑干春诘曲。帘额微风绣蹙。碧云青翼无凭。困来小倚银屏。楚梦未禁春晚,黄鹂犹自声声。"《殿庐偶成》诗云:"帘幕垂垂燕子风,宫花春尽翠荫浓。日长禁直文书静,宝熨时时一拆封。"词中与诗中的环境描写均展现出和煦美好

---

❶ 苏轼著,张志烈、马德富、周裕锴校注《苏轼诗集校注》卷三〇,《苏轼全集校注》第5册,河北人民出版社2010年版,第3389页。
❷ 范成大撰、富寿荪校《范石湖集》,上海古籍出版社2006年版,第134页。
❸ 范成大撰、富寿荪校《范石湖集》,上海古籍出版社2006年版,第134页。

的场景，词中对人生的思索与情感的抒发和诗歌一样，只是在词的创作习惯下，这首词显得更加突出闲情。

翰林学士乃清要之职，但在学士发挥行政职能、感受职务带来的荣耀之余，更多的却是对玉堂深严、宿直清冷之类情感体悟的抒写。欧阳修所谓"无嫌学舍冷，文字比清冰"（《奉答圣俞宿直见寄之作》）正是最直白的写照。玉堂清冷几乎成为玉堂宿直诗中共通的情感体悟。苏轼曾在诗中大呼"玉堂清冷不成眠，伴直难呼孟浩然"❶。周必大诗中也多次出现"冷清"一词，如"玉堂清冷夜初长""魂清不得眠""玉堂清冷寐难频"。同样，范成大在《玉堂寓直晓起书事记直舍老兵语》中亦云："魂清不得眠，室虚自生光。"❷宫墙巍峨，玉堂深严，玉阶萧索，无不增添了宿直的清冷之感。范成大《玉堂寓直》云：

> 摛文窗户九霄中，岸帻烧香愧老农。上直马归催下钥，传更人唱促鸣钟。金城巀嶭云千雉，碧瓦参差月万重。骨冷魂清都不梦，玉阶萧瑟听秋蛩。❸

首联言学士院高上九霄，颈联"巀嶭""千雉"二词更描绘了皇城高耸巍峨，凸显了学士院严肃的气氛。在这种"玉阶萧瑟"的环境中，难免心生敬畏，以至于"骨冷魂清"。

宿直孤寂也来自时间漫长。翰林学士常规的值夜时间为一天，遇到僝值则一连数日。僝值是指因人员不足或皇帝偏爱，一人连日宿直。周必大深得孝宗重视，就曾"銮坡裁诏，误叨僝直之荣"❹，正如其诗云"翰林今夜仍连直"❺。连续值夜，难免产生清冷孤寂之感。这种体悟更是由于学士

---

❶ 苏轼《夜直玉堂携李之仪端叔诗百余首读至夜半书其后》，张志烈、马德富、周裕锴校注《苏轼全集校注》第5册，河北人民出版社2010年版，第3389页。

❷ 范成大撰、富寿荪校《范石湖集》，上海古籍出版社2006年版，第135页。

❸ 范成大撰、富寿荪校《范石湖集》，上海古籍出版社2006年版，第134页。

❹ 周必大《代中书舍人谢除翰林学士表》，《词科旧稿》卷一，《庐陵周益国文忠公集》，清道光刻本。

❺ 周必大《从驾过德寿宫马上得程泰之次庚寅玉堂旧韵有银章金带之戏走笔为谢》，《省斋文稿》卷六，清道光刻本《庐陵周益国文忠公集》。

院之中人稀无伴。南宋宿直人员一向较少，孝宗时期，乾道八年（1172年）前为两员，之后改为一员，遂成定制。另外，学士院地处禁中，可谓是玉堂深严，且设置北门，内臣非宣召不得擅入，所以宿直期间难有其他官员来访。唐白居易《春夜宿直》中云"禁中无宿客，谁伴紫微郎"❶，表现了孤单。苏轼在次韵刘敛的诗中写道："玉堂孤坐不胜清，长羡枚邹接长卿"。❷汉代司马相如与邹阳、枚乘以文交游，颇为一时佳话，苏轼以此来借故寓今，寄语同在朝为词臣、交谊深厚的故人，更凸显了此刻孤坐寂寞之感。周必大诗云"清胜堂前花万重，玉堂署里两芳丛。应怜寓直清无侣，聊伴衰翁宿禁中"（《省斋文稿》卷六），足见其心境。

宿直诗中同样寄寓了翰林学士对人生境遇的思索和仕宦浮沉的慨叹。乾道六年（1170年）周必大结束奉祠，还朝后再次兼权直院。其诗云："橄道传呼钟鼓密，梦魂那得到君傍"❸。此诗作于他奉祠八年再次回归朝堂时，可以看出其内心的激动与不安。然而周必大作于淳熙六年（1179年）的《内直以金橘送七兄》，虽也是夜直怀友的主题，但所承载的情感却大不相同。其诗云："昼卧玉堂殿，眼看金弹丸。禹包经岁月，郑驿助杯盘。黄带霜前绿，甘移醉后酸。"❹周必大再次回到学士院，且成为了翰长，此时的心境已不再如之前的忐忑，而是多了一些经历人生沉浮之后的平淡。

任职翰苑是学士人生中颇为精彩的经历，往往给学士们留下深刻印象，宿直更是翰苑生活中极具代表性的经历，故而成为学士的重要记忆。因经筵官、侍读官等也有宿直要求，翰林学士离开翰苑后也有再度宿直的可能，在相似的场景中，难免追忆往昔，感慨世事变迁。史浩曾在绍兴年间在翰苑供职，淳熙四年（1177年）以经筵官的身份再宿于玉堂，感怀曾经做翰林学士的经历，有诗《丁酉八月十三日夜以经筵官番宿翰苑予十五年前曾为学士感赋》三首。其一云："玉堂夜直看蝇头，烛尽双莲兴未休。"❺他回

---

❶ 白居易撰、顾学颉校点《白居易集》，中华书局1979年版，第421页。
❷ 苏轼《次韵刘贡父叔侄扈驾》，《苏轼诗集校注》卷二九、张志烈、马德富、周裕锴校注《苏轼全集校注》第5册，河北人民出版社2010年版，第3230页。
❸ 周必大《夜直怀永和兄弟》，《省斋文稿》卷五，清道光刻本《庐陵周益国文忠公集》。
❹ 周必大《省斋文稿》卷七，清道光刻本《庐陵周益国文忠公集》。
❺ 史浩撰、俞信芳点校《史浩集》上册，浙江古籍出版社2016年版，第107页。

忆当年夜直阅读文书，莲烛已燃尽仍然兴致勃勃。其二云："忆昔初为鳌禁游，曲拳草制拜公侯。"❶ 作者追忆初入学士院时的壮志，而今却只剩下银丝满头。其三云"白玉一轮尤皎洁"❷，则是写今夜空中皎洁之月，呼应十五年前之月色。三首诗忆起十五年前宿直学士院时读书、草制的充实生活与当日之壮志与抱负，感慨良多。

宿直的环境给了翰林学士以静心体悟生活、深刻思索人生的客观条件，宿直诗更是成为书写人生的独特载体。相较于翰林学士的应制诗、唱和诗，宿直诗更能反映学士真实的生活状态，揭示学士们更加深层的精神世界。

三、文化内蕴的载体：宿直诗中的典型意象

学士院作为宿直场所，是宿直诗中最为常见的地理坐标。学士院有许多别名，被翰林学士艺术化为宿直诗中的地理意象，赋予了学士院多重文化内蕴。学士院中的风物人文，经由学士的描写也成为具有特定意蕴的意象。这些意象成为指代元素，承载了学士宿直的清华与荣耀，也成为宿直诗文化内涵的凝练与外化。

学士院在南宋的全称为"翰林学士院"。周必大《玉堂杂记》中云："翰苑印以'翰林学士院印'六字为文。"作为宿直创作所依托的基本环境，学士院是诗中反复出现的地点名词。然而，宿直诗中鲜见"学士院"这一直白的名称，甚至"翰苑"这一最常用别称也所见不多，孝宗朝学士宿直诗中仅见史浩之《丁酉八月十三日夜以经筵官番宿翰苑予十五年前曾为学士》以此为题，其他作品中更多使用其他富有文学、文化含义的别名。

"玉堂"原是翰苑的正厅名，后成为学士院的一个重要别名。"玉堂"本义为玉饰的殿堂，取自道家，在士人眼中翰林学士"皆谓凌玉清，溯紫霄，岂止于登瀛洲哉，亦曰登玉堂焉"❸。以此为学士院之名，象征着学士院的清华。"玉堂"之名，唐即有之，直至太宗赐名才使之有了权威认定。

---

❶ 史浩撰、俞信芳点校《史浩集》上册，浙江古籍出版社2016年版，第107页。
❷ 史浩撰、俞信芳点校《史浩集》上册，浙江古籍出版社2016年版，第107页。
❸ 洪遵《翰苑遗事》，傅璇琮、施纯德编《翰学三书》卷十一，辽宁教育出版社2003年版，第109页。

洪遵《翰苑遗事》交代了"玉堂"之名的来由：太宗"以红罗飞白'玉堂之署'四字"赐学士院。高宗绍兴三十年（1160年），"上以'玉堂'二字亲洒宸翰赐翰苑"，更加深了"玉堂"之名在词臣心中的分量。学士喜在诗中用此名。如范成大在诗题中常用"玉堂"，如《玉堂寓直》《玉堂寓直晓起书事记直舍老兵语》《八月二十二日寓直玉堂雨后顿凉》。又如周必大诗题《走笔次李仁甫夜直观月韵二首》《夜直玉堂读王仲行正字文编用入馆新诗韵》《玉堂寓直》，诗句"玉堂清冷夜初长"（《夜直怀永和兄弟》）、"玉堂清冷寐难频"（《走笔次李仁甫夜直观月韵二首》）、"归到玉堂清不寐"（《入直召对选德殿赐茶而退》）等，都有"玉堂"二字。

"摛文堂"亦是翰林学士院的别称。"摛文"意为铺陈文采，刘勰《文心雕龙·诠赋》云"铺采摛文，体物写志也"❶。宋徽宗政和五年（1115年），"御书'摛文堂'榜赐学士院"❷，遂成定称。翰林学士曾在宿直诗中以"摛文"指学士院，如范成大诗云"摛文窗户九霄中"❸。学士院还有其他别名。如，俗称翰林学士院为"銮坡"，"盖唐德宗时尝移学士院于金銮坡上，故亦称'銮坡'"❹，程大昌诗云"銮坡寓宿非其地"❺。另有直接以"禁"代称学士院，如"鳌禁""禁中""禁门"。史浩"忆昔初为鳌禁游"，洪迈"禁门深锁寂无哗"等诗句中便是采用此称。

宿直诗中这些学士院的别名，是学士院诗意化的地理意象，体现了这一地理空间的多重蕴涵。翰林、摛文，象征着学士院乃掌握文词之地；銮坡、鳌禁，暗示了学士院深严的地理位置；玉堂，则蕴含着学士院的清华。这些颇有意蕴的指称，使词臣在这一政治空间中获得了特有的清要感和价值感。这些诗意的名词，赋予学士院更多的特定含义，成为宿直诗中的重要意象。

---

❶ 刘勰撰、黄霖编著《文心雕龙汇评》，上海古籍出版社2005年版，第35页。
❷ 徐松辑《宋会要辑稿》卷一千七百五十三，中华书局1957年版，第2274页。
❸ 范成大《玉堂寓直》，范成大撰，富寿荪校《范石湖集》，上海古籍出版社2006年版，第134页。
❹ 叶梦得撰、宇文绍奕考异、侯忠义点校《石林燕语》卷五，中华书局1984年版，第69、71页。
❺ 周必大《玉堂杂记》，傅璇琮、施纯德编《翰学三书》卷十二，辽宁教育出版社2003年版，第124页。

"以我观物，物皆着我之色"，自然之物在宿直诗中也被赋予特定内涵，在学士的笔下成为特定的自然意象。咏月是诗歌中的常见选题，宿直诗中的月融入了学士特有的心境，或用以渲染翰苑静谧的夜色之美，或用以营造清冷寂寥的氛围。如洪迈之"一池月浸紫薇花"描绘了唯美的景致，营造了恬淡的氛围，更是学士惬意心境的艺术写照。周必大《入直召对选德殿赐茶而退》一诗同样借"月照紫薇花"的景致表达适意的心情。然而范成大《玉堂寓直》一诗中月色则有添萧索之意："金城巉嶪云千雉，碧瓦参差月万重。骨冷魂清都不梦，玉阶萧瑟听秋蛩。"❶ 月照于参差碧瓦，月、瓦都是冷色调，人于其中感"骨冷魂清"。史浩所云"青琐珑璁月影寒"，其意类似。

　　学士院内植有多种花木，其中紫薇花由于其名称与紫微省（中书省）有二字音同，也成为诗中颇富意味的意象。周必大诗云"月钩初上紫薇花"，其中的紫薇花已非单指一种花卉，也是暗指紫微省。唐代"紫微令"即为中书令，白居易曾为中书舍人，他在《紫薇花》一诗中云："紫薇花对紫微郎"，诗中紫微郎正是中书舍人的别称。因翰林学士与中书舍人并称为两制，同是朝廷的秘书之职，故而此意象有着相似的指称。周必大用"紫薇花"典一语双关，颇为巧妙。洪迈在诗中云"月浸紫薇花"，实际上学士院是否真的植有此花已不重要，紫薇花这一自然之物，已经具有了特定的文化内蕴，成为宿直诗中环境描写的一个典型范式。

　　"金莲烛"为宿直诗中颇具特色的意象。金莲烛本是御用之物，御赐学士，以示恩宠，翰林学士多以此为荣耀，故常在诗中吟咏。御赐金莲烛始于唐代，宣宗时期对词臣十分优待，对翰林学士尤甚。学士令狐陶召对时，夜晚离开，皇帝赐其御用的金莲花柄的烛火回学士院。据《唐摭言》卷一五载"宣赐金莲花送归院。院使已下，谓是驾来，皆鞠躬阶下。俄传吟曰：'学士归院！'莫不惊异。"（《唐摭言》卷一五）学士笔下吟咏的"莲烛"有着两个层面的含义，一是晚间起草，烛火伴随，莲烛成为学士草诏中时间的象征。如程大昌诗中所云"莲烛操文自有真"，史浩《和夜直》之"金莲双烛渐烧残"。金莲烛还承载着学士的荣耀，如，史浩任翰林学士时曾荣

---

❶ 范成大撰、富寿荪校《范石湖集》，上海古籍出版社2006年版，第134页。

幸地被"抵暮送以金莲烛",他深感皇恩,在当晚的宿直诗中云:"金莲引双烛,再拜离阶阰。"十五年后,他以经筵官再宿学士院时仍作诗追忆"烛尽双莲兴未休",足见金莲烛蕴含了史浩对宿直的重要回忆。"金莲烛"这一意象,不仅是时间的象征,更是翰林学士宿直生活中的荣誉象征,所以在诗中被反复使用,成为宿直诗中的一个典型意象。

"宫漏"也是翰林宿直诗中较为常见的一个意象。夜直时间漫长,学士们又多独处,对时间的流动体会更为深切,因此漏壶这种可形象展现时光流逝的物什常出现在笔下。漏壶是古时的一种计时器,"宫漏"乃是宫中的计时器,所以这一意象除了其本身的时间感之外更着上了一层权力色彩。唐白居易任中书舍人宿直时有"钟鼓楼中刻漏长"之句,任翰林学士时诗云:"五声宫漏初鸣后,一点窗灯欲灭时。"张孝祥《同胡邦衡夜直》中"宫漏穿花夜色鲜"❶,则是将宫漏作为景色进行刻画。

宿直诗虽只是翰林学士文学作品中的一个部分,但却颇具特色,堪称翰林制度影响下文学创作的典型代表。作为政治空间与私人空间交互环境下的创作,宿直诗蕴含的思想具有复杂性,既展现了翰林学士职务所伴随的共性感悟,又表达了学士更为个性化的精神层面。展现权力空间的诗作,因御用文人政治身份的定位,多有应制因素,仪式性和模式化较明显,有一定的赞颂色彩。而展现私人空间的诗作,书写了学士们剥离荣耀身份后真实的情感体悟。总体来说,宿直诗再现了翰林学士的宿直生态及内心世界,有助于我们一窥翰林群体的任职心态,也是研究翰林制度下文学创作的一个有效切入点。

第二节 应制诗:崇文气氛与升平气象的彰显

应制诗是文臣或文学侍从等奉皇命作的诗歌,内容多以感念皇恩、歌

---

❶ 张孝祥撰、徐鹏点校《于湖居士文集》,上海古籍出版社2009年版,第55页。

功颂德、扈从唱和为主。奉和应制是翰林学士的一项附加职能。为朝廷润色鸿业、赞颂帝王成绩、粉饰太平景象是应制诗的主旋律。孝宗继承了北宋以来崇儒的祖宗家法，崇文重儒、礼贤下士，加之其文学素养较高，故与文臣之间的文学互动频繁。翰林学士是孝宗诗词酬唱最主要群体。尤其是淳熙以来，局势稳定，孝宗与词臣们诗词互动的文化活动显著增多，学士歌颂升平之作也随之增多。翰林学士的应制诗，烘托了孝宗朝的崇文气氛，彰显了乾淳的升平气象。

一、应制进呈中的谢恩与颂圣

翰林学士的应制诗，包括奉皇命所作和按照惯例自主进献两种类别。孝宗好文且与翰林学士亲近，常与学士进行诗词互动，这些文化活动直接促推了翰林学士应制诗的大量创作。虞允文、史浩、周必大、洪迈等常召对、侍驾，应制诗作尤多。学士的应制诗在内容上多以表达对皇恩的感念、赞颂孝宗文治武功和描写富贵华丽的景象为主，程式化较为明显。

奉和应制是学士的一种基本文学职能。应制作诗是翰林学士作为"天子私人"与皇帝的互动，也是内制区别于他官的重要体现。孝宗曾亲谕周必大："学士宴见无时，最为亲近。"❶ 淳熙年间，孝宗在与史浩、周必大的一次诗歌酬唱中，明确将奉旨作诗提升到"学士之职"的高度。淳熙四年（1177年），史浩任侍读学士，周必大任翰林学士。史浩夜值召对赐宴，夜归学士院时又得御赐金莲烛。孝宗命其回到学士院后作诗将此事记录下来。史浩进古诗三十韵❷，记录了从被宣召到与孝宗共饮，座谈名理，直到归至玉堂的整个过程。诗开篇云："少顷日转申，宣召陪燕喜。预令扫玉堂，深夜备栖止。"诗文记录当日被宣召对，并预备宿直于学士院，继而详细地描绘了入宫途中所见景物，"群山拥苍璧，四顾环弱水。山既日夕佳，水亦湛无滓"，铺陈了富丽的宫廷景色。接着记述与孝宗宴饮、交谈的经过："余

---

❶ 周必大《玉堂杂记》，傅璇琮、施纯德编《翰学三书》卷十二，辽宁教育出版社2003年版，第125页。

❷ 周必大《玉堂杂记》，傅璇琮、施纯德编《翰学三书》卷十二，辽宁教育出版社2003年版，第125页。

波丐鼠腹，酒行不知几。徘徊下瑶席，缓步烦玉趾。从游至清漱，锡坐谈名理。"然后，史浩对孝宗极尽赞美："尧舜禹汤文，前身无乃是。臣言匪献谀，道实由心起。"最后是谢恩："金莲引双烛，再拜离阶闼。玉音宠谕臣，此会宜有纪。归途感恩荣，占写忘骫骳。"史浩此篇堪称应制诗的代表。孝宗也作了和诗。同年十一月，周必大宿直召对清华阁时，孝宗令其再作和诗。《玉堂杂记》载："上曰：'可和以进，此学士职也。'"❶孝宗还赐墨给周必大。周必大恭进和诗："民生覆盂安，国势泰山倚。皇心期过之，风下九万里。忠厚培本根，文物粲华蕊。淳熙正观间，何啻相表里。"❷此篇极尽铺陈了孝宗的文治武功，从局势稳定、国事昌平、朝政清明、礼贤纳谏等各个角度赞颂了孝宗的功绩，充分展现了应制诗的特色。

学士在获赐后往往会自觉上呈谢诗或进献和诗。据前文所述，孝宗常亲书赐予学士，学士在获得御赐后一般会作诗以谢圣恩。如，淳熙五年（1178年），孝宗赐御笔亲书《七德舞》赠周必大，周必大作《进谢御书古诗》。史浩应制诗数量也较多。孝宗与史浩酬唱互动频繁，据《玉海》卷三十载，淳熙五年（1178年），孝宗赠其《长春花诗》。史浩进呈《恭和御制长春花诗》三首。其一云："群卉固亦佳，时过逐流水。独此供清游，余香袭芳芷。一经圣品题，贵名何日已。再拜体皇情，感深铭诸几。"诗中主要描写了长春花之卓然独立、芳香美好，最后依然是拜谢的套语。

除了上述奉旨作诗，与皇帝和诗之外，另有一类是按照惯例主动献诗。一般在国家有祭祀活动、祥瑞现象、节日时，翰林学士有义务进呈贺表或诗赋等，最典型的是在祭祀大典后进献诗歌。祭天大礼是历代最为重要的典礼仪式，宋代一般为明堂礼与南郊大礼。皇祐二年（1050年）仁宗首次举行明堂大礼，后世依行。孝宗在位期间，分别在淳熙六年（1179年）、九年（1182年）、十五年（1188年）举行了三次明堂礼。淳熙六年周必大、崔敦诗二人同在翰苑，大典后分别上呈了同题《明堂大礼庆成诗》。此外，周必大作《明堂庆成二十韵》，在自注中云："合遵故事。谨撰《明堂大礼

---

❶ 周必大《玉堂杂记》，傅璇琮、施纯德编《翰学三书》卷十二，辽宁教育出版社2003年版，第125页。

❷ 周必大《玉堂杂记》，傅璇琮、施纯德编《翰学三书》卷十二，辽宁教育出版社2003年版，第125页。

庆成》诗二十韵。"由此可知学士贯有在典礼后进献诗歌的传统。诗云："慈皇颜有喜，圣孝古无前。和气腾都邑，欢声遍海壖。"诗歌对孝宗的圣孝进行赞颂，对臣民同沐恩泽进行赞誉，对祥瑞之气进行了渲染，充分体现了应制诗称颂帝王、粉饰鸿业的特色。

二、扈从酬唱中的升平气象

北宋朝堂太平之时，君臣常宴游唱和。南渡后局势跌宕，冲淡了这种盛世气象。隆兴时期，孝宗致力于恢复山河，无暇顾及诗词唱和。隆兴和议后，局势逐渐稳定，孝宗暂时放弃了北伐的打算。淳熙以后，风物人才鼎盛，朝堂也呈现太平盛世的景象。君臣之间宴赏游乐、诗词唱和的文化活动逐渐增多。翰林学士是重要的文臣侍从，他们扈从宴游，与孝宗诗文相和，创作了大量的应制诗。这些应制诗既展现了浓厚的崇文气氛，也成为乾淳时期升平气象的重要象征。

学士在与孝宗宴饮酬唱中作了一定数量的应制诗。对君臣和乐场景的描绘是此类诗歌的一个主题。淳熙四年（1177年）孝宗与群臣共宴。周必大也参加了此次宴会，他在《丁酉岁恭和内宴御诗草跋》中记载了宴会的经过和宣示御诗的过程："宴选德殿，酒五行，宣劝者再，大略如景灵宫对御时。亦用杂剧二段，第四盏宣示御诗一首。明日，群臣皆和进。"（《平园续稿》卷一一）孝宗作诗《九月二十二日晚秋曲宴》一首："未央秋晚林塘静，太液波闲殿阁明。嘉与臣邻同燕乐，益修庶政答丕平。"诗中描绘了晚秋美景里，丝竹管弦之中，与群臣共乐的融洽场景。周必大作《臣恭和御制昨秋曲宴近体诗一首缮写投进冒渎》进和孝宗："寰游不为菊丛生，观宴元因谷顺成。阁御芙蓉称曼寿，殿开选德奏和声。玉觞未饮心先醉，宝墨遥瞻眼倍明。身在金坡空感遇，论思深愧策平平。"诗中写选德殿里奏"和声"，意为和平之音，展现了天下无事的太平景象，"玉觞"句描绘群臣共饮的和乐场面，末句表达对身居銮坡的自谦。

学士与孝宗的酬唱体现孝宗崇儒右文，彰显了崇文气氛。淳熙五年（1178年）孝宗至秘书省巡视，这是孝宗朝一次重要的文化活动。孝宗作御诗一首，群臣皆作和诗。《南宋馆阁续录》卷六载孝宗御诗《比以秋日临幸秘书省因成近体诗一首赐丞相史浩以下》："稽古右文惭菲德，礼贤下士法前王。"诗句表达了孝宗崇儒的态度。史浩作和诗《恭和圣制秋日秘阁观图书宴群臣诗》："由来服远先文德，不待将军出定襄。"赞颂孝宗以文治国，无须武力便能令远近臣服。周必大也作《恭和御制幸秘书省侍郎诗二首》。学士的这些应制诗展现了孝宗朝浓厚的崇文气氛。

车驾所在处，近侍皆扈从。淳熙年间，翰林学士常侍驾从游，应制尤多。孝宗常游览的一个地点是玉津园（宋代皇家游赏之地），亦是御用的射圃。淳熙元年（1174年）九月，孝宗曾率皇子、宰相及将军至玉津园宴射，且"赋七言诗赐曾怀以下，与宴者皆和。"（《玉海》卷三〇"御制诗歌"）孝宗作《游玉津园赐皇太子以下官》一诗。据《容斋随笔》记载，淳熙十二年（1185年）孝宗再至玉津园，洪迈侍驾从游，大雨，天晴后共赏风光，众人以为乐。洪迈晚归后进呈应制诗一首："五更犹自雨如麻，无限都人仰翠华。翻手作云方怅望，举头见日共惊嗟。天公的有施生妙，帝力堪同造物夸。上苑春光无尽藏，可须羯鼓更催花。"诗主要记述当日侍驾，恰遇雨后初晴之趣事，并称赞春光之美。孝宗赐洪迈和诗一首："春郊柔绿遍桑麻，小驻芳园览物华。应信吾心非暇逸，顿回晴意绝咨嗟。每思富庶将同乐，敢务游畋漫自夸？不似华清当日事，五家车骑烂如花。"之后孝宗又与兵部尚书宇文价提起与洪迈唱和之事，曰："洪待制用雨如麻字，偶思得桑麻可押，又其末句用羯鼓催花事，故以华清车骑答之。"❶ 孝宗不仅与洪迈和诗，又与兵部尚书讨论此事，足见其对与学士唱和之事津津乐道。此外，赏雪宴是孝宗朝一次重要的君臣同乐的宴会，史浩有词《声声慢·喜雪锡宴》云："这宴饮，罄华戎、同醉泰和。"一句展现了君臣同饮、一片祥和的场面。

翰林学士这些应制之作也彰显了乾淳时期的升平气氛。据《瀛奎律髓》"升平类"收录的宋诗，除了北宋仁宗《赏花钓鱼御制》等数首外，最多的便是南宋淳熙年间的诗，且多为孝宗与秘书省、学士院词臣的酬唱之作。包括孝宗《秋日临幸秘书省因成近体诗一首赐丞相史浩以下》、洪迈《车驾幸玉津园晚归进诗》、吕祖谦《恭贺御制秋月幸秘书省近体诗》和《车驾幸

---

❶ 夏祖先、周洪武点校《容斋随笔》，岳麓书社2006年版，第677页。

秘书省二首》。由此可知淳熙时期的宫廷诗堪称南宋升平类的主要代表。方回在孝宗幸秘书省诗下注释："历隆兴、乾道以至淳熙，始谓之升平。故取孝宗此诗，以见当时稽古右文、礼贤下士之盛。宋之极治，前言仁祖，后言孝宗，汉唐英主有不逮也。朝廷治而天下富乐，谓之升平。"可见方回认为乾淳年间既富乐且清明，是真正的升平。此外，对于洪景卢诗方回的评语为：世人以为荣遇，此亦一时之太平也。足见孝宗淳熙年间的承平气象为一个不争的事实。孝宗淳熙年间几次学士从游酬唱，展现了朝堂太平无事的景象。这些应制诗的创作既得益于承平的时代，也进一步彰显了乾淳时期的升平气象。

三、节令或典礼中的宫廷应用诗词

翰林学士奉命或依惯例书写的应用文字，包括在宫廷各类典礼中所用的雅乐及俗乐鼓吹曲的文本，宫廷宴会中所需乐语、致语以及节日张贴的帖子词等，这些也可以归纳为广义的应制诗，丰富了学士文学创作的艺术类型。

（一）雅乐乐歌

雅乐乐歌在宫廷祭祀或朝会典礼中使用，南宋惯例由秘书省、翰林学士院负责提供文本。据《中兴礼书》卷六十四载："学士院修润制撰。"这些乐章一般包括学士自己新撰和在前代作品的基础上修改两种情况。

祭天、册宝中所用雅乐是学士撰写的主要类型。如祭天礼中使用的雅乐，周必大曾为淳熙六年（1179年）的明堂礼作乐曲《明堂大礼前二日朝献景灵宫乐》《前一日朝享太庙别庙乐》。崔敦诗撰有明堂行礼乐歌乐曲《彰安》《仪安》《穆安》《诚安》《憩安》《乾安》等。这几首曲词原为汪藻所作，崔敦诗主要进行了一些文字的修润工作。宫廷册宝礼中也会伴以雅乐。如乾道六年（1170年）周必大的《加上太上皇后尊号册宝乐章》十一首、《皇太子受册太庆殿宫架乐章》四首、《中宫册宝文德殿发册宝穆清殿受册宝乐》十一首等。

（二）俗乐鼓吹乐

鼓吹乐属俗乐，是由打击乐器和吹奏乐器合奏而成，在宋宫廷中，于祭祀、宴会、册宝、皇帝出行等场合使用。《宋史》卷一百三十载:"神主升祔,系用鼓吹导引。"南宋鼓吹乐属太常鼓吹署,但翰林学士也承担撰写曲词或修润曲词的职能。

在郊祀大典中,祭祀队伍回宫时,需要鼓吹曲来增加仪仗队的仪式感和庄严感。隆兴二年(1164年)孝宗南郊祭祀,洪适作鼓吹曲《孝宗郊祀大礼五首》。"南渡后郊祀,则于《导引》《六州》《十二时》三曲外,又加《奉禋歌》《降仙台》二曲,共为五曲。"❶这五首曲子即洪适所作,为南宋郊祀鼓吹曲的代表。翰林学士所作的这些鼓吹曲,保存了宫廷词曲,为还原南宋祭祀典礼提供材料。

(三)宫廷宴会之乐语、致语

乐语是宴飨之时的优伶献伎词,形式为对偶韵句或五言、七言诗。致语,是乐语的一个子概念。宋代宫廷宴飨所用乐语,由词臣拟撰。因乐语为优伶之词,士大夫们往往不愿作,但是对于翰林学士而言,由于是制度规定,只好奉命撰写。"岂其限于职守,虽欲辞之而不可得欤?"❷

崔敦诗、周必大、洪迈所作乐语数量最多,包括在贺寿、招待使节等各类宫廷宴飨中所使用的乐语。如崔敦诗作《金朝贺正旦使人到阙紫宸殿宴致语口号》《金朝贺会应圣节使人到阙集英殿宴致语口号》等二十余首。宴会不变的主题是对和平友好的赞颂,如"圣主宽仁盟好永""庙堂无事乐和平"等。乐语、致语的主要内容为歌咏太平、赞颂帝王,从而烘托祥和喜乐的气氛。其助兴功能是首要的,但翰林学士的一些乐语也会"间有讽词"❸,发挥一定的劝谏功能。

(四)节令帖子词

《文体明辨序说·帖子词》云:"帖子词者,宫中黏贴之词也。古无此体,不知起于何时,第见宋时每遇令节,则命词臣撰词以进,而黏诸阁中之户壁,以迎吉祥。"❹帖子词,顾名思义就是在节令时粘贴于宫中诸阁户

---

❶ 王国维《宋元戏曲史》,华东师范大学出版社1995年版,第50页。
❷ 徐师曾《文体明辨序说》,人民文学出版社1962年版,第196、197页。
❸ 徐师曾《文体明辨序说》,人民文学出版社1962年版,第196、197页。
❹ 徐师曾《文体明辨序说》,人民文学出版社1962年版,第168页。

壁，以作装饰，用于增添节日气氛，迎吉纳祥。"立春，学士院撰春帖子。"（《武林旧事》卷二）翰林学士在立春依照惯例撰写帖子词。帖子词这种"世俗鄙事，似不足以烦词臣"❶。与乐语一样，帖子词本不该由专掌王言制诰的翰林学士来撰写，但因宋代宫中对此格外重视，故由他们书写。

学士中以汪应辰所作帖子词居多，共计三十首，在其所有的诗歌中占据半数。其中最为典型的是分别为孝宗、高宗及太上皇后宫室所撰写的端午帖子词：《端午帖子词皇帝阁》六首，《太上皇帝阁端午帖子词》十二首，《太上皇后阁端午帖子词》十二首。因为适用的宫阁不同，内容也具有针对性。"帝、后、贵妃、夫人诸阁各有定式。"（《武林旧事》卷二）

通过这些广义的应制诗词，可见翰林学士可谓宫中文字书写的多面手。翰林学士撰写的这些宫廷典礼、仪式、宴飨、节日所使用的文本，文学审美意义一般，但却丰富了文学的样式，保存了宫廷生活风貌，也全面展示学士们在宫廷之中的工作职守，有助于全面认知这一文人群体。

第三节　翰苑酬唱：学士雅趣与情谊的载体

唱和是文人交往的一种重要形式，发端已久，兴盛于唐，在宋代依然盛行不衰。同僚唱和，聚合从游，尽显风雅。北宋词臣与馆阁学士唱和频繁，堪称风雅典范和翰苑美谈。孝宗朝翰林学士与秘书省同僚之间亦不乏诗词酬唱，交游之乐、同僚之谊和斗才之趣等皆可见于此，展现了悠游清闲的翰苑生活风貌。

一、翰苑雅趣：宴赏赋咏、游览即兴

文人雅士业余生活中一个常见的主题是游园赏花、以诗会友。翰林学士是职位清要且颇富文采的文人群体，更具备诗词唱和的条件。翰林学士

---

❶ 徐师曾《文体明辨序说》，人民文学出版社1962年版，第168页。

与馆阁同僚之间诗词唱和自北宋便颇为盛行,在和平的南宋乾淳时期得到延续。北宋时期翰林学士多出自馆阁,南宋取消馆阁,设置秘书省,秘书省是翰苑的取才之地,且秘书官也多有兼掌翰林学士职权者。所以翰林学士与秘书官交往密切。秘书官与翰林学士皆为文学翘楚,故而诗词酬唱是交往的一种重要方式,也成就了朝堂雅事。

在学士的诗词唱和中咏雪赏花是重要主题,展现了馆阁学士富有雅趣的生活场景。绍兴三十二年(1162年),洪迈、周必大、程大昌等人均在秘书省任职,与同僚唱和尤多如围绕雪多次唱和。如洪迈作《追和玉版诗》《四白诗》《五白诗》等,王十朋作有和诗《和洪景卢用三白韵作四白诗》《次韵陈阜卿读洪景卢追和玉版诗》《腊尽日又雪洪复作五白诗再和》。围绕雪,二人诸多酬唱,展现了馆中的闲适生活和文化风貌。

梅花一直为文人所喜好,南宋盛行赏梅。梅花也是学士诗中的重要意象。绍兴三十年(1160年),洪迈为史院编修官,《省中红梅》,周必大、王十朋作和诗,洪迈诗已佚。周必大的和诗作于次年,时任秘书省正字。其诗《次韵史院洪景卢检详馆中红梅》云:"红罗亭深宫漏迟,宫花四面谁得知。蓬山移植自何世,国色含酒纷满枝。"该诗辞藻富丽,是典型的馆阁之作。绍兴三十二年(1162年),洪迈与史浩赏梅唱和,史浩作诗《次韵洪景卢左司问梅》。据《梦粱录》载:"仲春十五日为花朝节,浙间风俗,以为春序正中,百花争放之时,最堪游赏。"洪迈与史浩便是当年正月赏花作诗。由此也可以看出中兴时期喜梅、赏梅的文人意趣。

学士们对花的吟咏也不只有梅花,海棠也是其中典型。绍兴三十二年(1162年),馆中有一次关于海棠的唱和,周必大、程大昌、陆游皆参与。当时周、程同为秘书省正字。此次唱和的原因是周必大应允送陆游海棠,但未能及时送予。陆游作诗《周洪道学士许折赠馆中海棠以诗督之》云"乞与人间看一枝",以示提醒。此诗题表面为"督之",实则请求周必大赠与。周必大以诗作答,《许陆务观馆中海棠未与而诗来次韵》诗云:"莫嗔芳意太矜持,曾得三郎觱篥吹。今日若无工部句,殷勤犹惜最残枝。"周诗颇有趣味,假托海棠太矜持,使草木有情,更惹人怜,表达了若今日没有收到陆游的催促,即便是残枝,自己仍然是不舍。程大昌见二人颇富兴味的唱和之后,也作诗《次韵陆务观海棠》一首。此时,海棠花本身的意义已经下降到次要地位，几人由此事展开的诗词酬唱却成为一件更加有趣味的事情。

登临赏景、游览赋诗是翰林学士重要的业余活动，也是翰苑生活面貌的剪影。绍兴三十二年（1162年），史浩、马骐、汪大猷与洪迈等人游览蒋山。洪迈时任职秘书省，马骐为中书舍人，汪大猷为敷文阁直学士。史浩作诗《陪洪景卢左司马德骏薛季益冯圆中三郎中汪中嘉总干游蒋山以三十六陂春水分韵得三字》，从诗题便可知当时何人一同参加游览。乾道六年（1170年），周必大任秘书官，同时在学士院兼任，同三馆学士登高游赏。其诗《重阳预约三馆同舍登高于真珠园，前数日李粹伯秘丞除殿院》云："胜游元在十人中，健翮先培万里风。落帽有欢追戏马，峨冠无计屈乘骢。对门尚许官曹近，光馆犹期燕会同。幸可夸张少年在，未须细数菊花丛。"从诗中可知此次游园有十人左右，且场面十分热闹，再现了三馆学士同游观景赏花的场景。在因事不能参与聚会时，学士也会作诗参与唱和。如周必大诗《与馆中同僚会邦衡侍郎于南山真珠园，后两日翰苑作开游会，予不赴，邦衡有诗，见怀次韵》："寓直敢陪东道主，登高尚想北山南。洞岩胜集空回首，何日芒鞋许再探。"据诗可知，周必大当时在禁中夜值，诗中所提到的洞岩，乃是庐陵胜景，去年曾于此处赏梅，感叹何日才能再去游赏。

北宋翰林学士与馆阁学士宴赏赋咏活动频繁，唱和诗成为翰苑诗中最为典型的一类，然而南宋此类诗歌活动却相对减少。宋代翰林学士皆出自三馆，所以与馆阁学士关系密切，且有一同宴饮的惯例，聚会频繁。然而至孝宗朝，学士院与秘书官之间的交流已经不如北宋密切。据《玉堂杂记》记载，自北宋以来，学士院中翰林学士时常为馆阁学士设宴聚会。然而孝宗朝虽然会遵照惯例"具食"，但却不见翰林学士参加聚会。可见"故事"已废，只剩下表面的摆设。学士之间的互动减少，所以唱和活动也相对减少。

孝宗时期，侍讲官也与翰林学士一样，宿直时居住在学士院中。隆兴初规定，每日一名学士与一名侍讲同值，还扩建了学士院。因此侍讲与翰林学士有了更多的交往、互动。淳熙六年（1179年），周必大在翰苑，王希吕为侍讲学士，二人常以诗相和。周必大曾云：俱在讲筵，唱酬颇多。王希吕入值时有诗云:"玉堂昼永暑风微,蔌蔌飞花落小池。徙倚幽栏凭问讯,夏莺飞出万年枝。小池倒影弄余辉,照耀虚檐极出奇。木杪不鸣风力软,闯萍翻藻有鱼嬉。"王希吕为侍讲学士,夜值入宿学士院。诗中描绘了学士院内风微日暖、一派融融的景象。倒影余晖,说明描绘的是傍晚入值时所见情境。"木杪不鸣"可见微风和煦,"闯萍翻藻""鱼嬉"更增添了灵动气息。此诗可谓一幅学士院的风景图,从中也可一窥学士院的景象。《玉堂杂记》记述了王诗的创作背景,并详细描述学士院的景致:院中东阁外面有一个小池,旁边种有月桂、金沙、海棠、玉绣球等植物,院子的西边还有一株金橘,花开之时香满院落。周必大有诗云:"东省南宫切太微,夔龙行集凤凰池。更哦殿阁薰风句,坐觉微凉生桂枝。"周诗首句化用杜甫七律《紫宸殿退朝口号》中的一句,"宫中每出归东省,会送夔龙集凤池。"东省就是秘书省,首句言秘书省的位置离皇帝的宫殿很近,显示学士院位置显要。"熏风""微凉"句意为身在院内觉清凉。桂树也是宿直诗中经常提到的景物。这些诗描写了学士院景色,还原了学士院的景物风貌。

翰林学士旨趣高雅,品鉴字画也是他们文化活动之一。周必大与洪迈交往颇多,淳熙十四年(1187年)周必大过史院,洪迈展示了所藏的王维山水画作,与周必大一同品鉴。周必大《题洪景卢所藏王摩诘山水》记述了始末:"淳熙丁未八月八日过史院,翰林洪公出示此轴,辄记其后。"淳熙十五年(1188年)周必大又与洪迈一起观赏东坡墨迹。周必大《题苏季真家所藏东坡墨迹》云:"与洪景卢同以永思陵使事留泰宁寺获观。"其他学士之间,也有类似活动。如淳熙十四年(1187年),洪迈与尤袤等九人于群玉亭观《兰亭序》帖。俞松《兰亭续考》载:"鄱阳洪景卢、梁溪尤延之、东平范东叔、括苍梁昭远、三山黄彝卿、丹丘谢子长、延平邓千里、长乐黄邕父、雪川倪正甫,淳熙丁未孟夏六日观于群玉亭。"学士共同品读鉴赏,虽未有诗留存,但也展现了学士间频繁的文化交往活动,亦是学士馆中生活的缩影。

二、学士社交:诗词酬赠的送迎主题

诗歌是文士的重要社交媒介,送迎是文人诗词交往中永恒的主题。朝廷官员在以出使、外任等方式离朝时，同僚之间会举行专门的饯别仪式，席间不乏诗词酬赠。

隆兴和议后宋金对峙，互遣使者是主要的外交形式。翰林学士兼有出使的差遣。因为出使影响力较大，此类送迎诗成为学士唱和诗的一个重要类型。洪迈于绍兴三十二年（1162年）使金，在他出使之前，洪适、周必大、范成大等作诗为其饯行。洪适《景卢自右史假北门出疆再用前韵》诗云："使指今兹重，边尘定可清。归来陈口伐，莲烛问严更。"诗中对洪迈此去进行了勉励，并对归来后继续任职北门充满期许。周必大作《送洪景卢舍人北使》称赞洪迈："由来笔下三千牍，可胜军中十万夫。"范成大与洪迈一直相交匪浅，其《送洪景卢内翰使虏二首》其一云："金章玉色照离亭，战伐和亲决此行。国有威灵双节重，家传忠义一身轻。平生海内文场伯，今日胸中武库兵。万里往来公有相，淮濆阴德贯神明。"范成大在诗中对洪迈家风气节进行了赞赏，暗含了对洪迈此行提振人心的期望，表达了共坚恢复之志的情感。于北山在《范成大年谱》中论及此诗："石湖送行诗，以'双节重''一身轻'相期勉，其爱国思想跃然纸上。"❶ 后洪迈使金归来，范成大又作诗迎接，《洪景卢内翰使还入境以诗迓之》云："关山无极申舟去，天地有情苏武归。"诗文赞颂洪迈出使功绩，并以苏武比拟。隆兴二年（1164年），洪适担任贺万春节使，离朝之时，范成大同样为其饯行，《送洪内翰使虏二首》赞其"双节飘然照大荒"。

汪大猷和楼钥于乾道五年（1169年）以贺正旦使出使，去国前楼钥前往拜谒范成大。《攻媿集》卷一百二十载："又谒范丈，甚款。"范成大作《送汪仲嘉侍郎使金分韵得待字》一诗为二人饯行。乾道六年（1170年）范成大奉命使金，此次担任祈请使，以求陵寝地和受国书之事。此行有一定的危险，而范成大依然不计个人安危，毅然前往。范归来后，楼钥赞颂其"抗穹庐而不挠"的气节。此外，淳熙十二年（1185年），中书舍人王信以贺金正旦出使，三馆学士在北园为其饯别，在场者四十余人，洪迈、尤袤、莫济均在场。洪迈作诗《送王诚之舍人使北方得挥字》："舍人使持节，正尔辞帝畿。扬鞭出门去，言面无几微。中朝第一人，沙漠今宣威。"

---

❶ 于北山《范成大年谱》，上海古籍出版社2006年版，第70页。

翰林学士亦常与中书舍人诗词酬赠，两官并称"内外制"，关系甚密。中书舍人王刚中于绍兴二十八年（1158年）出任四川，洪迈作诗为之饯别。《送制置使王刚中帅蜀》诗云："上都门外垂杨陌，叶叶经霜不堪折……明光起草文章手，却听元戎报刁斗……早晚归凯持钧枢。"开篇先起兴，以杨树不堪折渲染惜别之情，诗中言王刚中乃词臣，本应在宫中掌制，却要去蜀中做武将之事，在文武反差中展现出此行的复杂性，篇末寄予了早日凯旋的期盼。其另一首《送王舍人制置四川》，表达了对王刚中"侍从辍儒冠"，由文官到武将的万分感慨；也表达了对"蜀道几曾难"的担忧；更有绵邈的惜别之意："此地从公别，何时话夜阑。"当时为王刚中饯行者，除了洪迈，还有史浩等。史浩作有《送王时亨舍人帅蜀二十韵》："文翁上岷江，风化亟飞扬。"诗文赞赏王刚中以文臣帅守蜀地，是文武兼备之才。由以上丰富的诗词活动可见乾淳学士与秘书省学士、中书舍人之间的交往频繁，展现出文臣风雅的文化生活面貌。

三、同僚之谊：情感联络与逞才逗趣

诗词与书启同样是文人之间情感联络的重要方式，翰林学士也喜以诗会友，从诗中可以看出他们之间深厚的友谊。有一些学士入仕时间相同，一同入馆阁翰苑，建立了深厚的同僚情谊。其中最典型的便是周必大与程大昌二人的同年之谊。

周必大与程大昌二人有着深厚的同僚情谊，诗词酬唱尤为频繁。周、程二人均于绍兴二十一年（1151年）科举中第。绍兴三十年（1160年），高宗遵故事在学士院设馆试，周必大和程大昌奉诏参加。试后周、程一同被任命为秘书省正字。程大昌在乾道五年（1169年）进入学士院，周必大则于次年入翰苑。同年之谊、同试之情以及相同的翰苑任职经历使他们有更多的共同话题，最令他们津津乐道和难以忘怀的是同在禁林的经历，且多诉诸诗词。

周、程的诗歌唱和始于馆试次年。周必大作《次韵程泰之正字奉祠惠照院咏雪五首》，程大昌原诗已不存。乾道六年（1170年）在学士院中举行馆试，周必大以秘书少监身份担任考官，拟写《召试馆职策题》，触景生情，追忆起与程大昌同试馆职之谊，于是赋诗赠之。《绍兴庚辰九月二十三日与浙东权帅同年程龙图并试玉堂庚寅岁由少蓬寓直摘文发策试馆职亦九月也有怀泰之辄寄四韵》诗云："当年给札踏金銮，重到依然九月寒。学士策询学士策，秘书官试秘书官。自怜绿鬓非前度，尚喜青衫总一般。寄语浙东程阁老，莫矜红旆笑儒酸。"从诗题可见，二人同年试馆职。颔联意为此次自己已经成为主试的秘书官。程大昌作诗回复周必大，但因其著《程文简集》已佚，所以程诗的全篇已不得见。《玉堂杂记》中录程诗末句云："有底滑稽堪羡处，金莲烛底话穷酸。"金莲烛为御赐学士之物，此处代指翰苑生活。

　　淳熙年间周必大再入禁中。玉堂优游清闲的环境再次为周、程二人的唱和提供了创作空间和创作情绪，二人之间的诗词唱和内容也多围绕学士院中的任职情况。淳熙二年（1175年）周必大有诗《从驾过德寿宫马上得程泰之次庚寅玉堂旧韵有银章金带之戏走笔为谢》："推敲也复从鸣銮，凤沼诗盟故未寒。两制空烦舍人样，外郎争比大夫官。翰林今夜仍连直，讲殿明朝岂两般。毕竟五金如五味，莫因黄白议咸酸。"据诗题可知，这是次韵程大昌玉堂所作诗。"银章"意为佩戴金鱼袋的官服，"金带"为官员的佩饰，都是官员品级身份的象征。淳熙以来翰林学士一人独值，草诏任务繁重。颈联叙述了连续多日宿直。尾句中"黄白"当是回应程诗中的"银章金带"。可见诗歌内容基本上都是与程大昌诉说近日自己的履职情况，诗在这个时候承担了联络交往的功能。此外，对官位的调侃是二人之间最为常见的话题，周必大《程泰之昨有金带银章之句十月二十八日乃因押伴北使赤岸御筵服重金侍宴紫宸殿坐间尝作数语为戏后两日复得其诗亦再次韵》云："甚日重黄侍玉銮，几时八座佩金寒。殿庭属目夸新贵，部曲低头拜旧官。五日尹京非细事，四时仕宦固多般。重行隔品诗仍健，应笑官卑语带酸。"诗题中的"重金"翰林学士的身份象征，据《石林燕语》载，学士以上赐御仙花带而不佩鱼，翰林学士亦然，惟二府服笏头带佩鱼，谓之"重金"。元丰官制行，翰林学士等皆得佩鱼。苏轼曾云："宝带重金，佩元丰之新渥。"❶首句诗用典故"眼赤何时两，腰黄甚日重"及杜甫诗"连枝不日并，八座几

---

❶　田松青、徐时仪点校《石林燕语·避暑录话》，上海古籍出版社2012年版，第44页。

时除",表达了作者对金带日重、跻身八座的期许,也蕴含了作者以宰辅自期的心境。诗中"四时仕宦"乃是用唐武后朝同平章事傅游艺升迁迅速,被称为"四时仕宦"的典故。此处代指程大昌"今春服绿,夏间阶绯,今借金紫",感叹其升迁之迅速。

周必大与程大昌二人的诗歌唱和也多以逞才斗趣的方式进行,颇有趣味性。淳熙三年(1176年)程大昌以侍讲学士宿直于学士院中,作诗《宿直后出玉堂留诗示周子充》。周必大有和诗《程泰之下直某偶被宣锁相遇于途既到玉堂读所留佳句次韵为谢》。《玉堂杂记》中记载此事本末:周必大奉诏草诏,第二日上午前往学士院,路上恰好遇到前一日宿直的程大昌骑马出宫,"泰之扬鞭云:'留诗案上矣'"。从这一生动的场景可以感受到二人以诗文相互切磋之意,颇富兴味。

胡邦衡是周必大至交好友,二人交往甚为密切,周必大一生中赠诗最多的便是他。他们的诗词酬赠贯穿人生的各个时期,包括周必大任职翰苑期间。如乾道六年(1170年)六月周必大多次赠诗予胡邦衡。因胡邦衡生辰在六月,所以这几首诗多围绕这一话题。如《昨以清醇之酒为邦衡侍郎寿》一诗显然是在胡邦衡寿宴后所作。另有《邦衡侍郎再惠春字韵诗次韵怀旧叙谢,且致登庸之祝》诗云:"公从鸡翘恩典厚,我游麟省宠光新。愿闻玉铉调元日,幸摄金銮草制人。"诗中"鸡翘"是皇帝仪仗之意,代指胡邦衡深得皇帝恩荣。"游麟省"是说自己跻身翰苑的荣耀。此句亦是化用了李商隐《茂陵》诗的典故:"内苑只知含凤觜,属车无复插鸡翘",用于指称二人,颇为恰当。另有《邦衡侍郎用旧韵庆予生朝,赓续为谢》诗云:"午桥早并绯衣相,一月还同赤壁人。"诗中"午桥"使用了裴度、周瑜的典故。据周必大的诗注可知:胡邦衡的生辰在六月,周必大的生辰在七月,因为比较接近,所以二人才在这两个月频繁唱和。且他们的酬唱有着一定的连贯性,乾道七年(1171年)六月,周必大又作诗庆贺胡邦衡生日,且依照去年诗韵,如《庆邦衡生朝用去年韵》。如此频繁的诗词往来,足见二人关系之亲密、情谊之深厚。

周必大与洪迈、范成大亦是诗词互动颇多。乾道九年(1173年),周必大在以诗为刘子和饯别时,仍不忘兼赠洪迈,其中"人留河内寇,帝念禁中坡"一句是说洪迈使金与任职翰林学士之事,借此抒发对洪迈的思念之情。当时洪迈在饶州乡居,正在创作《夷坚志》,也作诗次韵周必大,诗云:"共被儒冠误,于今自得师……我作夷坚志,归田当雅歌。"诗中表达了闲居著书的乐趣。周必大和范成大交往甚密,曾两次同游石湖。乾道六年(1170年)周必大在学士院中,范成大则在乡居中,二人曾诗词酬唱。周必大诗《和范至能舍人农圃堂韵》云:"荒淫吴以颠,战胜越为吉……有客师元亮,甫谢彭泽秩。"

其他学士也多有以诗词交往者,如史浩与程大昌也曾诗歌酬唱。史浩作《次韵程泰之尚书》,追忆了二人的情谊,"追想昔年日,高会有由缘"。通过诗句"今年玉堂直,对此宜无眠",可看出诗作于供职翰苑期间。这些诗词勾勒出学士之间交往的情形,展示这些翰苑同僚在任职内外的多重交往。

除此,翰林学士与同僚间也多以文字为游戏,以对诗为乐,体现出宫廷中文人生活的风雅旨趣。据《二老堂诗话》,周必大与同僚时常一起聚餐,并且以对诗为乐。其中记录了一则事例:"乾道七年秋,予为礼部侍郎,一时长贰,每会食,多戏举诗对。或云:'蔷薇刺刺花奴手。'刺刺皆侧声,人谓难对,予云:'鸿雁行行鸟迹书。'又云:'半夏禹余粮。'借雨为禹,凉为粮也,宜以何对?予云:'长春佛见笑。'盖药名及花名也。吏部张津子问侍郎因云:'此雅对耳,更有通俗之句。'"从中可以感受到文人之间对诗斗才的生活雅趣。

翰林学士任职翰苑期间或宴赏同游,或饯别迎送,或联络情谊,皆通过诗歌酬唱体现。这些作品既展现了翰林学士生活场景的一隅,也承载了学士们之间的同僚之谊。诗作有文采丰茂者,有妙趣横生者,亦有情谊真挚者,充分展现了学士逞才斗诗之乐趣、翰苑生活之雅趣以及同僚之间的交往互动,堪称宋代文官典型的文化活动载体。

第六章

翰林学士与中兴诗坛

孝宗朝是宋诗的中兴时期,诗坛人才昌茂。乾淳学士中以尤袤、范成大二人诗歌成就最高。时代背景下,乾淳学士作诗多抒发爱国之音,有刚大之气。他们在近追元祐、远慕中唐中形成了各自的创作特点,更在对元祐诗坛盛况的追想中助推了乾淳诗坛中兴。翰林学士肩负规范、提倡官方文学导向的使命,加之士林多倾慕词垣,所以学士往往能够因其政治及文化地位引领一时诗风。乾淳学士的创作观念影响了士人,他们的诗歌创作特色也对乾淳诗歌的整体创作风貌产生影响。在南宋诗坛的中兴中,乾淳学士可谓功不可没。

然相较于北宋翰林学士在诗坛的权威地位而言,孝宗朝学士在诗坛的影响力确实有所不及。乾淳翰林学士并非诗坛的领军人物。即便是其中富有诗名者,创作于人生其他阶段的作品艺术成就也往往高于在翰苑期间的作品。从内在原因而言,乾淳学士多选拔自博学宏词科,应试无诗赋要求,加之职能所需,所作四六文较多。从诗歌发展的内在规律而言,学士在朝任职期间的工作、生活环境使其视野有限,加之乾淳时期朝堂升平,学士生活优渥,悖于"诗穷而后工"的"穷"境,安乐之中难以产生深刻的体悟。

此外,宋以词著称,南宋词坛更是人才辈出。因词为小道的文学偏见和翰林之职与词的疏离,故而孝宗朝学士翰苑词数量不多。外任和乡居等时间阶段则是他们创作的重要时期。由于翰林学士在文人中的巨大影响力和号召力,在地方期间围绕他们形成了一定规模的词人群体。

第一节　学士诗歌创作及其意义

翰苑乃人才荟萃之地，学士不仅擅长制诰拟写，是公文写作的高手，也擅长诗歌创作。孝宗朝翰林学士中诗歌成就较高者，有史浩、周必大、洪适、尤袤、范成大、张孝祥、汪应辰等，创作了一定数量的优秀作品。其中，范成大与尤袤均为"中兴四大诗人"之一。范成大《石湖居士诗集》收录诗1500余首。尤袤诗多散佚，仅存《梁溪遗稿》二卷。周必大《省斋文稿》收录诗600余首。洪适在洪氏三兄弟中诗歌数量最多，其《盘洲集》存诗700余首。史浩是宫廷诗人的重要代表，其《鄮峰真隐漫录》中有诗500余首。张孝祥《于湖集》中有诗500余首。汪应辰《文定集》中有诗60余首，虽数量不多，但清新淡雅、颇富理趣。总体上看乾淳学士在中兴诗坛占据了一定的地位。

一、刚大之气与爱国之音

《文心雕龙》云："文变染乎世情，兴废系乎时序。"政治局势影响着整个时代，进而影响学士的诗歌内容和诗风。孝宗初年，宋金局势复杂，身在朝堂之中的翰林学士虽为文士，但多心系山河、崇尚武力，他们将雄健之气、刚正之风与爱国之情融入诗歌，诗作多呈现刚大之气、爱国之风。翰林学士是文人之首、士人表率，他们的创作风尚对整个诗坛发挥着重要的引领作用。因此孝宗朝早期诗坛多爱国之音和雄健之气。

（一）主旨精神再造与雄健之气

翰林学士作为宫廷文人，诗歌大多呈现富贵祥和之气，常作太平之音。

但在隆兴、乾道年间，学士诗歌呈现不同的面貌。由于孝宗心系恢复、积极抗金，又为岳飞平反，这一系列举措重振了士风、激励了士气。这一时期，翰林学士这一儒臣群体也格外崇尚武力，关心家国民生，他们的诗歌充满了阳刚之气，激荡着爱国之情。加之，翰林学士是御用文人，皇帝对于诗文风格的审美取向直接影响了他们的创作。在锐意恢复的心态下，孝宗对刚大之气格外崇尚，这一审美也波及文学领域。《苏轼赠太师制》有云："养其气以刚大，尊所闻而高明。"孝宗对刚大之气的崇尚，得到了词臣们的响应。周必大也曾以此作为审美标准，如在《王元渤洋右史文集序》中云："挟之以刚大之气，行之乎忠信之途。"他还赞颂杨万里有"浩然之气，至刚至大"。在对此风的倡导下，乾淳学士作诗多崇尚雄健之气。

在孝宗朝初期振奋的朝堂环境下，翰林学士呈现蓬勃的精神面貌。他们诗歌中展现出雄健之气，与传统的馆阁诗风有着很大的差别。如张孝祥的诗歌被王阮赞誉为"气吞虹霓"❶。刘珙的诗虽不多，其《帅潭日劝驾诗》"天阔抟鹏翼，春融长桂枝。功名傥来事，大节要坚持"，呈现雄放的气格。王刚中所作两首怀古诗也是充满豪杰之气。如《滩石八阵图行》云："我生孔明后，相望九百载。我想孔明贤，巍然伊吕配。奇谋勇略夸雄师，大节英风盖当代。"此诗表达了对诸葛亮神勇的追慕，也体现出他的英雄之气。

身居士林之首的翰林学士们更将诗歌的雄健之风传播到整个诗坛。以范成大、张孝祥为代表的诗人对此风大力倡导，更有陆游、辛弃疾等人积极呼应。翰林学士们对刚大之气的弘扬，振奋了诗坛。整个乾淳诗坛呈现出慷慨壮美、雄浑刚大的气格。随着官方的大力弘扬，一种激越的慷慨之音奏响诗坛。

（二）恢复之志与爱国之音

中兴诗坛一个重要旋律是爱国之音。自南渡以来，家国之情、黍离之悲一直都是诗坛的重要主题。孝宗朝初期几次宋金对战，激发了士人的爱国热情，家国之忧、故国之思等情感在诗歌中频频出现。孝宗欲一统四海，时时不忘家国之耻，即位后任命主战派将领组织北伐，但因准备不够充分，溃败于符离，终与金议和。"隆兴和议"改君臣之国为叔侄之国，相对"绍

---

❶ 岳珂撰、吴企明点校《桯史》卷一《王义丰诗》，中华书局1981年版，第7页。

兴和议"时屈辱的局面稍有改善，但南北依然分裂。孝宗心念恢复，终日思索，也常诉诸诗歌，如《新秋雨过述怀》云："平生雄武心，览镜朱颜在。"收复故土、恢复山河是南宋士人心中共同的期盼。因军事上无力改变现实，文学成了他们消解的一个重要渠道，所以爱国诗在这一时期广泛出现。

翰林学士在朝堂肩负着草诏、顾问、外交的职责，对国家政事有诸多思考与参与。"隆兴和议"的诏书便是洪适书写，在此过程中他必然感受深刻。洪适、洪迈、范成大都有使金的经历，出使经历更能激发他们的爱国情怀，也使他们视野更加宏大，诗歌内容也不再限于宫廷、馆阁等狭小的范围，而是展现了深沉的家国情怀。范成大在使金途中作了著名的《使金七十二绝句》，寄予了恢复之志和故国兴衰之感，抒发了对四海统一的期望。其中《州桥》一诗成为爱国之音的典型之作。洪适在使金过程中所作诗，无论是纪行还是怀古，都蕴含了对家国的关注。尤其是他在经过东京汴梁时，触景生情，感慨"山川无主只伤今"（《过谷熟》），目睹故都今之衰况，难免悲从中来。另外，他也表达对军事的思考，"蓄锐乘机先自治"（《次韵东京二首》其一）表达了恢复故土须先自治的政治主张。另如《燕馆日膳得四雁笼之以归》云"等待他年羽翼成"，暗喻如今当隐忍，以图他日再恢复。其诗《次韵再至中山》更是直呼："无功惭报国"。周必大被称为"太平宰相"，其诗以应制、酬唱赠答等为主，但他在诗中也抒发爱国情怀，带有时代的印记。如《次胡邦衡韵》中云："赤县尚多沦异域，潢池犹自扰齐人。公如不为苍生起，风俗何由使再淳。"诗中饱含了对国土沦陷与民生的忧思。这一时期，士大夫对国事的关注热情空前高涨，诗坛也奏响了高亢的爱国之音。

二、元祐怀想与乾淳复兴

元祐诗坛人才辈出，诗人荟萃，是宋代诗史上的一个盛世。南宋之初，为了稳固政权，高宗确定了"最爱元祐"的政治文化导向，对元祐的崇尚从政治领域辐射至文化领域。在这一主流导向的影响下，元祐之学得到了官方的推崇。"终高宗、孝宗两朝，就政事而言，取元祐而舍熙丰的基本导向并没有改变,在这一导向的作用下,元祐之学成为南宋思想文化重建的基石。"❶ 孝宗一朝对以苏轼为首的元祐文人大力标榜。乾淳学士处于这一环境中,亦是以元祐为典范。他们意图重现元祐丰赡的创作面貌,这也成为整个乾淳诗坛的共同怀想。他们更以自身创作突破了笼罩南宋已久的江西诗风,形成各自的创作特色,丰富了乾淳诗坛,助推了乾淳诗坛的复兴,使之成为后世追慕的另一个盛世。

陈衍《石遗室诗话》云:"诗莫盛于三元,上元开元,中元元和,下元元祐。"元祐诗人中苏门学士、黄庭坚成就卓越,堪称元祐诗坛的中坚。由于政治领域的斗争波及文学领域,北宋"崇宁党禁"之下,元祐诗人群体遭受了极大的打击,《东坡集》被毁禁,元祐诗歌也被禁。此后对诗歌的打击愈演愈烈,科举罢黜诗赋,之后对诗歌创作全面禁止,使得诗歌创作缺失了官方的支持,给宋诗的发展带来极大的负面影响。为了维护赵宋王室形象,出于统治需要,高宗对王安石为代表的新学进行打压,崇尚元祐政事与学术,元祐盛世成为政治文化领域发展的目标。元祐党人得以从党禁中恢复自由,元祐文学也得到了复兴。绍兴初年恢复了科举中的诗赋科,在高宗此举之下,诗人研习诗赋者增多。这为乾淳诗坛的中兴起到奠基的作用。

元祐在孝宗朝被推崇为治世的典范,元祐诗坛亦成为乾淳诗坛推崇的典范。孝宗时期政治、经济、文化全面复兴。孝宗也欲达到元祐时期国家昌盛、人才鼎盛的局面,期望文坛再现当时的活跃。在后世的评价中,孝宗确实实现了这一目标,孝宗一朝在追慕元祐的过程中实现了自身的强大。乾淳时期,政治开明、人才昌茂、学术自由,不仅实现了经济全面的发展,也实现了文化的繁荣。《武林旧事》中称:"一时声名文物之盛,号称'小元祐'。"虽"小元祐"之说主要是指政治经济领域,但其对诗坛带来的影响同样可观。

乾淳学士在学习元祐中寻找到一条适合自身的诗歌创作道路,形成了独特的风格,进而也助推了诗坛的复兴。南宋初,诗人皆学江西诗派,孝宗朝学士在早期的创作中亦是如此。自江西诗派形成以来,一直是诗坛效

---

❶ 王建生《通往中兴之路——思想文化领域中的南渡诗坛》,上海古籍出版社2011年版,第56页。

仿的重要对象，形成了学习的热潮，江西诗法影响诗坛多年。南宋初年，苏黄之学为世之典范，江西诗风是诗坛的主流风尚。孝宗朝翰林学士，多成长在南宋初年江西诗派盛极一时的环境中，所以他们最初多师法江西诗派，之后才逐渐在扬弃的过程中，真正走出各具特色的诗歌创作道路。孝宗朝以来，随着倡导元祐的进一步推行，范成大、周必大、尤袤、洪适、张孝祥等皆在学习元祐中形成了自己的创作特色。如张孝祥以学苏著称，范成大诗歌清新淡雅，周必大诗平易流畅。

孝宗引导与学士的自觉意识是翰林学士追慕元祐的两个重要因素。翰林学士对元祐的追慕一方面是来自皇帝的态度。帝王的喜好对文学侍臣的影响最为直接。孝宗推崇苏轼，故而孝宗朝学士受到了诸多影响。孝宗尤喜苏轼诗文，乾道初，曾与梁克家谈苏轼诗集。"今上皇帝尤爱其文。梁丞相叔子，乾道初任掖垣兼讲席，一日，内中宿直召对，上因论文，问曰：'近有赵夔等注轼诗甚详，卿见之否？'梁奏曰：'臣未之见。'上曰：'朕有之。'命内侍取以示之。"❶ 乾道中孝宗又仿苏轼《赤壁赋》作《春赋》，并赐予蒋芾、洪迈等人。孝宗在乾道九年（1173年）追奉苏轼为太师，并且在《文忠苏轼文集赞并序》中将其誉为"一代文章之宗"。这一系列举措使得学士洞察到了官方的导向。在孝宗的极力推崇之下，翰林学士也表现出对苏轼的追崇。乾淳时期整个文坛出现了全面的学苏热，甚至达到了"人传元祐之学，家有眉山之书"的盛况。学士追慕元祐，另一方面是出于自觉性的学习。元祐时期的馆阁翰苑实力雄厚，人才渊薮，当时苏轼任翰林学士，且主盟文坛。这一时期既是翰苑的盛世，也是文坛的盛世。苏轼在元祐元年（1086年）进入翰苑，并成为翰长，后张耒、晁补之、秦观、黄庭坚也因苏轼的推荐而显名，由此形成了以苏轼为中心的名士文人群体。宋代诗僧惠洪在《跋三学士帖》中感慨道："一时文物之盛，自汉唐以来，未有也！"这也成为孝宗朝学士追慕元祐的一个重要原因。尤其是周必大，出于翰林承旨的使命感，也希望能够达到当时的盛况。所以无论是在政事还是文学方面，乾淳学士皆以元祐学士为榜样。

苏轼是元祐翰苑之首，自然成为后世翰林学士效仿的首要对象。苏轼

---

❶ 厉鹗辑撰《宋诗纪事》，上海古籍出版社2013年版，第508页。

在诗坛的影响很大。如张孝祥在诗文创作中都以苏轼为标杆,"每作为诗文,必问门人曰:'比东坡何如?'"(《四朝见闻录》乙集"张于湖")其学苏成就也最高。学习元祐,并非完全模仿元祐诗歌风格,而是追慕当时自由丰赡、多元并存的创作风气。经由翰林学士的倡导,宋诗平淡自然的风格更加鲜明突出,诗歌发展也迎来了宋室南渡后的繁荣。

三、最慕乐天与唐风复归

孝宗朝翰林学士在诗歌创作上近追元祐,远慕中唐。元祐诗人也是从学习中唐的过程中发展、成熟。"元祐诗人学唐变唐,自成风格,其取法乎中唐,以杜甫、韩愈、白居易为代表。中兴诗人在追怀元祐的过程中,又一次发起了学唐变唐的运动。"❶ 所以孝宗朝翰林学士在追踵元祐之外,更是远慕中唐。这也对乾淳诗坛以及南宋后期诗坛走向唐风复归之路带来了一定影响。

在中唐诗人中,白居易是孝宗朝翰林学士最为崇慕之人。白居易对于宋人产生了诸多影响,宋代文人效仿白居易具有广泛性。宋代文士中学习白居易者甚多,但学白的热情在翰林学士中更高。自北宋翰苑中王禹偁等人对白居易推崇直至南宋翰苑对白居易的喜爱,崇白之风一直不减。包括苏轼也是十分推崇白居易,其号"东坡"便是出自白诗。白居易著有《步东坡》:"朝上东坡步,夕上东坡步;东坡何所爱,爱此新成树。"周必大《二老堂诗话》中云:"(苏轼)独敬爱乐天……始号东坡。"洪迈《容斋三笔》云:"(苏轼)自称东坡居士,详考其意,盖专慕白乐天而然。"宋代翰林学士对白居易的推崇和学习,基于一个最为显著的共同原因——政治、文化身份的认同。白居易曾于元和二年(807 年)至六年(811 年)担任翰林学士,是宪宗、穆宗两朝重要的词臣。由于共同的词臣身份,翰林学士们更乐意借鉴白居易的从政经验,追奉其翰墨文采。

白居易在北宋已是词臣的楷模,这种追奉在南宋依然盛行。翰林学士对于白居易诗歌的学习是出于对他多方面的认同。其一,白居易是策论、

---

❶ 韩立平《南宋中兴诗风演进研究》,华东师范大学出版社 2013 年版,第 76 页。

制诰的高手，他的文章是后世翰林学士学习写作的重要参考。白居易的制诰文章在宋代学士院中广泛流行，是翰林学士学习的范本。这也促成了他们对白居易诗歌的喜爱。其二，文献的传播也是崇白之风形成的重要原因。《文苑英华》是一部始编修于宋太宗时期的总集，孝宗时期周必大等人奉命重新修订。据周必大《文苑英华序》可知，此书修订之前的印本没有收录元稹、白居易等人的文章，此次重刊将白居易文集全卷收入。❶ 其中收录白居易文章698篇。学士在阅读、编校白文的过程中，也强化了学习。此外，白居易的诗歌成就高，且《白氏长庆集》得到很好的保存和刊印，这也是他的诗歌为学士所学习的重要原因。其三，文学趣味的相近是乾淳学士师法白居易的主要内在动因。白居易的讽喻诗，发挥了劝诫功能，契合宫廷文人诗歌创作的价值取向，因而受到推崇。此外，白居易还有大量的闲适诗，翰林学士们也有类似心境，能够产生共鸣。所以他们更多的是仿效白居易闲适诗对身边细琐事务的吟咏，这也反映出宫廷文人共同的创作心态。其四，白居易诗歌的平淡之风与宋代文人内敛沉静的性格相契合，深受宋人喜爱，也成为宋诗创作的典型风格。

有宋以来，白居易一直得到了官方主流文化的认可，除了宋初白体在馆阁中流行之外，甚至在西昆体流行之际，在宫廷中依然有一席之地，这也因为宋代君王对白居易的欣赏。在孝宗朝，翰林学士对白居易的追奉，除了自发原因，孝宗也起到推动作用。乾道四年（1168年）正月，洪迈奉命经筵进讲，孝宗亲书白乐天诗于扇赐洪迈，洪迈将此事记于《容斋随笔》。孝宗喜好书法，不止一次书写乐天诗。淳熙十二年（1185年），孝宗又亲笔书写白居易诗两首赐予洪迈。淳熙五年（1178年），孝宗书写白居易《七德舞》赐周必大。诗歌颂唐太宗丰功伟绩，孝宗也以唐太宗功业为期。周必大深谙圣意，在进谢诗中写道："元和学士白居易，臣非其才私有志。"诗中表达了自己虽不及元和学士白居易，但也必当以之为榜样的心声。由此可见，孝宗对白居易诗歌的喜爱强化了乾淳学士对白居易的追慕。

回归唐音，学白宗白成为孝宗朝翰林学士在突破江西诗风藩篱后的一个重要的创作方向。周必大学习白居易诗通俗淡雅之风，他常常效仿白乐

---

❶ 周必大《文苑英华序》，《全宋文》第230册，上海辞书出版社2006年版，第183-184页。

天作诗，如《读乐天诗戏效其体》《己丑二月七日雨中读汉元帝纪效乐天体》等。《宋诗钞》评价周必大："诗格淡雅，由白傅而溯源浣花者也。"李光生在其《周必大研究》一书中也评价周必大在诗歌创作中学习白居易，诗风平易自然。❶ 洪遵更是追慕白乐天，他自号"小隐"，为自己的别院取名为"小隐园"。这一词语正是出自白乐天《中隐》一诗："大隐住朝市，小隐入丘樊。"他在诗中也常化用白居易诗句，如"定是黄金蕊，真须白玉尊"(《洛花不望而至次相兄韵》)正是化用自白居易的"黄金蕊绽红玉屑"(《牡丹诗》)。

士林倾慕词垣，以词垣为标准，对翰林学士更是瞻望仿效。"翰林学士主持风雅，馆职文士翕然宗尚，形成若干文人群体，引起诗风的迁移变化，是宋代文坛的一个突出现象。"❷ 孝宗朝翰林学士诗歌在乾淳诗坛占据一定地位，更凭借翰苑这一官方平台以及政治地位在整个诗坛产生了一定的影响力。他们的创作观念影响乾淳诗坛的创作倾向和审美，在乾淳诗歌发展中发挥了一定影响力。由于学士的创作导向，回归唐音也成为乾淳诗歌创作的走向，并且不断发展，至南宋后期成为诗坛的主要创作风尚。

第二节　学士诗坛宗主地位的削弱及原因

北宋翰林学士多以诗名世者，一流的大家乃至诗坛领袖多为翰林学士，如王禹偁、杨亿、苏轼等。他们大都引领一时诗坛风气，并以政治身份和文坛地位主盟诗坛。如翰林学士王禹偁，开创了独具特色的白体，成为宋初诗坛领军人物，引领了诗坛风尚。杨亿则将具有馆阁特色的西昆体推及整个诗坛，也无愧于一时间的诗坛风云人物。苏轼无疑更是文坛诗坛的领军人物，包括围绕在苏轼周围的四学士黄庭坚、秦观、晁补之、张耒都以诗著称于世。

---

❶ 李光生《周必大研究》，中国社会科学出版社2015年版，第2页。
❷ 陈元锋《北宋馆阁翰苑与诗坛研究》，中华书局2005年版，第266页。

孝宗乾淳时期是诗坛中兴的重要阶段，也是宋诗在元祐之后的又一鼎盛时期。然而，乾淳翰林学士在诗坛的贡献和地位却不及元祐学士。剖析其原因，其一，乾淳诗坛人才辈出，四大家享誉诗坛，一时间无人能够独领风骚，成为主盟诗坛的人物。其二，翰林学士选拔渠道的变化影响了学士的诗歌水平。乾淳学士入选的重要渠道——博学宏词科，应试中并无诗赋要求。其三，乾淳时期朝堂升平，学士仕宦通达，加之禁中相对单一的创作环境，都在一定程度上限制了诗思与诗材。从诗歌的发展内在规律而言，恰好与南宋强调自然体悟的创作走向不符。

一、乾淳诗坛名家辈出

南宋孝宗朝乾淳时期是继北宋元祐时期之后又一次诗歌创作的盛世，是诗歌在南渡后的一次复兴，也是南宋诗歌中兴的核心阶段。乾淳之际，政治清明，孝宗崇文，人才辈出，为诗歌的繁荣提供了宽松的外部条件。加之，北宋一度严苛的诗禁在高宗朝解除，高孝两朝出现了创作的复兴，为诗坛中兴提供了助力。乾淳时期诗坛呈现直追元祐盛况的风貌，多位诗人齐名于世，其中最具代表性的是"中兴四大诗人"。四大家在诗坛各领风骚，成就皆高，乾淳诗坛并无为众人所推崇的诗坛盟主，这也是孝宗朝学士不能如北宋翰林学士一般，以学者宗师的身份主持诗坛的原因之一。

（一）乾淳之治与人才之盛

孝宗一朝堪称南宋的盛世，尤其是"隆兴和议"后，乾道、淳熙时期，政治、经济、文化、军事均得到了长足发展。在这一昌明自由的时期，也出现了文学中兴以及学术繁荣局面。清明的政治环境，宽松的文化环境为人才发展提供了绝佳的条件。孝宗戒除朋党，极少因朋党之争而出现严酷党祸。尽管朝堂存在"战和守"之争、理学之争、近习之争，但是并未因此产生严重的党同伐异之事。而且学术环境可谓兼容并包，呈现学派林立、学术争鸣的风貌。孝宗重视人才，给士人创造了良好的政治生态，大批优秀的文士得以进入朝堂。一时得人为南宋之盛。"明良会遇，可谓盛矣。"（《攻媿集》卷九四）乾淳中人才辈出，《涧泉日记》有云：乾道、淳熙以来，明经张栻、吕祖谦；直言胡铨、王龟龄；吏治王佐、方滋、张杓；典章洪迈、周必大；讨论李焘，文词赵彦端、毛开；辩博陈亮、叶适；书法张孝祥、范成大；道学陆子静、朱熹。❶ 正是在这种政治清明、不拘人才之际，孝宗朝三十余位词臣得以进入禁林，才华得以施展，同时他们也是缔造乾淳人才鼎盛局面的重要群体。

孝宗好文、喜作诗，为诗坛中兴营造了良好的氛围。孝宗也常与文臣酬唱诗词，这种崇文气氛，为文人施展诗学才能提供了开明的文化环境。诗坛也涌现出一批人才，繁荣了乾淳时期的诗歌创作。"比其季年，士乃复稍稍开口议论，而徽国朱文公、吕成公、王梅溪、范石湖、周平园、陆放翁、洪景卢容斋、杨诚斋、萧千岩、尤延之……号为文章中兴，诗律尤振。"（《存研楼文集》卷一一）其中范成大、洪迈、尤袤均为孝宗朝学士中有诗名者，亦是乾淳诗坛的主力军。

（二）诗禁解除与诗歌复兴

科举是人才选拔的重要渠道。唐代以诗赋取士，随之而来的是唐代诗歌创作的极大繁盛。北宋前期科举依然沿袭诗赋的科目，但后期由于党争因素，对以经义或诗赋举士产生了长期的争议。北宋最初提议取消诗赋考试是在熙宁二年（1069年），"议更贡举法，罢诗赋"（《文献通考》卷三一"选举四"）。随即在熙宁三年（1070年）的殿试中诗赋考试被正式取消。而且自此终及宋朝，殿试中再未恢复诗赋。熙宁六年（1073年），礼部正式罢试诗赋。❷ 直至元祐六年（1086年）诗赋举士才恢复。元祐恢复诗赋考试十余载后，徽宗朝开启了对诗赋更为全面的禁止，罢诗赋已经不再局限于科举之内，而是导致了对研习和传播诗赋的彻底打击，究其原因是政治上的元祐党禁波及文学领域。崇宁元年（1102年），元祐学术被打击，三苏和苏门学士诗集也在这次党禁中毁坏。政和元年（1111年）诗赋被全面禁止，连学习写作诗赋都被禁。正如洪迈的《容斋四笔》所云："于是庠序之间以诗为讳。"在这一政治局势的影响下，习诗作诗成为避讳之事。虽未能全面阻止士人对诗赋的暗自学习，但官方的高压手段，在一定程度上确实造成

---

❶ 韩淲《涧泉日记》卷中，上海古籍出版社1993年版，第23、24页。
❷ 祝尚书《宋代科举与文学考论》，大象出版社2006年版，第235页。

了朝堂之中诗歌创作人才的减少。至高宗建炎初，元祐党禁被彻底废除，士人才恢复了诗赋习作。

北宋科举罢诗赋及全面禁诗等一系列的政治举措，影响了诗歌人才的培养，对北宋末期的诗坛产生了负面影响，某种程度上导致了宋诗从元祐时期的顶峰跌落。诗赋创作是文人精神内核的重要组成部分，高压诗禁之下，文人积压了强烈的逆反情绪，所以建炎解禁之后诗歌创作迎来了强大的反扑，再次缔造了宋诗的另一个繁盛时期。

（三）四大家争鸣诗坛

在南宋中兴时期，"言诗必曰尤、杨、范、陆"（《桐江集》卷三）。孝宗一朝诗坛四大家并行于世，诗坛呈现昌盛的风貌，这一时期诗坛百花齐放、百家争鸣。（《诚斋集》卷三十九）

"中兴四大家"之名的产生和确立经历了一个过程。杨万里最早赞赏了四位诗人：范石湖清新、尤梁溪平淡、陆放翁敷腴、萧千岩工致。（《诚斋集》卷二十八）杨万里在《谢张功父送近诗集》中也有"近代风骚四诗将"的表述，其中自注：范石湖、尤梁溪、萧千岩、陆放翁。（《诚斋集》卷三十九）《白石道人诗集》序中也评诗人中的四大家：范至能温润，杨廷秀痛快，萧东夫高古，陆务观俊逸。综合可知，中兴以来共有五位诗中大家：陆游、杨万里、范成大、尤袤、萧德藻。方回《晓山乌衣圻南集序》总结提出了五家的说法："自乾淳以来，诚斋、放翁、石湖、遂初、千岩五君子，足以蹑江西，追盛唐。"可惜萧德藻诗集散佚严重，所以逐渐淡出。所以在修正之后，方回重新提出了尤、杨、范、陆为中兴四大诗人之说，这一说法逐渐成为一种共识。"乾淳间，又有尤、杨、范、陆四巨擘，谓之四大家。"（《蝉精隽》十五）"隆兴后，诗推范、陆、尤、杨。"（《围炉诗话》卷五）中兴四大家最终定型为范成大、陆游、尤袤、杨万里四人，当今学界对此也达成共识。

二、词科取士的掣肘

因北宋后期长久以经义取士，选拔的人才制诏写作水平严重下降，朝廷内外制缺乏可胜任者。为了培养文书创作的专业人才,自高宗朝起设置了博学宏词科,专门为朝廷选拔馆职学士等。词科顺理成章地成为翰林学士选拔的重要渠道,因此培养了一批擅写制诏等文体的学士。

这也是出身词科的乾淳学士所试的文体。博学宏词科为翰林学士选拔最专业的渠道。谢伋《四六谈麈》云:"朝廷以此取士,名为博学宏辞,而内外两制用之。"孝宗朝翰苑取士也多赖此。孝宗朝学士中王曮、周必大、三洪、倪思、李巘等人皆出身词科,也是乾淳学士中任期最长,最受孝宗重视。孝宗朝时期词科考试的科目基本定型,确立为制、诰、诏、表、露布、檄、箴、铭、记、赞、颂、序十二种文体。这些出身于博学宏词科的翰林学士,在进入朝堂之前,进行了大量制诏等应用文体的研习与锻炼。这也是他们擅写四六而不擅诗赋的一个因素。

三、诗歌创作环境与"体验"的背离

诗歌是以言语来直接或间接展现生活的一种文学实践活动。诗中所展现的内容包括自然环境、社会现实以及个人的内心体悟。虽说在宋诗的创作上,较之客观世界更注重对主观内在的表现,但是客观的生活阅历可以影响文人的内在,所以二者很难隔离。宋人在诗法上擅长以书本为依据,点窜前人诗句、引用典故等,但对自然世界和社会生活体验的描写依然发挥着其重要性。这种诗学创作观点中的"体验"大致可分为两类,一是"穷而后工",强调社会经历对诗人的影响;二是"江山之助",主要指自然环境对诗歌创作的激发。❶ 下文从这两个方面分析孝宗朝学士的诗歌创作。

(一)仕宦通达与"穷而后工"的差异

对于"穷而后工"这一诗学观点,宋人依然比较认可。欧阳修《梅圣俞诗集序》曾云:"非诗之能穷人,殆穷者而后工也。"主要强调了诗人在经历了人生的诸多磨难之后,更能作出好的诗篇。诗歌创作理论中所言之"穷"主要指社会大环境或者文人所处的政治生态的困厄。局势的复杂、环境的困厄能使诗人更加关注家国民生,阔达胸怀;个人政治处境的困厄,

---

❶ 周裕锴《宋代诗学通论》,上海古籍出版社2007年版,第16页。

可以让诗人有更多机会体验丰富的社会生活，视野得到拓展，内心得到锻炼，从而能够更加深刻地感悟人生。体现在诗中，可以使诗歌冲破狭隘的个体，展现出更多忧患意识和深刻的人生领悟。正如同杜甫在安史之乱的背景下，能够写出离乱之中的社会动荡和百姓之苦，因而诗歌具有了更沉郁的内涵。正如同南渡的体验也造就了爱国诗人陈与义："身履百罹，而诗益高，遂以名天下。"（《简斋诗笺叙》）足见社会大环境可以极大程度地铸就一个诗人的诗歌境界。

孝宗朝经历了致力于北伐的家国动荡时期和和议后的承平时期。在隆兴时期，恢复之志、故土之思，是士人心头最重要的感触。在此社会环境之下的诗歌充满了爱国之情和激越的刚大之气，也催生了一些爱国诗人，如陆游和张孝祥。同样，翰林学士关心国势的走向，甚至亲赴战场。这一时期，得益于时代背景的"穷"，其诗歌具有更深刻的社会价值。然而孝宗朝的局势在和议后逐渐走向稳定，尤其是淳熙年间，宋金和平对峙，翰林学士本职更倾向于润色鸿业。当孝宗已无北伐之意，朝堂相对和平之时，他们的创作必然不会一直流连于家国之忧，逐渐走向赞颂孝宗文治武功，描写盛世太平之景。所以此时没有了社会环境之"穷"，便少有诗歌之"工"。

"穷"境除了指称诗人所生活的时代社会环境，也包括个人的人生际遇或境况。正如韩愈所言"欢愉之辞难工"。刘克庄亦云："诗非达官显人所能为。纵使为之，不过能道富人语……晏元献不免有'腰金''枕玉'之句，绳以诗家之法，谓之俗可也。"（《后村先生大全集》卷一〇九《跋章仲山诗》）正如周必大在禁中与程大昌的唱和诗中也有"银章金带"之语。"银章"意为佩戴金鱼袋的官服，"金带"为官员的佩饰，都是官员品级身份的象征。此外周必大诗中另有"甚日重黄"之语，是使用典故"腰黄日重"，表达对金带日重、官位升迁的期许，与上述晏殊所写"腰金"相同。这两首诗作于淳熙年间玉堂优游清闲的环境之下，周必大身为翰林学士，深得孝宗宠信，故而多作富贵之语。诗歌中多用于表达个人的情感和志向，难免留下人生经历的印记。孝宗崇儒重文，翰林学士生活优渥，所以往往在诗中表达闲适的生活。且翰林学士一贯是宰辅的储备之才，故而他们必然有跻身八座的政治目标，在诗中吐露也正是言说志向。只是在诗歌中书写富贵之语或者对职位的期望难免让人觉得境界不高。

（二）复归山林与任职禁中的局限

唐诗无论在形式还是题材内容上都已经达到登峰造极的高度。正如王安石曾感慨："天下好语言都被老杜道尽。"宋人在创新和超越的道路上面临着难以突破的困境。宋人于是另辟蹊径，在诗法技巧和学识表现上下功夫。诗歌创作由唐走向宋，一个重要变化便是由强调江山之助的"物感说"，到逐步走向书斋，重视博览群书的文人内在的重要性。从黄庭坚到江西诗派的产生，宋诗走出了一条极度重视人文意象和技巧运用的道路，形成了宋诗的鲜明特色。这种特点的重要影响便是，学识最高者往往正是诗歌创作高水平的代表。宋诗中人文意象所占比重大幅度提升，文人甚至无须走出书斋，就能从浩瀚的典籍中寻找创作的灵感与诗材。正是在这一前提下，北宋的翰林学士虽久在朝堂，但仍不妨碍他们成为一时诗坛翘楚，甚至是领军人物。

然而宋诗中人文意象逐步代替自然意象的创作现象，在乾淳诗坛开始发展变迁，出现了对自然意象的复归。南宋初，随着江西诗法过于强调学问的彰显和技巧的推敲，宋诗陷入程式化。实际上，醉心于典籍书册的宋代诗人在强调内在修养的同时，也一直未否认江河山川等自然景物对诗歌创作的影响。士人一贯认为对自然山川的游览观赏，能够净化心灵，从而使人格得到一定的升华。正如《孟子·公孙丑上》云："吾善养吾浩然之气。"宋人更强调"养气"的说法，而正如前文所述，周必大尤其重视"气"在文章创作中的重要作用。游历山河便是一个"养气"的过程，使文人的胸襟得以拓宽，精神得以陶冶，激发自身的志气，从而贯穿于创作当中。可见宋人眼中，山水之情趣也与学识一样是促进诗歌创作的一个重要因素。尤其是在乾淳时期，宋诗对山川草木等自然元素的强化呈现超越人文意象的态势。

以诗名世的四大诗人，杨万里、陆游、范成大、尤袤，在宋诗发展的道路上，突破了江西诗派的套路，走出一条远追唐风的道路。其中一个典型的特点便是走出了书本的禁锢，走向自然，从广阔的现实生活中寻找诗歌的源泉。他们重视山水登临、游目骋怀，以不同的生活体验带来创作灵感。杨万里在中兴诗坛颇具影响力，他的"诚斋体"自成一家，独树一帜。在对自然和人文的关系中，杨万里更是提倡从自然环境中直接寻找诗材和灵感，他甚至反对在书斋中觅句："闭门觅句非诗法，只是征行自有诗。"（《下横山滩头望金华山》其二）这显然与黄庭坚的诗法不同。黄庭坚在评价陈师道和秦观作诗方法时有两句评价："闭门觅句陈无己，对客挥毫秦少游。"（《病起荆江亭即事》）黄庭坚对这两种作诗方式同样赞赏有加。杨万里则强调走出去，认为对自然的领悟和感受是最正确的作诗方法。这无疑在强调学问和创作技巧的南宋诗坛，是一种推陈出新。也正是这种创新，实现了杨万里诗歌的极大成就。"起来聊觅句，句在眼中山。"（《诚斋集》卷二《和昌英主簿叔社雨》）"诗人长怨没诗材，天遣斜风细雨来。"（《诚斋集》卷二九《瓦店雨作》）无论是风雨之自然气候或是山水之自然美景，皆是诗材与诗思的最佳来源。杨万里曾自序云其早年学习"江西"，后来逐渐走出"江西"，转而学习陈师道的五律，继而学习王安石的七绝，最后又学习唐人的绝句，但是却"学之愈力，作之愈寡"，最后决定走出书斋，或步入后花园中散步，或登临古城，或采花赏菊，诗材也因此变得丰富起来："涣然未觉作诗之难也。"（《诚斋集》卷八〇《诚斋荆溪集序》）万象景物皆是源源不断的诗材的来源，杨万里最终觅得了作诗的法门，诗歌创作也取得了高超的成就。陆游也持有同样的观念，其诗云："挥毫当得江山助"❶"村村有画本，处处有诗材"❷。陆游创作了数量庞大的诗篇。刘辰翁评价其："陆放翁诗万首，今日入关，明日出塞。"（《须溪集》卷六《长沙李氏诗序》）乾淳时期成就较高的几位诗人皆持此观点。范成大有云："江山得句有神功。"❸张孝祥亦云："诗在千山紫翠中。"❹同样，周必大在诗艺的探讨中也有类似的表述，他认为杜甫、刘禹锡的诗在入夔州之后发生极大的改变，与之前的境界迥异，士人多认为是因二人贬谪流离所致，"而不知巫峡峻峰

---

❶ 北京大学古文献研究所编《全宋诗》，北京大学出版社1998年版，第40册，第25354页。

❷ 北京大学古文献研究所编《全宋诗》，北京大学出版社1998年版，第40册，第25046页。

❸ 北京大学古文献研究所编《全宋诗》，北京大学出版社1998年版，第41册，第25795页。

❹ 北京大学古文献研究所编《全宋诗》，北京大学出版社1998年版，第45册，第27768页。

激流之势，有以助之也"（《省斋文稿》卷一七《跋黄鲁直蜀中诗词》）。韩元吉评价张孝祥诗歌时亦云："故言语辄妙……亦山川之气或使然也。"（《南涧甲乙稿》卷一四《张安国诗集序》）可见将行于山水间的见闻经历作为诗歌创作的重要素材，在乾淳文人的眼中是一个共识。

宋代文人在强调博览群书的同时，虽从未忽视山川之助，但这种强化和重视在乾淳时期尤其鲜明。身居禁中的翰林学士，研读编修典籍是他们的工作，善用典故和技法也正是他们的长处，在宋诗重书卷和内省的阶段，他们具备创作最高水平诗歌的素质。但乾淳时期，身居禁中，远离山川湖海带来的刺激与灵感，学士之职反而限制了其诗歌创作水平。其诗歌创作内容大抵不出同僚唱和、君臣酬唱、应制创作、赏花游园、夜直内省等几类，诗歌也多发挥友朋交往、送别、恭贺、哀挽等功能，客观上讲，艺术成就不算太高。

孝宗朝学士在诗歌创作中呈现出这样一个现象，任学士之职或在朝中时间较短的诗人反而诗歌成就更高。其中典型的例子便是，富有诗名的范成大仅做了一个月的翰林学士，尤袤仅在翰苑六个月的时间，以词名世的张孝祥也仅在翰苑一个月。孝宗朝翰林学士中任职时间达到一年以上的，大多存诗数量甚少，任职时间很长的崔敦诗、李巘等几乎不作诗，三洪中仅有洪适诗歌作品较多。诗歌成就较高的周必大、洪迈、汪应辰等，其政治地位也远高于诗名，仅汪应辰诗名略高。

此外，乾淳学士创作于人生其他阶段的诗歌艺术成就也往往高于在朝期间的。如游历、外任、退居或出使等时期，诗歌成就往往高于在朝期间的，如周必大晚年乡居时期诗歌创作水平更高。洪适在朝期间作诗数量并不多，在地方任职时创作数量较多。范成大成就最高的是使金、任职广西和入蜀途中所作的诗，堪称其代表作的是归隐石湖所作的四时田园杂兴诗。这些都得益于他对途中见闻和田园生活的感悟。另外，范成大使金北行途中写成的七十二首绝句诗，是北地风光和爱国之情共同激发之下而成，也是其重要代表作，并且成为使北诗作的典范。这些现象均与乾淳时期自然景物在诗歌创作中的核心地位不无关联。

整体上看，孝宗朝翰林学士在诗坛的地位相较于北宋，在一定程度上有所下降，或者说任职翰苑未能促进高水平诗歌的产生。甚至相对单一的禁中环境在某种程度上限制了其诗歌水平。

第三节 以学士为中心的文人聚合与宋词雅化

宋以词著称，南宋词坛人才辈出，孝宗朝更是宋词的辉煌时期。然而学识渊博、精于文词的乾淳学士中，擅长作词的并不多，这与"词为小道"的观念有一定关系。但学士并没有缺席"中兴"的词坛，他们之中也有著名词人，如张孝祥堪称联系苏轼、辛弃疾两大词坛巨擘的纽带，引领了辛弃疾的词学道路。范成大的词成就颇高，著名词人姜夔也曾拜谒范成大，二人探讨作词，酬唱甚密。张孝祥、范成大、史浩、洪适、虞允文等，在宋词的发展历程中占据一席。一方面，从创作主体的角度看，学士在文人群体中颇具影响力和凝聚力，虞允文、范成大等通过往来酬唱聚合了一些词人，在一定程度上促进了词人间的交流，客观上推动了词的发展。另一方面，从文体发展的角度看，学士词在题材、功能上的拓展和语言上对于典雅的追求，主观上促进了宋词的雅化。

一、词观：词为"小道"与学士作词

自词产生以来，便产生了诗尊词卑的观念，且在文人之中形成了定式思维。尽管苏轼、李清照提升了词的地位，但词为"小道"的文学观念根深蒂固，孝宗时期依然如此。尤其于正统文人翰林学士而言，诗文是可以"载道"的文学样式，是抒情言志的工具和主要的工作文体，词仅为游戏笔墨的"诗余"。

在这一观念的影响下，即使擅长作词的文人也不以词之成就为荣。如陆游曾言后悔在词上颇有成就，辛弃疾也曾言"未尝有作之之意"（《稼轩词》序）可见词的创作被认为是翰墨游戏。张孝祥《于湖词》序中云："托物寄情，弄翰戏墨。"这种态度反映出士大夫对词的轻视。出于儒者的自我定位，文人士大夫即便作词，也不会重视这一文体，翰林学士尤其如此。

他们是一朝文化精英，肩负着弘扬正统文学的职责，自然以文和诗为重，词则不是创作的主流。

翰林学士在任职期间所作词的数量并不多。由于职责所需，学士作词主要以宫廷乐曲为主。孝宗把应制提高到翰林学士之职的高度，学士也会作一些应制词，但数量远不及诗。览观孝宗朝学士与皇帝之间的酬唱，基本都是作诗。这也非孝宗朝的特殊情况，北宋亦如此。据《北宋馆阁词研究》统计，北宋的馆阁学士之中，仅有夏竦一人曾作应制词，且只有一首《喜迁莺》。翰林学士应制作词的数量相对较少，他们的词多数为自发创作。因此翰林学士这一政治身份，并没有促进他们的创作。

相对于诗歌而言，学士的词数量较少。孝宗朝35位翰林学士中，14人有词传世。从《全宋词》收录的情况看，作词最多的是张孝祥，有226首作品，另有史浩、洪适、范成大作品数过百，其余人作品不多，孝宗朝学士中有21人无存词（见表6.1）。

表6.1 孝宗朝学士存词表

序号	学士	存词数	无存词的学士
1	张孝祥	226	虞允文、洪遵、钱周材、蒋芾、马骐、汪应辰、王刚中、何俌、王曮、陈之茂、莫济、梁克家、陈良祐、王瀹、胡元质、程叔达、葛邲、赵彦中、熊克、李巘、倪思
2	史 浩	143	
3	洪 适	138	
4	范成大	103	
5	程大昌	44	
6	王之望	26	
7	周必大	17	
8	洪 迈	6	
9	尤 袤	2	
10	崔敦诗	2	
11	郑 闻	1	
12	陈居仁	1	
13	刘 珙	1	
14	王 淮	1	

孝宗朝学士中创作数量较多且著有词集的学士是张孝祥、史浩、洪适、范成大四人：张孝祥著有《于湖词集》；史浩《鄮峰真隐漫录》中卷48为词曲；洪适词收录于其著作《盘洲文集》卷78、卷79、卷80；范成大《石湖词》原有200多首词，今多散佚，尚存109首。从宋人编纂的词选也可见孝宗朝学士中的词家。黄升《中兴以来绝妙词选》是一部比较重要的南宋词作选本，主要收录了中兴时期的优秀词作。其《自序》云："况中兴以来，作者继出，及乎近世，人各有词，词各有体……得数百家，名之曰《绝妙词选》。"在孝宗一朝翰林学士中，入选此集者有张孝祥、范成大。因学士在任职期间词作数量有限，在词坛名声显赫的张孝祥和范成大，他们高水平的词多创作于学士任期之外。

二、词人：以学士为中心的聚合及创作

孝宗朝词坛的文学生态非常好，宋词史家用富有文学色彩的语言评价道："这个时代还是成全了文学，为曲子词提供了重大利好。谈论孝宗词坛的天时、地利、人和，我们几乎想说，北宋开国以来没有哪一个时代能够比拟"，孝宗词坛是"一个真正的大时代"，是"宋词史上最激动人心的英雄时代"❶。孝宗朝词坛的辉煌，学士也作出了贡献，他们通过聚合文人活动为词的发展创造了有利条件。

翰林学士任职禁中，他们之中更有位及宰辅、名满天下者，令士人倾慕。他们在地方外任或乡居期间，身边往往汇集一批文士，进行诗词唱和，并形成一定规模的文人群体。如其中擅长作词的几位学士史浩、虞允文、张孝祥、范成大，在离开朝堂后均吸引了一批文士，聚合酬唱，在此过程中也丰富了词的创作。

虞允文是其中一个重要的典型。虞允文为孝宗倚重，曾于采石矶大捷，此事激发了文人的诗词创作。南宋士人迫切希望恢复故土，对战事表现出格外的关心。绍兴三十一年（1161年），虞允文于采石矶大败金主完颜亮，这是南宋对金战争中一次重大的胜利，朝野为之振奋，也成为文人墨客笔

---

❶ 肖鹏《宋词通史》，凤凰出版社2013年版，第600-601页。

下的重要话题。他们纷纷作词，赞颂虞允文的战功，表达恢复山河的期望。如张孝祥的《水调歌头》其九《闻采石战胜和庞佑父》："雪洗虏尘静，风约楚云留……我欲乘风去，击楫誓中流。"词中充满了豪情壮志。虞允文任职蜀中期间，诸多文人围绕形成了酬唱群体。虞允文曾在任翰林学士后入四川任宣抚使，且其入蜀时得孝宗亲自饯行。张孝祥也为其饯行作《木兰花慢》。虞允文在朝的政治地位和荣耀经历都使其声名远播。入蜀后，王质、李流谦、章森等都成为其府中幕僚，并围绕其酬唱诗词，形成了文人群体。乾道三年（1167年），王质成为虞允文幕僚，其词作辞气激壮，虞允文赞其为天才。李流谦同为其幕僚，存词25首，其中《醉蓬莱·同幕中诸公劝虞宣威酒》应该是在虞允文的席间所作。

范成大是另一位典型的人物。范成大在外任知静江府、知成都以及闲居石湖期间身边都聚集了一批文士。范成大曾任职中书舍人和翰林学士又奉命使金，加之其文名、诗名颇盛，誉满天下。乾道七年（1171年）到九年（1173年）范成大在静江府任职，在此期间游次公、陈符等文学之士成为其幕僚。范成大曾作《过鄱阳湖次游子明韵》，便是与游次公同游时所作。刘克庄对范成大与幕僚酬唱之事略有记述：席间，文士中有人谈起刘婕妤的故事，于是范成大提议诸人借此话题各自作词。其中游次公先作出一首，范成大没有作，众人皆作罢。这正是文人围绕范成大聚集和进行诗词交流活动的一个剪影。范成大在四川期间，交往联络的文士更多，陆游也在其中。淳熙二年（1175年）至四年（1177年）范成大任职四川，其幕府中人才众多，"凡人才可用者，公悉罗至幕下"（《周益国文忠公文集》卷六十一《资政殿大学士赠银青光禄大夫范公成大神道碑》）。陆游便是范成大幕府中的重要人才之一。陆游叙述了当时诗词唱和的盛景。在一些重要的节日庆典或是亭台楼阁建成之时，他们就会聚集创作。如筹边楼建成之时，范成大曾作《水调歌头》，陆游也作记文。

范成大归隐石湖之时，孝宗御笔亲书"石湖"二字赐之，令其声名大显。居石湖期间，多有文士来访，周必大也曾两次来石湖小住。此外，韩元吉、姜夔、张镃、杨万里、崔敦礼等都曾是范成大的座上宾。乾道八年（1172年）崔敦礼、徐似道曾与范成大同游石湖并酬唱，范成大作《念奴娇·和徐尉游石湖》，崔敦礼作《念奴娇·和徐尉词》。江湖诗派陈造亦与范成大交往，两人唱和颇多，范成大赞其盛名当不在少游下。姜夔曾于淳熙十四年（1187年）前往石湖拜访范成大，与范成大一起制乐、定词，作《玉梅令》《暗香》《疏影》等词，范成大赞誉其"翰墨人品皆似晋宋之雅士"（《齐东野语》卷十二）。此外，范成大还建设一座属于自己的梅园，即范村梅园，并创作了《梅谱》及170余首咏梅的诗词。因为曾经仕途通达，范成大在石湖别墅中的生活十分富足，有专门的乐队和歌女，这为文人士来此聚会酬唱提供了极好的客观条件。总之，由于范成大的强大向心力和感召力，以他为中心形成了至少三次酬唱热潮。词人雅集，促进了南宋词的发展。

三、词风：学士词与宋词雅化

宋词复雅之路上，学士的创作也发挥了一定的助推作用。词之复雅，主要是追求"温柔敦厚"的思想内容、典雅的语言、精致的艺术形式，反对俚语、艳语或粗豪语。❶词的最初功用是遣兴娱乐，因此多有艳词，风格倾向于婉媚，造就了词为艳科的局面，也导致了文人士大夫对这一文体的轻视。艳词在北宋是一种常态，即便是翰林重臣欧阳修也难以跳出词的浮艳之风。苏轼开阔了词的境界，将词在内容上从对艳情的描绘转为对性情的书写，使得词走向了雅化道路。词也逐渐由歌唱的曲子成为一种案头文字。南渡后艳词、俗词仍然存在，但整体上处在一个不断消退时期。孝宗朝时期依然存在艳词的创作，如曾觌曾作有大量的艳词。以翰林学士为主的士大夫意识到这一点，作为担任着规范文风使命的官方文人，他们以自身创作践行了词的雅化。

其一，学士词雅化的一个重要特点是题材的拓展。《词源·杂论》云："词欲雅而正，志之所之。"翰林学士一改词乃艳科的观念，扩展了取材范围。在学士笔下，词也如同诗一般可书写所见所闻。创作环境变化是学士词题材变化的重要原因。首先学士在宫廷所作应制词多用于节日庆典、官

---

❶ 高峰《论宋词的复雅之路》，《南京师大学报（社会科学版）》2003年第1期，第134-140页。

廷宴会等，内容上以歌颂升平、赞颂功业为主，需要体现才思，用语典丽，格调高雅，自然与艳冶之词相悖。学士在地方时，他们的创作环境也并非市井。翰林学士外任或乡居时多有自己的庄园，甚至拥有个人的乐队，具备举办家宴歌舞的条件，所作词的艳情色彩大大减弱了。"于是社会文化环境的迁移就与词本身的雅化进程结合到一起来，词的创作和欣赏圈子集中到文人士大夫的家常性环境中，歌词的市井性大大削弱了。"[1]

翰林学士乃宫廷中的"富贵文人"，宴席和赏花是他们笔下的重要素材。例如洪适《好事近·席上用景裴咏黄海棠韵》："须知玉骨本天然，不是借人力。"吟咏海棠，展现了学士高雅的品位和闲适情调。再如洪适《卜算子·太守席上作》："昨夜值狂风，痛饮全无味。"主要描绘了席间的赏歌舞、宴饮的场景，展现了文人聚会的风貌。

南宋的局势环境，对词的题材内容也产生了影响。由于南渡后的宋金形势，爱国题材的诗文大放异彩，表达恢复之志的爱国词成为孝宗朝词坛的特色。如张孝祥被称为爱国词人，著有大量心系家国的作品。而且张孝祥堪称联系苏辛的重要纽带，他对一代著名爱国词人辛弃疾的影响不容忽视。再如范成大，使金时曾作使金词《水调歌头·燕山九日作》等。

其二，学士词雅化的另一个特点是社交功能的强化。词这一文学样式最初为曲词，多用于席间的遣兴娱乐。自成为案头读物，跳出了音乐性的限制之后，其功能也逐渐扩大，具备了和诗歌相似的功能。词的社交功能被强化，使得词逐渐超越了唯一的娱乐功能，这也是走向"雅"的一个重要体现。

在学士笔下，词如诗一般可用于交往酬赠。同僚外任、出使等时候学士会以词酬赠。如史浩的《鹧鸪天》其二《次韵陆务观贺东归》："我本飘然出岫云，挂冠归去岸纶巾。但教名利休缰锁，心地何时不是春。竹叶美，菊花新。百杯且听绕梁尘。故乡父老应相贺，林下于今见一人。"作品一改一贯的宫廷词风，表现出对山林的向往，词风清新。张孝祥的词中更是有为数不少的送别词，如为刘珙写了多首。乾道三年（1167年）张孝祥前往潭州任职，刘珙则结束任期回朝。张孝祥到达后，在与刘珙交接期间，二

---

[1] 金朝正《南宋孝宗词坛研究》，上海人民出版社2011年版，第149页。

人多番酬唱。张孝祥为刘珙饯行，作《青玉案·饯别刘恭父》，句云："万斛离愁休更诉"，极尽渲染离别之情。此外还有多篇，主题基本都相似，如《点绛唇》其二《饯刘恭父》："空留恋。细吹银管。别意随声缓。"《苍梧谣》其一《饯刘恭父》："公归去，何日是来时。"都是表达不舍之情。此外还有《蝶恋花》其三《送刘恭父》、《鹧鸪天》其八《饯刘恭父》，等等。这些送别词的情感真挚，使词褪去艳俗之气，呈现高雅的格调。

词也成为学士与兄弟友朋之间互相联络情感的工具，与诗、书信的功能相近。洪氏三兄弟情谊深厚，互赠诗篇数甚多。洪适则作了多篇词，如《南歌子》其六《寄景卢》、《满庭芳》其九《景卢有南昌之行用韵惜别兼简司马汉章》、《满庭芳》其一《再作寄景卢》等。词臣的经历是他们官宦生涯的荣耀和共同记忆，不免成为词中反复吟咏的内容。洪适赠与洪迈的词中便饱含了对二人词臣生涯的追忆：《满庭芳》其五《答景卢遣怀》："北门炬烛，西掖纶丝。""北门"指代学士院，"西掖"则是中书省，词中追忆了二人登两制的经历。

词的祝寿这一社交功能也是雅化的体现，在此方面学士起到了推动作用。寿词兴起于南宋，是由于南宋祝寿之风盛行，魏了翁云："士大夫生日为乐之盛则始于近世。"❶ 祝寿之风为寿词的大量创作提供了绝佳的环境。乾道、淳熙时期达到创作高峰，宫廷祝寿风更盛。❷ 孝宗朝寿词的大量出现与孝宗圣孝大有关联。孝宗以孝名世："承颜两宫，以养天下，一时圣事，莫大于庆寿之典。"(《武林旧事》卷一) 宫廷祝寿词的大兴也鼓舞了文臣们的创作，寿词创作成为一种风尚。翰林学士也成为寿词创作的践行者和推广者。翰林学士中擅长作词的几人，如史浩、张孝祥、洪适、范成大等均创作了一定数量的寿词。如赠同僚或同僚家人的寿词，洪适《朝中措》其四《帅生日》、张孝祥《水调歌头》其十一《为方务德侍郎寿》、《西江月》其十二《为枢密太夫人寿》、史浩《木兰花慢·知明州王侍郎生日》等，内容上主要是赞颂和恭祝长寿。此外还有一些赠送亲友的寿词，情感更加真

---

❶ 曾枣庄、刘琳主编《全宋文》卷七〇八七，第310册，上海辞书出版社2006年版，第163页。

❷ 刘尊明《唐宋词综论》，中国社会科学出版社2004年版，第135-145页。

挚，如张孝祥代兄弟所作《西江月》其五《代五三弟为老母寿》："年年今日彩衣斑。兄弟同扶酒盏。"词作展现全家融乐之意。寿词在内容上都是以祝愿长寿为中心，辅以华丽的辞藻，描绘富贵场景，烘托祥和气氛。寿词的开创与广泛创作代表了当时词坛的一种风尚，也使词的功能进一步扩大。

其三，词的雅化还表现在语言的典雅、对俗语的摒弃和典故的使用。翰林学士富有才学，他们在诗文创作中，多使用典故，引用经史语，文辞典雅。他们一贯的行文风格也会影响词的创作。范成大正是典型代表，其词以典雅著称。清人江立评曰："石湖词跌宕风流，都归于雅。"❶ 何梦华称：范成大"词亦清雅莹洁，迥异尘嚣"。（何梦华抄本《石湖词》）同样，周必大、洪适等在翰苑时间较久的学士，深受正统文学创作的影响，他们的词格调高雅，语言典重。史浩久为文学侍臣，其词更是雍容富贵。所以整体上翰林学士的词作以雍容典雅为主。

南宋词走向雅化与靖康之变的教训大有关联。靖康之变后，南宋朝廷实行乐禁。据鲖阳居士《复雅歌词序略》记载，在靖康之乱后，朝廷实行乐禁，十六载天下无乐音，直到绍兴十二年才稍微放宽了禁令。在南宋恢复乐禁之后，《乐府雅词》与《复雅歌词》等词集相继出版，宗旨尤为明显，对"雅"的标举也是一种反思。翰林学士有扭转文风的文学担当。他们在词的创作中有追求雅化的自觉性，如张孝祥著《紫微雅词》，从其词集的命名可以看出对词雅化的标举。翰林学士在词的创作上追求雅化，更在主观上有倡导词体雅化的自觉意识。因他们在词人中的凝聚力，吸引众多文士围绕酬唱，形成了小规模的创作中心，催生了一批雅词，进而对整个词坛产生影响，助推了词体雅化。

---

❶ 范成大著、黄畲校注《石湖词校注》，齐鲁书社1989年版，第119页。

第七章

翰林学士之王言四六与应用文章

南宋四六文使用范围广泛，正如洪迈所云："上自朝廷命令诏册，下而缙绅之间笺书祝疏，无所不用。"❶ 在此环境下，朝廷官员无一不会撰写四六，专门拟写文书的翰林学士更是高手。翰林学士于禁中掌制，以文章为业，尤擅作四六。南宋四六大家多出于翰林学士，孝宗一朝四六文成就以三洪、周必大最高，他们被后人推为南宋四六创作的典范。乾淳学士的四六文创作以遵守体制为先，同时又能融汇散文化创作手法，在典重温雅之外亦能自然流畅。乾淳学士四六颇具特色，自成体式，形成了在南宋独树一帜的"词科体"。且他们兼采众长，更能够扬长避短，堪称宋四六的集大成者，在宋四六文发展进程中具有重要影响。

翰林学士学殖宏富、造诣深远，他们的散文创作亦是各体兼长，成就颇高。尤其是史浩、周必大、范成大、张孝祥、洪适、洪迈等人，在中兴文坛占据重要地位，堪称南宋散文大家。翰林学士散文议论透辟、经世致用，更兼文采与内容，体现了他们学养与笔力的兼长，代表了中兴时期散文的艺术水平。学士散文著述浩瀚，本章重点考察应制职能之下的散文创作情况。

---

❶ 洪迈《容斋随笔·三笔》卷八，上海古籍出版社1998年版，第505页。

第一节　学士四六文之遵与变

四六文属于骈文的范畴，骈文又可以称为俪体，是与散文相较而言的一种文体。四六之名起源于柳宗元《乞巧文》中"骈四俪六，锦心绣口"之语，句式特点为四言句和六言句间错相对。四六文的音节比较有规律，便于宣读。《文心雕龙·章句》所谓之"四字密而不促，六字格而非缓"，故而"施于制诰表奏文檄"（《四六谈麈》卷上）。四六文自唐代至南宋末年一直是朝廷制、诏、表、札的惯用文体，在南宋使用更加广泛，亦广泛用于个人表笺。由于功能的差异，不同类型的四六文在创作手法和风格上也有所不同。乾淳学士对此有准确的把握，对于制诰等王言四六，在创作上以遵守体制为先，风格上以精工典雅为主；表笺等个人化的四六文则打破形式的禁锢，多融入散文笔法，句式灵活，语言明白晓畅，文风自然流利，更加注重实用功能。

一、以体制为先与工整典雅

内制文书，用于朝廷颁布诏制，首要功能是代王言。王言四六文须适合特定的政治语境，符合君主的身份，能够准确传达王令，并且便于宣读。为了达到这些效果，首先应遵照四六文体制中最基本的句式要求，同时鉴于制诰颁布的场合，典雅温润也成为重要的审美追求。曹丕《典论·论文》中提到"奏议宜雅"。王言四六与日常所作四六不同，需要得体、典重、温雅。正如罗大经《鹤林玉露》所载："殊不知制诰诏令，贵于典重温雅，深厚恻怛，与寻常四六不同。"所以翰林学士在王言四六创作中，尤其遵循

"先体制而后文之工拙"的准则。

乾淳学士在四六文的创作中尤为讲求遵守体制,并将此凝练为理论,形成一种规范。周必大在《皇朝文鉴序》中云:"典策诏诰则欲温厚而有体。"通过周必大对历代典策诏诰收录选择的标准,可知其审美取向,这也是他个人的创作倾向。倪思也提出了鲜明的观点:"文章以体制为先,精工次之……而王言尤不可以不知体制,龙溪、益公号为得体制。"(《辞学指南》卷二)因此,翰林学士在创作中一个重要共性便是奉行以体制为先的创作原则。在四六文的风格上,周必大温润典雅;洪适用典精当、属对工巧;崔敦诗典雅精工。可见学士四六的典型风格以"工"和"雅"为主。

翰林学士所作口宣、制、诏等几类文体用于宣读,故而基本句式一般比较规整,在句式上多为四四对、六六对。周必大、三洪、崔敦诗、汪应辰、尤袤、范成大等人所作口宣,罕有打破四四六六句式的情况。如汪应辰《玉津园射弓赐果酒口宣》:"射以观德,乐且有仪。载惟终日之勤,特致上尊之赐。仍加果实,以助燕私。"❶ 口宣较短,一般句式十分工整。制文同样因其庄严性和宣读需要,大都体式规范。如洪适《左朝请大夫尚书左司员外郎邵大受除权尚书户部侍郎制》:"文昌六职,共底于事功;地官二卿,实司于经入。"其体式规范,句式工整,且以"文昌"对"地官","六职"对"二卿"对偶精切,体现了对四六体式的严格遵循。

工整是遵守体制的重要体现,欲达到工整的效果,对偶也应精切。如洪适《抚谕四川军民诏》:"乘塞护关,久矣采薇之戍;逾山越谷,远哉输粟之劳。"诏文既能够化用《诗经》中典故,亦能合理裁剪,并对偶精当,可谓是四六工整之句的范式。再如王淮《周必大除右文殿修撰制》的"早参两禁之游,雅擅三长之誉",亦可见对仗之工整。

典雅也是制诏文的重要审美追求。何谓典雅,叶适有云:"取经史见语错重组缀,有如自然,谓之典雅。"(《习学记言序目》卷四八)意为文章中的文词多有来历,并且出自权威的经书、史书,相对于使用自己的语言写作,多化用经史典故才能"典"且"雅"。对如何实现典雅,王应麟提出了具体方法:"制辞须用典重之语,仍须多用《诗》《书》中语言。"王应麟

---

❶ 汪应辰《文定集》,学林出版社2009年版,第84页。

认为欲追求典雅，以引用秦汉古籍中的语言最佳，尤其是《诗》《书》中的词语。翰林学士四六文尊体的重要体现便是风格典重温雅。翰林学士或经历了进士科、博学宏词科、馆试等多重考试的选拔，或以才学著称，皆为饱读之士，所以引用《诗》《书》对他们来说是信手拈来。更因代王言体使用的场合庄重，他们在制诰的写作中更是注重引用经典，语言典重，从而给人"含经吐史"的感觉。

语出经史仅是典雅的首要条件，四六之工贵在使用经史语言的同时做到工整的对偶。正如谢伋《四六谈麈》载："经语对经语，史语对史语，诗语对诗语——方妥帖。"王安石在使用典故上也是如此，且在《经》《史》的对偶之外，亦能以"释事对释事，道家事对道家事"。对偶工整之外还要做到善于裁剪，更好地化用典故，融入创作，使文章妥帖流畅。《四六谈麈》有云："四六之工在于剪裁。"在经史的引用中，直接使用全句并非最佳，合理剪裁化用才是得体。出身词科的三洪，四六堪称范本，他们在创作中不仅广引经史，且能够裁剪得当。洪迈《吾家四六》是他自己所挑选出的兄弟三人的经典之作。其中洪迈四六文广引《易》《左传》两部典籍中的语言，融汇于文中。两部经典古雅典重，经过作者的裁剪，以经语对经语，不仅是得体，更堪称典雅，非熟阅经典难以为之，这也体现了洪迈对四六体制的遵循。将经史子集中的语言，加以剪裁，合理运用到四六文创作中，彰显了学识，契合了宋代所倡导的"无一字无来历"的创作追求，也能够符合代王言的创作要求，使四六在官方场合显得庄重恰当。如，洪遵《周麟之妻孺人胡氏封硕人制》全篇数次引用经语，借用《鹊巢》《小星》的典故，又使用《采苹》《采蘩》《静女》《泽陂》《抑》中的诗语，亦引有《公羊传》《左传》中的语言。此文堪称典实密丽，几乎一句一典，无不出自经史，且贵在剪裁合理，化为己用。

讲求典实密丽则容易落入西昆体的弊病，晦涩难懂，失其温雅；讲求对偶精当则难免拘泥于形式，阻碍情感的表达，故而欲达到工整典雅，文气的贯通也是必不可少的。正如《耆旧续闻》所云："四六用经史全语，必须词旨相贯，若徒积叠以为奇，乃如集句也。"一味地组缀典故，广引经史，尽管彰显了才学，最终也会落入堆砌金玉甚至文气不连贯的误区中，所以运用典故要做到流利自然才能达到真正的"典雅"。

二、以散入骈与流利自然

在谨遵四六体制规范，追求工整典雅之外，学士也汲取散文化笔法，使文气连贯流畅，文章更流利浑然，宣读起来没有阻滞之感。以散入骈的创作手法包括打破四句和六句相对的规范句式，以不整齐的句子入四六；行文中少用生僻典故，叙事浅易，长于铺陈，娓娓言说，行文流畅；使用古文中的议论手法；嵌入虚词等。此类四六文往往是为契合情感表达需要，或用于相对不太严肃的场合。

根据内容的需要，打破传统句式，可使四六文更加活泼。最显著的特点是打破四四六六相对的句式。如洪适《视师诏》："朕以南北生灵久苦兵革，会敌帅有通和之议……凡我文武军民，怀十圣二百年涵养之恩，愤中原四十载分裂之难，奋忠出力，勿负国家。大可以取富贵而求功名，次可以宁父母而保妻子。"诏书不限于四字、六字，而是杂以八字、十字句，在句式上稍作变形，行文更为活泼，使得文风显得更加平易，文气更加连贯流畅，有铺叙之感，读起来更加流利。再如崔敦诗为不允周必大请免承旨所作的诏书："凡大诰令、大废置，乃俾专受，不责以翰墨之劳也。本朝以学士久次一人为之，秩高体重，故不常置。"❶ 此文既有四字对偶，又杂以散句，句式错落，全篇皆是叙述的口吻，无生涩之词语和典故。官员在皇帝除授新的官职时，往往会作辞免状进行推辞，尤其是周必大，每逢授予新职务必然会辞免，皇帝则会下达不允诏。此类诏书意在对其进行赞誉和挽留，又因宣于一人，宣读场合亦非太过庄重，所以诏书不需要太过刻板，故而可以杂以散体语言。

铺陈乃散文创作的重要形式，乾淳学士将这一写作方式引入了四六文中，使四六文呈现全新的面貌。如洪适《乞罢中书舍人札子》："臣能薄材下，靡有寸长，过叨误恩，备数两禁。常惧无以图报天地之德，惟知奉公守职，不敢附下罔上以邀誉避谤。"此辞免的札子，意在陈情，颇类散文。此外，以散文创作手法写作四六文的一个重要体现，是以议论入四六。口

---

❶ 崔敦诗《崔舍人玉堂类稿》，第2册，中华书局1985年版，第41页。

宣、制书、诏书等用于颁布皇帝命令，自然不会加以议论。所以议论多用于内制文书之外，可用于奏章、札子等文体的写作中。

散文化也表现为在文章中使用虚词和语气词。四六文中常用的虚词有之、于、而、已等。"较之不用虚词的四六句而言，这种虚词嵌入的做法明显借鉴了欧苏古文，使文气趋于平易流畅。"❶ 加入虚词可以缓解文章的紧密感与生涩感。如周必大所作《史浩罢右仆射制》："植学造圣贤之奥，摛文搴河汉之华。由义居仁，自许古人之事业；垂声迈烈，庶几君子之风猷。属予纂序之初，积以潜藩之旧……方今内政粗修而国论未一，远人不服而边虞实深。俾图莫适于攸居，救弊方期于公道……以昭体貌之公，以笃股肱之眷。申褒蕃数，亶谓隆私。于戏！三阶平而风雨时，相庆君臣之遇；九里润而京师福，勿云中外之殊。往祗忱言，永绥燕誉。"全文用了大量的虚词，所用最多的为"之"，也有"于""而"等。此外，还使用了语气词"于戏"。这些词语的加入虽没有改变原有的语句体式，却使文章更有平易之感，也为之增加了情感色彩。在加入散体特色的同时，亦不失其典雅。

四六文的一个常见弊端是过分强调形式，有时是为彰显学识而堆砌典故，导致形式大于内容，有害于情感的表达，失去了文章本身的意义。然孝宗朝学士在四六文的写作中能够做到围绕主旨，内容丰盈且情感充溢。如洪适《亲征诏》："朕实不能料事，诚不能柔远，屈己寻盟，反堕奸计……凡我文武军民，怀十圣二百年涵养之恩，痛中原四十载左衽之难，奋忠出力，不与戎狄俱生。大可以成功名而取富贵，次可以宁父母而保妻子。"（《全宋文》卷四七〇七）此诏书句式错落，通俗流畅，且贵在情感充沛，符合亲征诏书鼓舞人心的核心宗旨，没有固守于四六的形式而忽略情感的表达。再如洪适《激谕将士诏》："朕为人之后而不能报上世之愤，为人之君而不能振斯民之厄，故食不知味，寝不安枕，未尝以尊位为乐也。特以战争之役，肝脑涂地，不忍南北之人枉罹非命。"此篇诏书的情感表达更是激越，肺腑之言，情感真挚，宣读必然能够打动军心，鼓舞士气。此篇诏书的风格明显不同于一般制文的典雅工整，而是以内容和情感取胜。诏书以骈散结合的方式传达了圣意，同样不失得体。由此也足见四六文的形式与情感

---

❶ 施懿超《宋四六论稿》，上海古籍出版社2005年版，第112页。

的表达并不冲突，这得益于翰林学士们高超的写作水平和灵活的写作方式。

四六文的弊病往往是过分追求形式，阻碍了内容表达，但乾淳学士能够灵活使用，将散文的笔法恰当地运用于四六之中，重视内容的表达而不拘于形式，使四六这一文体更加醇熟，能够适应在南宋的广泛使用。

三、遵与变的精准把握

乾淳翰林学士四六创作的成熟之处在于能够将遵与变恰当地结合。在遵守体制的基础上，能够不为形式所禁锢；兼采散文之长的同时，亦不会完全被散文化的笔法所牵制而失其本质。真正做到骈散结合，使得文章既得体又平易流畅，在尊体和变体之间找到四六文的准确定位。

用典是四六文的重要特色，兼采古文之笔法并非舍弃典故。典故的使用技巧关乎文章的水平高低。四六文骈散结合的一个重要特点是既遵守精工的对偶，又尽量避免晦涩的语言，达到语言典雅又少有生涩的效果，实现整体上的流利感。学士为文实现骈散结合的一个最有效的方式是使用熟典，不用生涩之典，使文章既典雅又言辞平易，流畅又不浅俗；同时，在遵守四六文体式特点的基础上，汲取了古文的做法，虽然使用典故，又能避免堆砌、生硬凑泊。

四六之散文化贵在使用典故却不着痕迹，化用经史语言而不生涩，讲究对偶又不失自然。乾淳学士在四六文创作中，使用熟悉的典故，从而在典雅的同时有温润之感。如崔敦诗所作诏云："金行澄爽，玉管流商。气钟河岳之英，时作邦家之辅。"❶ 此篇使用了一些经史之语，如《晋书》中的"风鉴澄爽"，《诗·周颂·时迈》中的"及河乔岳"，但是这两个典故却为人熟知，用以宣读于周必大的生日诏中，也比较得体。尽管翰林学士兼采散文笔法，但是并未一味追求破体而违背遵守体制的最基本要求：使用为大家所熟知的典故，化解了完全使用自己语言的浅白之感，流利的同时亦能不失温雅。

乾淳学士四六文创作贵在灵活，对不同体裁区别对待。翰林学士熟稔

---

❶ 崔敦诗《崔舍人玉堂类稿》，第3册，中华书局1985年版，第141页。

诸体，对于四六的创作手法有着准确的把握，能够根据文书的不同体裁，采取不同的行文方式。整体来看，内制文书如制、口宣等出于颁布场合和宣读的需要，基本以谨守法度为佳，多讲究工整典雅，遵循四六固有体式，不常使用散文化笔法。因为散文句式反而会破坏原本四六便于宣读的初衷，这也是乾淳学士在王言四六写作上的基本遵循。在诏书的写作中，根据内容的不同和语境需要，又有所区分，一般大制诰多庄重典雅工整，一些宣读对象较为广泛的诏书则相对明白晓畅、浅易流利。此外，非王言四六，如奏状、札子、表、启等不需要宣读的四六文是案头文字，以内容的表达为主，不受宣读效果的限制，写作方式则更加自由，骈散结合居多。翰林学士的四六文不再局限于一种单一的风格，而是根据具体内容、适用场合的差异，进行区别化创作。他们对庄重典雅和自然流利两种风格的准确把握，是四六发展至乾淳时期趋向成熟的一个重要体现。

在翰林学士所草的文书中，拜相、封后等大制诰则必然以遵守体制为先。在大制诰创作中谨守体制，彰显了其典雅庄重。散文笔法运用于王言，则需要根据具体内容和宣读场合来决定。对于受众比较广泛的诏书，或者不限于朝堂所用的诏书等，要求相对宽泛，创作方式相对灵活。如前文所述《亲征诏》《亲往视师诏》《激谕将士诏》，另如周必大《谕群臣诏》等，此类诏书多采用散句，少用典故，语言也相对浅易，可以使文章明白，更利于情感表达和受众理解。

制诏文书之外的四六文，无论是奏、札还是笺、启，失去了王言的约束性和宣读需要，写作自由性更强，所以更适用于骈散结合的笔法。如汪应辰作奏状云："闻命震恐，不知所措……而臣质性迟钝，问学褊陋，虽独抱遗经，旷日持久，讫不能有所发明，岂足以参备讲劝，仰承顾问？"❶ 此文意在辞免所除职务，多谦虚之语，言辞恳切，作为个人上奏的文书，也不需要太拘于四六体制。范成大使金归来后除中书舍人，作有谢表《北使回除中书舍人谢表》："使四方不辱君命，既莫效于捐躯；俾万姓咸大王言，复何资于润色。"短短两句，既说明北使不辱使命，又提到为中书舍人润色王言之事，清晰扼要，不受四六体制限制，亦不拘于文采。

---

❶ 汪应辰《文定集》，学林出版社2009年版，第51页。

乾淳学士四六文创作对于遵守体制和活用散文笔法有着恰当的把握，既能不失体制，又能灵活处理，兼具散文之长。他们充分汲取了骈散两种文体的优势，融会贯通，从而在工整典雅的同时呈现平易晓畅之风，使得不同体裁的四六文能够适用于不同的用途。乾淳学士的四六创作在遵与变之间找到了一个平衡点。经由乾淳学士精准地把握和纯熟地使用，南宋四六文更加趋向于成熟完善。

第二节　学士四六文之渊源与成就

翰林学士的核心职能是撰写制诏文书，四六文是他们的工作文体。在任职的锻炼中，翰林学士大都具备了高超的四六写作水平。宋代四六大家多出自翰林学士。乾淳学士更是南宋四六文创作的中流砥柱，其四六兼采众长，能在前人的基础上扬长避短、发展完善。其四六更是自成一体，在宋四六文的发展进程中占据一席。

一、乾淳学士四六成就

高宗、孝宗两朝四六文蓬勃发展，涌现了一批高水平四六文作家。南宋的四六大家大多出自这一时期，且以翰林学士为主。《中国骈文史》认为汪藻、王安中、綦崇礼、洪氏父子、周必大是南宋四六文的专家。❶《两宋文学史》称汪藻、孙觌、三洪、周必大为南宋四六文四大家（三洪被视为整体）。❷他们都曾在高宗朝或孝宗朝任职翰苑，足以说明任职翰苑与四六水平的直接关系。其中三洪与周必大皆为孝宗翰林学士，也足以说明孝宗朝学士四六成就斐然。

乾淳学士中四六作品丰富者为三洪、周必大、崔敦诗、范成大、尤袤、

---

❶ 刘麟生《中国骈文史》，上海书店1984年版，第95页。
❷ 程千帆、吴新雷《两宋文学史》，《程千帆全集》第13卷，河北教育出版社2000年版。

倪思、王曮、汪应辰、王淮等人。三洪、周必大无疑是其中翘楚，正如韩淲《涧泉日记》所载："淳熙以来……典章洪迈、周必大。"此外，周必大历任内外制词臣，且登翰林承旨，孝宗朝许多重要的制诰皆出自其手，四六文是其创作数量最多的文体。其文集中的《掖垣类稿》《玉堂类稿》分别收录他任中书舍人和翰林学士时所作文章。其中《玉堂类稿》包括制、诏、赦文、表、笺等多种文章类型。其四六文堪称孝宗朝学士典范，在南宋颇具影响力。三洪出身词科，是四六写作的专家。《三洪制稿》是收录三人文章的集子，其中收录洪适四六文十四卷，洪遵二十卷，洪迈二十八卷，但此书已佚。据现存的《鄱阳三洪集》，洪适四六文数量远超洪遵、洪迈。但世人往往将三洪并举，认为三人成就皆高。崔敦诗曾有《内外制》共十五卷，目前已佚，现存《玉堂类稿》中收录其内制文章二卷。汪应辰的《文定集》卷六、卷七、卷八是状扎、表、制等。范成大现存四六作品可见于《全宋文》，卷四九七六收录制一卷，卷四九七七收录表一卷，卷四九七八收录疏一卷，卷四九七九、卷四九八〇收录疏、札子两卷。倪思在翰苑时间达到四年。《全宋文》卷六四〇四、六四〇五两卷录其制诏文等。尤袤因其三十卷《内外制》已佚，所以其四六文存世数量不多，《全宋文》卷四九九九收录其数篇疏、奏、表、启等。王曮曾为承旨，其四六文应不在少数，但由于其名于后世不显，其文也多佚，今仅于《全宋文》卷四六五九中可见其几篇制、奏、札子。

二、乾淳学士四六渊源

从宋四六的发展脉络来看，北宋初年，杨亿和刘筠以谨守四字六字律令为特点的杨刘体风靡文坛。随着杨刘体组缀典故的弊病越来越明显，北宋欧阳修一改文风，开创了以古文为法的宋体四六。苏轼和王安石师法欧阳修，但二者又有所不同，苏轼主要发扬欧阳修四六之自然流畅，王安石则以遵守体制为先。杨囷道《云庄四六余话》评之："荆公谨守法度，东坡雄深浩博，出于准绳之外。""荆公派"在文章风格上标举"典雅"，"东坡派"则以自然、不拘准绳为标准。杨囷道认为宋四六最主要的是苏、王两派。南宋四六则分别延续苏、王的创作道路继续发展。亦如王志坚《四六法海》所云:"宋之四六各有源流谱派……撮其大要,藏曲折于排荡之中者,眉山也,标精理于简严之内者,金陵也。是皆唐人所未有。其它不出两公范围。"意思是南宋四六基本分属于苏、王两派。然南宋四六具有其独特性,以此两派来划分难以完全涵盖。今张兴武在《宋金四六谱派源流考述》一文中对宋金四六流派进行了更为详细的划分,具体为杨刘体、英公体、欧公体、东坡体、荆公体、词科体。❶ 下文以此为参照,分析乾淳学士的四六渊源与特色。

乾淳学士主要承袭荆公体四六。杨囡道《云庄四六余话》云:近时汪浮溪(藻)、周益公诸人类荆公,孙仲益(觌)、杨诚斋诸人类东坡。王安石的四六文呈现出浑厚的文学积淀与典重之美,更适合朝廷公文使用。《直斋书录解题》卷一八有云:"王荆公尤深厚尔雅,俪语之工,昔所未有。"王安石四六文的最显著特点是"谨守法度"和"先体制而后工拙"。在内制文书的写作规范下,学士四六文创作需以体制为先,故而与王安石的做法比较相近。且"荆公取经史语组缀,有如自然,谓之典雅,自是后进相率效之"(《玉海》卷二〇二)。翰林学士重视学问,不离书卷,因而在风格上更加倾向于追求典雅温润,但"王安石及'荆公派'四六家以类编故事、搬弄全句为能事,招致许多批评"❷。荆公四六存在组缀经史典故,以及为人所嗤的用事之弊,或多或少地延续了一些"西昆体"的特点。乾淳学士在承袭荆公四六时,能够认识到这些不足,有所扬弃。

欧公体、东坡体四六对乾淳学士所产生的影响也不可忽视。欧阳修不满于杨刘体(刘筠、杨忆)文章典故太过密丽生涩,故而进行反拨,以古文笔法写作四六,为四六文创作注入新鲜的血液。其为文"以文体为对属,又擅叙事,不用故事陈言。"❸ 这种言语明白、少用典故的四六文创作特色,主要为苏轼所继承发扬。苏轼四六"不事雕饰而议论通达"❹,主张少用典故,崇尚自然流畅,以古文的气势贯穿其中。东坡体影响广泛,为苏辙、曾巩、杨万里等所承袭。乾淳学士对东坡四六也有所借鉴,尤其洪适、洪

---

❶ 张兴武《宋金四六谱派源流考述》,《文学遗产》2019 年第 1 期,第 84-99 页。
❷ 祝尚书《宋元文章学》,中华书局 2013 年版,第 271 页。
❸ 陈师道《后山诗话》,何文焕辑《历代诗话》上册,中华书局 1981 年版,第 310 页。
❹ 《四库全书总目》卷一五三,下册,第 1322 页。

遵、洪迈的四六自然流利，曾被归入"东坡派"。楼钥对洪遵四六的评价是"文从字顺，随物赋形"。(《洪文安公小隐集序》)

以古文笔法入骈文的创作方式可上溯至唐代陆贽、元稹。这在当时没有产生太大的影响，尤其翰林学士依然多以遵守体制为主，直到欧阳修将此发扬光大。周必大四六文典雅精工，一般认为是荆公一派。但他也兼采了陆贽和欧阳修的做法，其四六在典雅之外亦呈现出浑融有味的特点。正如其所云："四六特拘对耳，其立意措词，贵浑融有味，与散文同。"(《鹤林玉露》甲编卷二) 周必大在初任翰林学士时曾说："最可慕者，陆贽、欧阳修而已。"(《文忠集》卷一四〇《自叙札子》)其中陆贽四六最为周必大称颂，曾赞其"具在方策""深切明白"。周必大不免以之为典范。所以追溯乾淳学士四六创作，在某种程度上亦有对陆贽的借鉴。

乾淳学士在四六创作中兼采各家之长，在承袭荆公一脉谨守法度的同时，借鉴欧苏之流利，融汇两种风格之长，既能典雅亦能流利自然，既做到体式规范又能言之有物，不失情感。贵在兼容并包之余，又能对不足之处有所改进。王安石四六喜用典故，虽深厚尔雅，但容易累编故事，搬用典籍中的长句。欧苏在追求破体的过程中，未免矫枉过正，虽去除堆砌典故的弊病，但也使文章失去了典重之感。正如楼钥所言："全引古文以为奇绝，反累正气。"(《攻媿集》卷五一) 孝宗朝学士在学习前人的基础上有所扬弃，他们不同于欧苏摒弃典故的坚决破体，也不完全同于王安石的用典精切的尊体，而是以体制为先，兼取古文笔法之长。所以他们的文章典雅温润，既能满足职能所需，又能一定程度地避免凑泊生硬，流弊丛生。

三、乾淳学士四六特色

乾淳学士四六虽汲取众家之长，但却不完全属于上述任何一派。实际上，他们的四六文具有个性化的特征，可以说自成体式。乾淳学士多出身自博学鸿词科，如周必大、三洪、倪思等。词科考试对四六文有着严格的规范，《直斋书录解题》卷一八云："置词科，习者益众，格律精严，一字不苟。"他们在备试的习练中已将词科写作的要求内化为创作标准。他们的文章具有一定的共性，张兴武将此类四六文称为词科体。

乾淳学士四六文水平的显著提升与词科取士有必然联系。博学鸿词科对应试者的首要要求是博览群书，有丰富的知识积累。三洪在备试词科时编写了大量的经史笔记，所以善用典故，讲究用典和对偶是其重要特色。《四库全书总目》洪适《盘洲集·提要》评价洪适四六文"皆长于润色，藻思绮句，层见迭出"。如洪适《辞免中书舍人奏状》："窃以班登禁密，选贵西垣，不独掌行制书，盖亦与闻时政。惟媺才不至固陋，庶继温纯之词；必特操无所阿私，乃振纠驳之职。如臣者驽材何算，鼠技易穷。遇聪明睿智之君，莫伸管见；摄礼乐文章之事，只惧素餐。屡叨称奖之荣，常赐清闲之燕。坐文茵于帝所，岂羡金莲；来捷步于日边，特盼珍茗。"此文对偶工整，句式规范，使用了禁密、西垣等代指中书省，亦化用《汉书》"清燕"之词。其四六既用典，又擅用熟事，文气连贯亦不失文采。洪遵四六亦十分注重对典故的使用，如《谢除翰林学士承旨表》也典雅工整，熟用典故，文采斐然。洪迈亦曾提出："属词比事，固宜警策精切。"（《容斋三笔》卷八《四六名对》）整体上，由三洪的内制文书以及《吾家四六》中所引用的文章可见，三洪在用典精切、对偶骈俪方面十分讲究。他们虽学习了东坡派的自然流畅，但与东坡派所主张的不事典故有所不同，受词科的影响比较明显。今人也对洪氏三兄弟也有"以词科起家，皆工骈俪"[1]的评价。

经由乾淳学士发展，中兴时期的四六文呈现集大成的风貌，创造了南宋四六的鼎盛。虽称乾淳学士四六为宋四六之集大成略有溢美之嫌（他们并无欧苏一样的名气和巨大影响力），但就四六文在宋代的发展情况而言，经过前人的探索和变革，四六文在不同作法下的优势和弊端日益显著，循着前人的创作路径，乾淳学士有更多的经验可以借鉴，当弊端逐渐被规避，优势逐渐被发挥，四六文自然走向成熟，从而在南宋中兴这一时期实现了宋四六的"大成"。《鹤林玉露》中称"汪、孙、洪、周四六皆工"。这是对周必大、三洪等人的赞誉，也是对翰林学士四六文创作成就的充分肯定。

---

[1] 程千帆、吴新雷《两宋文学史》，《程千帆全集》第13卷，河北教育出版社2000年版，第545页。

第三节　学士散文之多样化呈现

"南渡之初，局势未定，散文以章札奏议等实用文字为主，尚无力更多地去讲求文学性。经过三十余年休养生息，文学中兴于孝宗之世。"❶乾淳时期，言政论事的论体文依旧是散文创作的主体，同时序跋文、记体文和碑铭这几类散文也得到了发展。翰林学士皆学识宏富、造诣深远，除了擅长诗歌、四六文之外亦擅长散文。孝宗朝翰林学士中不乏南宋散文大家，尤其是周必大、范成大、张孝祥、洪适、洪迈等人，在南宋中兴文坛占据重要地位。他们各体兼擅，各类散文体式的创作都十分丰富，一方面他们的创作契合了南宋散文的整体发展规律，另一方面他们的创作也助推了南宋散文的繁荣，是南宋散文成果的重要组成。翰林学士在学士院期间的创作有所侧重，以应制之作、论事之作和序跋文为主。这些散文的实用性较强，多以功能性为先，同时兼具艺术性。

一、各体兼擅：学士翰苑散文的文体样式

翰林学士皆为文章写作高手，在散文的各类体式方面均有建树。其中在任职环境和职能要求下又有所侧重。学士兼顾问献策，在翰苑任职期间所作政论文数量尤其多，内容上围绕时事，深切务实，经世致用，水平颇高。学士奉旨整理典籍、编修文集，在此过程中所作书序尤其多，记述了书籍的版本流传，对文学发展历程的宏观把握和个体作家创作风格成就的评论也鞭辟入里。学士与皇帝亲近，御赐诗、书不在少数，学士们惯作题跋文，记述荣耀的经历，表达对皇恩的感念。学士的记体文创作丰富，在任职期间所作殿阁记较多，于外任、出使和归乡的途中多作山水游记，闲居期间则多作亭台堂阁记。

---

❶　王水照、熊海英《南宋文学史》，人民出版社2009年版，第109页。

（一）学士论说文

论说文是散文中使用较为广泛的一类。这类文章尤尚语言简洁、议论透彻、说理明白，实用性较强。翰林学士任职禁中，召对议事，顾问献纳，参与政治事务，也常以论说文的方式上奏、讨论国家时事。尤其是虞允文、周必大、洪适等人跻身宰辅，上奏文书是他们的一种常用工作方式，故而创作了数量丰富的论说文。虽说此类文章以实用功能为主，但并非没有文学性，反而更能体现作者的学识和写作水平。

乾淳学士在禁中宿直时，常召对与孝宗讨论政事，会上呈一些文章表述个人观点。这些论说文多围绕人才的任用、管理方式、国家现实问题以及对孝宗的劝诫等方面进行论述。如周必大政论文议论透辟，语言平易，承欧文之风，成就尤高。乾道六年（1170年）周必大作《论汉儒》，希望孝宗能够以太祖为法，任用真正的儒士。《周文忠公奏议》卷二载："累圣以来，卿相多名儒者，太祖任人之效也。臣愿陛下以汉为监，以太祖为法，则名实决不能眩，而士大夫趋向一归于正矣。"文章从君子儒和小人儒的区分开始论说，并以汉代和太祖任用儒士的例子来分析任用真儒的重要性，内容清晰，说理明白。乾道六年（1170年），孝宗与周必大在垂拱殿议事，周必大上奏了《论听言责实》，意在劝谏孝宗励精图治。乾道七年（1171年），周必大宿直，召对选德殿，上奏《论四事》，针对将相、台谏等任用提出建议，并且获得孝宗褒奖。虞允文的政论文也多围绕现实问题，如乾道七年《论择相当以天下疏》对宰相的任用标准进行了论说："故宰相者，天下之选也。选不以天下而用于一人之私意，所相非所任，所任非所相，而天下之心必有所不服矣"。（《建炎以来朝野杂记》乙集卷三）张孝祥在秘书省任职的时候，也作《奏论用人久任利害疏》对人才任用展开讨论。虞允文《论虏政衰亡宜益自治疏》就边防、对金问题发表观点，主张加强自治："内益自治而已，无令机会卒至而我有未备不足之叹，则事可以万全。"另外王之望《论两淮镇戍要害奏议》论说了边防戍守问题。这些论说文反映出学士们的政治思想和为官理念，也体现了他们的政治才能。

（二）学士序文

书序和赠序是序文中最为典型的两类，其中唐代赠序创作数量较多，南宋书序创作数量较多。书序一般在书籍前或后，用于对书籍的立意、内容、目次、体例等进行介绍。

翰林学士在学士院期间作书序较多。翰林学士奉旨修史编书，拟撰制诏典章，编辑出版经典文集，往往作相应的序文。这些序文内容一般遵循基本程式，主要记述编修始末和书籍内容等情况。淳熙年间，孝宗令馆阁学士选取宋文中的经典之作编纂成《皇朝文鉴》，周必大得到孝宗的旨意，"而命臣为之序"（《玉堂类稿》卷一〇），因此撰写了一篇著名的序文《皇朝文鉴序》。周必大任学士期间重修《文苑英华》，作序文《文苑英华序》，记录了修订此书的必要性，即太宗主持编纂的三大类书中《册府元龟》和《太平御览》已经在重刻，"惟《文苑英华》士大夫家绝无而仅有"（《平园续稿》卷一五）。洪适在秘书省期间重编《唐登科记》，作《重编唐登科记序》将重修过程记录下来："予尝考《会要》《续通典》诸书补正之。据唐人集增入策问。及校中秘书，亦得一编。"此外，洪迈奉孝宗命搜集唐诗绝句，最后整理百卷，其《万首唐人绝句诗序》记载此事。"撮其可读者合为百卷，刻板蓬莱阁中，而识其本末于首。"总体来看学士任职期间所作编修典籍的序文，主要起到记录作用，令后世了解当时书籍编纂刊印的情况。

欧阳修曾云"学士所作文书，皆系朝廷大事，示于后世，则为王者之谟训；藏之有司，乃是本朝之故实。"❶翰林学士有编辑收录制诏文书的自觉意识，他们将在禁中所作文书编成集子，并作序文。其中一类是由承旨所作，承旨整理收录学士所作制诏文书，并作序。洪遵《中兴以来玉堂制草序》记述了此集内容："凡将相之除拜、后妃之封册、诏旨之敫、乐语之奏、上梁之文、布政之榜，无不备具，惟答诏、青词之烦，不复记也。为六十四卷。"此外，周必大《续中兴制草序》中写道："乃命院吏袁隆兴以来旧稿，继遵所编，而以尊号表文为之首，其余制诏等各从其类，复增召试馆职策问，合三十卷。"可知此书是承接洪遵《中兴以来玉堂制草序》编纂而成。另外一类是学士将个人制诏文书编辑成集，并作序文。如周必大将在翰苑期间所作制诏表章辑录成《玉堂类稿》，卷首著有《玉堂类稿序》一篇，其内容是周必大对自己在翰苑任职的经历和职掌制诏情况的记述。

---

❶ 马端临《文献通考·总集》，中华书局2011年版，第6672页。

(三) 学士诗书题跋文

题跋文经常与序文相提并论，但二者在具体的写作样式和文体功能上有所不同。《文体明辨序说》认为一般放在书籍前面的为序引，放在书后的为后序，序文对书籍进行详尽的介绍。题跋文则是"其后览者，或因人之请求，或因感而有得，则复撰词以缀于末简"。题跋文用以品评他人字画书墨、诗词文章，一般篇幅不长，且在体式上无定格，写作比较自由。题跋兴起于唐代，在宋代进一步拓展，由之前对著述的讨论延伸到书画领域，且内容上可以说理、议论、抒情等。南宋文人的题跋文创作数量十分丰富，在中兴时期更是达到了创作的高峰。孝宗朝学士史浩、周必大、洪适等人皆创作了大量的跋文。其中周必大的文集中收录序跋文十二卷，达五百多篇，并辑录成《益公题跋》，在内容上，对考订文字、抒怀叙事、艺文评论均有涉猎。洪适的题跋文章也有三百余篇。

其一，翰林学士的跋文中有一类是因获赐御书而作，数量十分丰富。孝宗书法精深，常以亲笔书法赐学士。学士在获赐后往往会作跋文以谢圣恩，这也是应制文章的一部分。史浩、周必大、洪迈、范成大皆曾获赐并撰跋文。此类题跋文具有一定程式化写作特点，一般会先记叙赐御书的经历，表达荣获圣恩的激动心情，赞颂孝宗为明主，表达对皇恩的感念以及对孝宗书法的赞美。

史浩御书跋文数量最多，内容上也属应制的典型。其《跋御草书旧学二字》："上遣使至都堂传宣，赐臣御书'旧学'二字。臣下拜跪受，同列敬瞻羡叹……暨告归田里，私窃自念，虽臣屑琐，不足以仰承大赐，然使圣主所以宠嘉愚臣之意，不白于天下后世，臣之罪大矣。于是命工刻之，以为子孙不朽之传。若夫草圣之精，体备八法，群目耸观，龙蛇蜿蜒，云烟飞动。"跋文先记述获赐的经过，再表达自己获赐的殊荣，以及对书法的珍视，最后是对御书的品鉴和赞颂。

学士御书跋亦会在怀古思今中抒发获赐之荣耀，赞颂今主英明。如淳熙五年（1178年）孝宗赐周必大御书白居易诗一首，周必大作《御书白居易诗跋》云："居易其知几乎！虽不逢其时，孰知三百余载之后，乃遭遇圣明，发挥其语，光荣多矣。"作者怀古思今，在古今的对比中，赞颂孝宗是明主。

对御书的品评和赞美也是此类跋文的重要内容。孝宗御书"石湖"二字赐范成大，范成大《跋御书》极力赞颂孝宗书法之高妙："跳龙卧虎之势，漏屋画沙之迹，皆神动天随，沕穆无间。譬犹叶气细缊，蒸为云汉，辉光所丽，自成文章，非复世间笔墨畦径所能比拟。"❶

其二，御诗跋也是学士在翰苑期间所作跋文类型之一，内容特点与御书跋比较接近。孝宗曾赐诗给史浩、洪迈，二人皆作有跋文。淳熙八年（1181年），史浩以祠禄官离朝，孝宗作诗为其辞行。史浩《跋御制东归送行诗》："蒙赐宴秘殿，宣劝赐锡，恩意隆渥，且赐御书御制诗一首，以宠其行。臣惶惧跪捧，再拜称谢，继以涕泣。"主要内容仍然是表达对孝宗的感激。乾道四年（1168年），孝宗赐蒋芾、洪迈等《春赋》一首。洪迈作《跋御制春赋》云："诏赐臣迈《春赋》一首，凡四百七十有二言。云汉为章，奎壁绚耀。昭回之光，下饰万物。臣拜而言曰：古今能文者多矣，惟广大高明开阖造化，然后足以为帝王之文章。帝王之文多矣，惟经纬天地鼓舞动植，然后足以尽圣人之能事。"跋文对孝宗所作赋文极尽赞美之词。

其三，学士任职期间著有一些文集跋。翰林学士负责一些书籍的整理和重刊工作，在完成后多作题跋，记述编校始末，介绍书籍的内容及版本等，与序文相近。洪适在翰苑时奉命编修重刊元稹集，其《跋元微之集》："三馆所藏，独有《小集》，其文盖已杂之六十卷矣……元、白才名相埒，乐天守吴财岁余，吴郡屡刊其文；微之留越许久，其书独阙可乎？乃求而刻之。"此跋为重刊元稹集所作，文中说明了重刻此书的必要性。学士的文集跋，内容以记事为主，叙事性较强，文学性较弱。

（四）学士记体文

记体散文乃纪事之文，根据题材内容的不同，大致可分为亭台堂阁记、山水游记、书画记、日记体、杂记几类。唐韩愈、柳宗元创作记体散文，遂成一式，入宋则更加盛丽多姿，蔚成风气。❷ 翰林学士创作了数量丰富的记体文，各类题材均有涉及。就学士创作于任职期间的记体文而言，以亭

---

❶ 范成大撰、吴企明校笺《范成大集校笺》第5册，上海古籍出版社2022年版，第1963页。

❷ 杨庆存《宋代散文研究》，人民文学出版社2011年版，第265页。

台堂阁记居多，主要是应制之作，用以记录朝堂之事。此外，学士在翰苑所作的笔记中，以洪遵《翰苑群书》、周必大《玉堂杂记》成就最高，二者是翰林笔记的典型代表，有极高文献价值，已经在前文论述。

在记体文中，亭台堂阁记使用广泛，惯于对景物进行静态描写，内容上包括地理位置、建造背景、环境，亦有阐发议论的功能。《选德殿记》是翰林学士在禁中所作最为典型的记文。洪迈和周必大皆有此同名作，但内容上有所不同。乾道三年（1167年），洪迈兼直学士院，召对选德殿，孝宗谈起选德殿的命名缘起以及殿阁的功能，并令洪迈将此记录下来。洪迈《选德殿记》首先记录了受命作殿记的背景，即选德殿名的由来及功能。后面则结合古今兴衰成败展开了议论，对孝宗受天命、克己励精进行赞颂。选德殿是孝宗朝宫中唯一新修的殿宇，是处理政务的主要地点，孝宗对此颇为重视。淳熙五年，周必大在禁中也奉旨作《选德殿记》，此篇则侧重于对选德殿的修建情况进行记录，并就其中含义进行解析："皇帝践祚以来，宫室苑囿一无所增修，独辟便殿于禁垣之东，名之曰选德。规模朴壮，为陛一级，中设漆屏，书郡国守相名氏。"（《玉堂类稿》卷一〇）此记撰成后，获得了孝宗的称赞，并被刻于石上，立于殿上。

学士游览中所作亭台堂阁记则不同于应制之作，此类作品更加活泼灵动一些，内容以环境描写和表达议论为主，语言也更加优美。如洪适《爽堂记》："西山横前，烟除雨歇，则遥岫崇壁，或立或奔，怪奇绵延，呈炫天巧。于是立屋四楹，曰'爽堂'。"此文对爽堂的周围环境进行了描写。《风月堂记》记录了建堂的背景和自己在其中的心态："拔园葵作小堂，竹以风鸣，月在花下，诵宋玉、谢希逸之赋，哦翰林公三千首之诗。"语言清新明快，意境也十分优美。周必大《咏归亭记》也是颇有意境，更借赏景阐发议论："古者学必临水。"这些亭台堂阁记与禁中应制所作形成了鲜明的对照，无论是内容还是思想都更加活泼灵动，少了庄重之感，增添了艺术性。

山水游记是记体文的重要组成部分。游记以介绍地理位置、景观风貌等为特色，也会借此抒发情感、表达心境等。此类记文相较应制记文来说更加有趣味，富有文采，但多作于外任、旅途等。范成大山水游记创作数量较多，且长于随物赋形，《泛石湖记》堪称其山水游记的代表作。洪适山水游记数量亦丰富，如《碧落洞记》《通天岩记》为绍兴二十一年（1151年）贬谪外任期间所作。学士山水游记数量远不至此，但因非禁中所作，故不详述。此外，学士还作有一些杂记文，如洪适《盘洲记》写于洪适致仕之后，对盘洲的地理风貌、山水风景进行了描述，文章更加灵动，语言秀美，境界也更加开阔。如"我出吾山居，见是中穹木，披榛开道，境与心契。"境界也完全不同于任职所作，此类记文更彰显学士的文学水平和审美趣味。

二、学士散文的艺术特点

（一）议论透辟，务实可行

南宋散文的一个共同特点是长于议论。孝宗朝翰林学士的散文也体现出这一显著特征。论说文，尤其是政论文多以务实事、切世用为佳。翰林学士的政论文以内容为先，多以讨论现实问题为主，议论透辟，但又不流于空泛，能够提出切实可行的策略。南宋以理学思想著称，周必大、范成大属于事功派，讲求经世致用的理学思想也影响了他们的创作，具体体现便是文章讲究实际功用。

长于议论且条理明白是翰林学士散文的首要特点。如，王之望《近世社稷之臣如何论》开篇展开议论："论社稷臣者多矣，有以主在与在、主亡与亡为社稷臣者，有以招之不来、麾之不去为社稷臣者，有以堂堂之节折而不挠为社稷臣者……盖豪杰非常之士，立乎人之本朝，以天下之安危自任，既有其志，又有其功，斯可以为社稷之臣。"（《全宋文》卷四三七）文章对社稷之臣的几种类型进行了列举和讨论。再如周必大《论汉儒》："臣闻儒有君子，有小人。孔子尝以是告子夏，不可以不辨。二帝三王之时，稷、契、伊、周道德隆备，功业光明，此君子儒也。春秋战国之际，以诈谋相高，以功利相倾，此小人儒也。虽然，二者是非白黑犹易辨也。"（《周文忠公奏议》卷二）此文由古至今，对真儒、假儒进行了议论和探讨，旁征博引、分析透辟。虞允文的论说文亦擅长以分条铺陈的方式展开议论，如《论今日可战之机有九疏》（《历代名臣奏议》卷二三四）从九个方面说明可以伐虏的原因。

　　翰林学士的散文胜在长于议论又并不流于空谈。学士参与朝政,他们的散文有着强烈的现实性,能够根据当时的局势,针对广泛的社会问题进行讨论,并提出合理建议。事功派文章尤其讲究务实,忌流于空疏。例如,周必大《论四事》提出四条策略:"一曰重侍从以储将相……二曰增台谏以广耳目……三曰择曾任监司郡守人补郎员之缺……四曰久任监司郡守,责事功之成。"(《周文忠公奏议》卷二)此文第一条选用了绍兴时期秦桧专政、人才衰弱的例子来说明将相任用的重要性,后面三条策略也切实可行。周必大的上奏获得孝宗的嘉奖和采纳。宋金战后有许多遗留问题,针对流民安置事宜,虞允文作《论中外战守之备并安集流民疏》:"应天顺人之举,雷动而风行,臣与江汉草木日月以冀。所有归正之民,臣亦已遣官赍钱米赈给而安集之矣。"(《历代名臣奏议》卷三四九)此文提出善待归正人的建议,对于安定民心有重要作用。从这些政论文可以看出翰林学士政治才能与文学才能的兼备。

(二) 学养与笔力的兼备

　　翰林学士才高学富、学识广博、精通经史,在散文的写作中对于历史典故的运用信手拈来,无论是长篇还是短篇,文笔都能够纵横驰骋。且学士散文,尤其是一些应制之作,辞藻富丽、妙语连珠,给人以典雅优美之感。

　　学士在制诏典章写作中经常引用经史典故,并恰当地剪裁运用,这成为一种写作习惯,在散文的创作中也是如此,或以典故增强文章的典重之感,或以此说理议论,使文章更具权威性和说服力。其中最为典型的是御书、御诗题跋文和奉命所作的记文。应制之作更加注重文章的典雅庄重,引用典故极为常见。如史浩《跋御真书旧学二字》引用了《易经》中的语句:"在《易·大有》上九之辞曰:'自天祐之,吉无不利。'《系辞》谓:'履信思顺,又以尚贤,是以获兹利也。'"(《全宋文》卷四四一四)周必大《跋御书》:"臣曰:'圣贤气象广狭极相远,如孔子谓"饱食终日,无所用心。不有博弈者乎,为之犹贤乎已"。至孟子则云人"饱食暖衣,逸居而无教,近于禽兽"。夫人为万物之灵,安可轻比禽兽?'又论《易·系辞》,复数百言，皆老生宿儒没世穷年昼思夕䁇所不能至者。"（《全宋文》卷五一三六）文章引用经典，从《论语》到《孟子》再到《易》铺陈连贯，显示出作者的深厚学力。翰林学士奉皇命所作的记文更展现出他们博古通今的才学。如周必大《选德殿记》："谨采《诗》《礼》古文以射观德事……其诗曰：'射夫既同，助我举柴。'序之者曰：'是《小雅》废而复古之诗也。'"借助经典来代替自己的语言，从而"铺陈盛美"，达到了典雅的效果。

此外学士论说文中也有这一特点——多以历代典故进行论证，以增加论说的力度。如虞允文《论择相当以天下疏》中，写到了从舜之相皋陶，汤之相伊尹，再到魏武侯、楚庄王、唐太宗与宰相之间的故事等，熟知历代典故，论说非常有力度。洪适《水灾应诏奏状》一文中引用了《汉书》中的故事，用以说明当前问题。

翰林学士文采富赡，散文也是言辞富丽，这一点上和他们的诗歌、骈文是相通的。史浩这一特色尤为显著，其作品具有典型馆阁文学的特征。如史浩《幸秘书省赐诗跋》："雕琢夸诩、浮靡虚骄之习，是抑是黜；囿游池篆、宴豫虞乐之奉，是损是蠲。乃眷三馆，实储藏典训，长育英俊之地。"（《咸淳临安志》卷七）富丽华美的辞藻使文章更为典雅，也彰显了学士之才华。学士的应制散文体现了他们学养与笔力的结合。

（三）以骈文手法入散文

因长期写作典章，学士擅于骈文写作，在散文的写作中有时也会兼采骈文之长，杂以骈文句式和对偶的语句使得文章骈散兼容，呈现优美的韵律感。如洪迈《御书阁记》中写了一段词："故吴所都，上直斗牛。今为畿辅，气压百州。沉沉学宫，鼎以杰阁。烂其天光，照我海岳。倬哉高皇，肆笔成书。石经百卷，方国是储。岩巍干云，翚若有造。谁其尸之？臣曰彦操。洞庭之山，具区五湖。龙螭万数，右翼左趋。惟尔有神，实主张是。时即来朝，敬千万祀。"（《洪文敏公集》卷六）此段句式工整，具有骈文的韵律感，将此融于整篇散文之中，增加了文章的层次感和丰富感，展现学士文章写作融会贯通的综合才能。

孝宗朝翰林学士在散文方面取得了较高的成就，不仅创作数量丰富，且各体兼擅。他们在中兴时期的论说文、序跋文、记体文创作中堪称中坚，所作日记体等也是南宋散文体式中的重要创新。翰林学士的散文体现了他们的学识和文采,更与骈文成就一起奠定了他们在中兴文坛的重要地位。

总之,由于翰林学士专掌文书,其王言四六与应用文章在切磋琢磨中建树颇多,成为其文学中最有特色和成就的类型。乾淳学士四六文在谨守体制的基础上,更兼采古文之长,融会贯通,呈现典雅流畅的文风,堪称南宋四六文之"集大成"。他们在对前人的扬弃中形成了自身特色,从而在南宋四六文坛独树一帜。乾淳学士任职期间的散文多为应用文章,尤长于论说、序跋及记体文,其议论透辟,旁征博引,体现了学养与笔力的兼备。整体上,翰林之职直接促成了学士文章特色的形成。

结　语

孝宗一朝是南宋王朝的"中兴"时期，政治清明，人才辈出，文学繁荣。孝宗崇儒右文、礼贤侍臣，这一时期的翰苑更是人才昌茂。孝宗朝翰林学士堪称南宋翰林典范，且颇具典型意义。在锐意恢复的局势下，学士既以文学见称，为词林圣手，又兼具一定军事才能。这种文武兼擅的人才构成，是时代造就的特色。乾淳学士的政治品格与文化素养无愧为士林表率，他们呈现出的雄健刚正之气与中和务实之风迎合了时代需求，也使当朝士风为之提振。

在政治身份与多重文化角色下，孝宗朝翰林学士成就了文章与文化事业。他们创作了丰富的文学作品，对宋代文学的繁荣发展起到推动作用。应制诗、宿直诗等翰苑诗词是翰林制度直接影响下的创作，展现了南宋文学侍臣的文化艺术生态。翰林学士以文词为职，文章成就尤高。乾淳学士四六兼采众长，融会贯通，实现了宋四六的"集大成"。乾淳学士亦擅散文，文章体现了学养与笔力的俱备、辞采与实用的兼长。

孝宗朝学士中有几位名家以政治地位及文学成就显耀于文坛。周必大为乾淳学士之首，其以道德文章成为一时主盟文坛的重要人物。范成大、尤袤在中兴四大诗人之列。张孝祥为著名词人，是词之"东坡范式"中连接苏、辛的重要人物。洪氏兄弟四六成就斐然。他们对于孝宗朝诗、词、文等的全面繁盛作出了重要贡献。

翰林学士担负着引领文风、倡导官方审美的责任使命，加之士林一贯倾慕词垣，对学士瞻望仿效，因此学士对文坛产生了重要影响。经由学士倡导，刚大之气与爱国之音成为诗坛的主流旋律，近追元祐、远慕中唐也成为整个诗坛的共同怀想和风尚。在乾淳学士影响下，中兴诗人走出江西诗派藩篱，复归唐风，有力地促成了诗坛的兴盛。学士也以个人创作及倡导助推了南宋词体雅化。学士更因其政治身份及文坛地位，吸引了一些文人围绕聚集酬唱，交流切磋，推动了文学发展，这也是翰林制度影响力的一种拓展和延伸。

有宋一代文化繁盛，孝宗朝更是有着诸多利于文学创作的条件。翰林学士是王朝选拔出来的最具学识修养的文人，肩负了弘扬官方文学观念和规范文风的使命。他们积极致力于文化建设和文学创作，以学士身份和翰苑平台有力地推动了宋诗、宋词、宋文等的发展，但也出于禁中的局限和应制的程式化影响，文学水平在一定程度上受到限制，可谓得失翰苑间。

本书从考察翰林制度入手，着意于孝宗朝翰林学士文学的探究。研究有总有分，首先对学士不同职能下的创作进行了总体考察，进而选取洪氏家族为作家群体典型、周必大为作家个体典型，对翰苑诗词、四六、散文等主要文体进行重点分析。然而，学力所限，研究尚显浅薄，诸多方面还未能论及。专章研究有代表性的一个家族、一位学士和几种文体，虽便于操作，但难免挂一漏万，不能涵盖整体。孝宗朝翰林学士创造了翰苑文化的典范，他们的文章事业、流风遗韵成为后世词臣所崇仰的楷模。他们对后世翰苑之深远影响，也有待进一步探讨。

后 记

在此书稿付梓之际,不由忆起过往。2015年,那个暑气尚未全然消散的初秋,我踏入山东师范大学校园。在校园北门小广场上,我驻足仰望那座伟岸的塑像,科研之路的压力与全力以赴的决心在内心交织。四年时光倏忽而过,总算交上了一份答卷,完成了博士论文《宋孝宗朝翰林学士文学研究》。

选择这一题目,得益于导师陈元锋教授的悉心指导。先生深耕宋代翰林学士与文学研究领域多年,当时正主持国家社科基金项目"南宋翰林学士文学研究"。起初,我深知此课题难度极高,官制繁复、文献艰深、涉及文体广泛。而硕士阶段对南宋诗人陈傅良的研究经历,恰似命运的引线——陈傅良也曾担任翰林学士。由此,我选定这一研究话题,并将目光聚焦于南宋时期极为欣赏的孝宗一朝。在后续深入研究中,孝宗朝翰林学士群体独特的魅力与风采深深吸引了我。他们身处权力中心,近承圣恩,既秉持"立政立事"的政治操守,又怀揣"文以载道"的文学情怀。其诗文创作、政治活动与文化实践,皆映照出时代的精神特质与学术风貌。

数载光阴,倥偬而过,这本博士论文一直束之高阁。因为我反复审视文稿,总觉存在诸多不足,唯恐有负学术严谨之要求。然不完善是正常的,学术研究本就是一个不断探索的过程。今将拙作修订出版,权作个人学术生涯的阶段性汇报。书中所言虽不成熟,却凝聚着求学问道时的思索与坚持。

在此,感谢我的导师陈元锋教授。先生学术学识渊博、治学严谨、造诣深厚,如明灯般指引我叩开学术之门,从研究方法的传授、研究思路的点拨,到文稿逐字逐句的批阅,皆给予我耐心指导。师恩如山,铭记于心。

同时也要感谢山东师范大学文学院的王恒展教授、王琳教授和石玲教授，在校期间，有幸聆听诸位老师的教诲，领略学术风采，习得丰富知识与研究方法，受益匪浅。也要感谢同门师姐、师兄及同窗友人的鼓励与帮助，在写作过程中给予了诸多支持。

特别感谢本书的责任编辑安耀东先生。本书征引古籍文献浩繁，版本复杂，他逐字逐句核对文献出处，反复校验引文内容，为确保本书质量付出了大量心血。

感谢爱人王金伟博士，无论是写作中与我分析探讨思路、推敲语言、研讨论证，还是在编校环节对细节的反复核对，他都始终以专业视角和耐心解答给予我最坚实的支持。

本书由山东开放大学学术著作出版基金资助出版。谨向山东开放大学致以最诚挚的谢意，学校对学术创新与知识转化的重视，为本书提供了宝贵的出版契机。这份支持也激励着我在学术道路上继续深耕探索。